不會通靈的寵物溝通師

默默咖啡館的萌寵兒故事

作者：劉凱西

各界名家，強力推薦！

如果你以為自己是牠們的衣食父母，那就大錯特錯！仔細聆聽牠們的聲音，你會發現：毛孩子能給你的，遠遠超過你的預期。

——電影監製　李烈

我找過寵物溝通師，也跟專業醫生上貓行為課，極端的學問，就為了讓我的貓快樂，但對人類我就沒這耐心。這本書，意外的讓我在最著迷的跨物種溝通裡，看到人與人之間溝通的樂趣。

——知名演員　蔡燦得

收到了幫凱西寫序的邀請，我立馬就答應，因為看到了跟動物相關的小說是很開心的，我很快的就把書看完了。

寵物溝通師是近年很夯的行業，但如作者所說，寫這個故事並不是要推廣寵物溝通，而是希望大家能夠站在動物的角度去思考他們的感受，將心比心，透過溝通了解，希望減少棄養、不當飼養的憾事。

《不會通靈的寵物溝通師》是一本很精采的小說，讓我欲罷不能，真心推薦給大家。也預祝凱西新書大賣！

——知名演員 潘慧如

動物溝通師溝通的到底是動物還是人？無論是人還是動物，在我們靈魂旅程中相遇的每一個生命，都帶著神祕的課題與意義。

——音樂人 王希文

《不會通靈的寵物溝通師》有扣人心弦的懸疑推理，有充滿感性的人生刻畫，更有無數賺人熱淚的寵物溝通故事，展現出作者順暢而緊湊的小說駕馭能力，令人悠然神往，不忍釋手。

家裡養了貓、狗、鳥和烏龜，有時真想知道牠們心裡在想些什麼，又是怎麼看待我們這些主人的？《不會通靈的寵物溝通師》教我們以開放柔軟的心去理解並愛惜我們的寵物，更要學會敞開胸懷，真誠的與身邊的親人和朋友溝通，珍惜每一段緣分。誠心推薦給所有擁有寵物的讀者們！

——暢銷作家 鄭手

人類自詡高人一等，擁有比動物更高的道德。其實，我們才是很多問題的製造者。作者用各種角度給了人與動物的關懷與愛，給了讀者很多深沉的思考，強力推薦！

——暢銷作家 陳郁如

這部奇妙的故事，會讓有養寵物的人徹底改變跟寵物的相處方式，並改變沒養寵物的人看待流浪動物的眼光。

——小說家 路邊攤

作者以動物溝通師的經驗描述著人族和動物之間超越語言的交流，刻畫之深，令人感動。動物們雖然表達方式不同，但他們單純、富感情、有思想、有記憶，他們的世界有待我們更謙虛的認識和學習。

但願人族放下驕傲，尊重動物，和動物朋友們共享超越語言的情誼。

——寵物溝通師 星亞

陳芳菱的故事裡有溫情，也有笑點；有愛情，甚至還有懸疑，讓人不知不覺地就被吸引進書中的世界。讀畢時還真有捨不得的感覺呢！不管是愛動物的人，或是對動物溝通有興趣的人，相信也會和我一樣愛上這本書喲。

——寵物溝通師　蘇菲糖

毛孩就像是上帝安排好的天使！緣分到了，自然你會碰到牠。

而天使就像懂得任何語言，就算牠不會說話，但也知道如何與你溝通。當你用真心愛牠的時候，自然你就會聽到牠們說話的聲音，不用通靈、也不用訓練，用心跟牠們溝通吧！

——寵物網紅　柯基犬のCoffee Time

前言

二〇一六年，人生中第一次，我自己領養了一隻狗。

她是一隻黑色的米克斯，領養她時她已經三歲。選擇她的理由很簡單，因為介紹上寫著「不吠叫、不破壞家具」，當時我租屋在外，房東雖然允許我養狗，但我也不能帶給人家麻煩，於是衝著這項「特點」，我聯絡了送養人，經過一番波折，總算把她帶回家。

她就是「豆豆」，也就是故事裡女主角所養第一隻狗的原型，跟女主角一樣，我並沒有在她的名字上費心，因為之前大家叫她「黑豆」，後來我叫久了就變成了「豆豆」，而現在她也只認豆豆這個名字。

豆豆是一隻非常聰明、忠誠的狗，果真如介紹上所寫「不吠叫、不破壞家具」，但同時她也相當難搞，透過各種方式來測試我的底線，她的手段包括在不同地方上廁所然後跑來告訴我，帶出門又死都不上，洗澡不肯好好洗拚命掙扎，吃飯不管再好料都不肯好好吃……剛來我家時，我曾經跟她搏鬥了三個月，直到有一天，有朋友問我：「妳怎麼不找動物溝通師？」我才知道原來有「動物溝通師」這種職業。

透過朋友介紹，我找到了一名正在學習並且尋找實習案例的準溝通師，來替我問問豆豆：「妳這傢伙到底想怎樣？」

一開始，我並沒有期待會有什麼效果，不過溝通之後，我開始依據豆豆跟溝通師所傳達的訊息，去調整我跟她之間的互動方式；有趣的是，我跟豆豆的生活步調也從那時開始逐漸調整契合，原本養狗的煩躁也慢慢被豆豆與自己的默契所取代。

這就是我接觸動物溝通的開端。在那之後，我開始尋找動物溝通課程的資訊，並且跟著一位溝通師完成了基礎的訓練，學成之後，還在半年完成了超過五十名案例，其中包括狗、貓、鸚鵡、倉鼠，甚至是蜥蜴；即使如此，我並沒有打算以動物溝通為業，因為我只是單純的想了解動物。

跟動物溝通其實不難，更難的其實是跟飼主溝通，因為有的飼主並不願意真正去了解自己所養的寵物，他們只希望寵物能夠依照他們的期望行動。當飼主這樣想，溝通的過程就會相當讓人心累。

在我做完五十個案例之後，我決定不再幫人溝通，只要理解我想要理解的動物即可；而我卻浮現了另一個念頭：「我應該來寫個故事，故事裡人跟狗可以毫無困難的溝通，反而人跟人之間，卻怎麼都無法好好溝通、理解。」這個念頭在我的腦子裡慢慢醞釀，直到大概兩年前，故事裡的溝通師「陳芳菱」

逐漸成形，周邊的人物也慢慢具體。

原本這是一個五千字的電影劇本的大綱，主軸是陳芳菱協助檢察官與滅門血案留下的唯一活口——受害者家所養的狗——溝通，進而破案的故事。在華星娛樂的總經理李良玉小姐鼓勵之下，將這個故事逐漸擴大，變成一個包括親情、愛情、友情、以及寵物情，最後帶點懸疑推理色彩的故事。

因為自己經手過動物溝通案例，因此寫作前的田調工作就輕鬆許多，不過我依然請教了幾位曾經帶自己的寵物去動物溝通的朋友，以及職業的動物溝通師，以擴大我的故事內容。其實這個故事裡，包含了不少與現實貼近的成分，包括女主角陳芳菱所飼養的幾隻狗——「豆豆」跟「呼虎」，以及故事最後才以照片出場的「妹妹」——其實就是我本人所飼養的三隻狗，但陳芳菱並非我本人的寫照，把自己的狗寫進故事裡，除了一方面便利狗狗的角色設定，另一方面，狗的生命比人短暫，把自己的愛犬寫進自己的作品裡，讓他們未來能以另一種形式存在，我想諸位愛狗人應該都很能體會這種心情吧！

此外，故事裡幾個溝通的案例，有一部分也是從真實案例改編，不過所有的人物與事件背景都是虛構，僅有溝通的過程是真實。

動物溝通這件事，雖然已經有人以科學原理來解釋，但目前依然不少人不相信，甚至以為這是牛鬼蛇神，凡人勿近。但寫這個故事的目的，並不是要推廣動物溝通，或是說服某些人去相信這件事，而是希望大家能夠站在動物的角度去思考他們的感受，將心比心，這也是我所認為動物溝通的本質，或許也是所有溝通的基礎，不管是人與人，或是人與動物。當我們理解這一點，並且充分做到，或許就不會有這麼多的虐待、棄養、不當飼養……等慘事，我們的社會也會比現在更加和諧。

最後，這本書能夠誕生，我首先得感謝摯友吳奇龍的牽線，以及李良玉小姐的鼓勵及猛烈的催稿，還有布克文化願意再一次相信我，出版這本十五萬字的小說；另外還要感謝朋友謝宜蓉、蔡燦得、Chantel、何芃瑋、楊智麟，還有提供我諮詢的動物溝通師蘇菲糖，以及曾經把寵物交付給我溝通的飼主們，和那些願意與我溝通的動物們；感謝把豆豆送到我手上的送養人Apple；我家的三隻狗——豆豆、妹妹、呼虎，感謝在沒有徵詢她們的同意之下，就讓我把她們寫進故事裡，雖然她們看不懂小說，但媽咪會以牛排回報的！

劉凱西 2019/7/15

一、救命恩狗……014
二、我只要妳好好的……024
三、穿著太空裝的龜龜……042
四、重逢的代價……066
五、留下來，或妳跟我走……094
六、不准告訴我媽媽……128
七、我不早就跟你說了……158

八、寵愛的極限……174
九、一切都是為你好……202
十、我愛你，你不需改變自己……226
十一、呼虎的身世……252
十二、呼虎的證詞……278
十三、真相……298
十四、第三百六十五天……314

一、救命恩狗

這天，是芳菱三十三歲生日。

芳菱起床的時候已經八點。她走到浴室，看到鏡子裡那個披頭散髮、雙眼浮腫的自己。魚尾紋三年前就已經定居在眼角，只是這三年她都沒學好跟他們和平共處。她的眼睛已經不如二十三歲時那樣清澈，十年來面臨各種生活上的打擊，今日的陳芳菱，也早已不是十年前那個天真爛漫、有點傻勁的女孩了。

「不行！這樣真的不行！」芳菱對著鏡子裡那個混亂的自己說。這件事情她想了很久，人生本是悲苦的總結，如果一直讓自己陷在最低潮，又沒有勇氣去面對。

「那還真是太對不起蒼天眾生了！」

於是，她走進淋浴間，給自己徹頭徹尾給洗了乾淨，浴後挑了件去年買的、卻一次都沒穿過的洋裝，在鏡子前比了比。

「明明很好看，說什麼穿了像蕩婦？」

說這句話的，是他的未婚夫……喔不，應該是「前」未婚夫。

事情是這樣的，動物溝通的訓練課程結束之後，那個她愛了很久的男人，突然不告而別，傷透她的心；情海上孤帆飄盪了幾年後，遇上了這個以為可以給她幸福的男人，兩人交往了一段時間，那時候的芳菱，可說是愛情事業兩得意，不但是案子接不完的動物溝通公主，還有一個收入不錯，長得不差的男人疼愛。即使她跟父親關係不好，她的閨密林愛玲怎麼都看那男人不順眼，芳菱還是覺得，自己是一個幸福又幸運的女人——至少表面上看起來是如此。

事情大概是一年前起了變化：芳菱被無良記者設局暗算，抹黑說她的動物溝通是詐騙，報導一出，當時的新聞又淡，各家媒體於是猛追這條其實不太重要的新聞。一時之間，她從公主淪落成過街老鼠，躲在家裡好幾天都不敢出門，偏偏此時父親中風住院，讓她心力交瘁，她於是懇求男人娶她，給她幸福穩定的人生。男人答應了，當時芳菱還看不出他其實有點勉強，她真心以為，自己找到了長久的幸福，放棄了動物溝通的工作，開心的準備婚禮。

然而，閨密林愛玲卻對這段婚事反對到底。

「妳要是嫁給他……不，不必等到嫁給他，他肯定會做出傷害妳的事。當初妳是為了忘記那個姓李的，我才放任妳盲目跟了他五年，現在竟然還要嫁給他，妳到底是要瞎到什麼程度啊！」

這番話，導致多年閨密情感破裂。愛玲為了工作搬去香港，斷了聯繫，讓芳菱獨自準備結婚的事。

然而，婚期卻一拖再拖，拖到芳菱感覺不對勁。某天晚上，她心血來潮，要去辦公室給辛苦加班的未婚夫送消夜給驚喜，人一到才發現他根本不在公司。芳菱打電話追問，對方竟然能夠毫不隱瞞的告訴她：

「我愛上別人了！她有了我的孩子，我們分手吧！」

短短一句話，翻轉了芳菱的人生。

隔日，未婚夫火速搬離，就連之前給她的信用卡和帳戶，都一起被停掉了。芳菱的人生，不管是經濟上或是情感上，都像被人放火燒過一樣，只剩嗆人的灰燼。她不知道可以跟誰傾吐，她沒有愛玲的聯絡方式，唯一的親人父親，早就住進療養院不醒人事；有一瞬間，那個多年前傷透她心的男人，曾經閃過她的腦海，她的確還留著他的聯絡方式，但這時候怎麼可以去找他呢？

在這個萬念俱灰的時刻，唯一讓她感受到溫暖的，竟然是跟陌生人沒兩樣的女房東。房東收到通知，以為房客要退租，來到了公寓，才發現芳菱的慘狀。或許是同為女人吧？她告訴芳菱，可以繼續住下來，在她找到工作或新住所前，暫時不會跟她收租。

可是芳菱很清楚，陌生人的善意不會長久，她也不該成為人家的負擔。

她換上了洋裝，拿出了許久沒用的化妝品，給自己枯槁的臉上點顏色。走出大門時，她才發現豔陽配藍天，還是挺狠的。走進便利商店，想找副太陽眼鏡，一般都是放在櫃臺旁邊吧？然而芳菱只看到了八卦雜誌，上頭報導著前幾天發生的滅門血案，但芳菱才不在乎呢，誰死了都與她無關。

「好久不見，要出去玩啊！」大叔店長熱切招呼，迎接的卻是芳菱一貫面無表情的臭臉。

找不到太陽眼鏡，芳菱只好隨便拿瓶水來結帳；而店長也自討沒趣，默默的結完了帳。

臨走前，芳菱竟跟他說了聲清楚的「再見」，震得店長一臉訝異。

停車場裡，她早忘了車停在何處，拿著遙控器四處按，終於有一輛給了反應。

車門一開，腐敗的氣味熏得她倒退三步。

是愛情腐壞的氣味嗎？芳菱捏著鼻字，探頭進去，才發現後座竟留著之前要送給那傢伙的消夜——是的，那是愛情腐敗的氣味！原本美味的食物，如今像那段關係一樣，腐敗酸臭。

芳菱氣得將那袋餿了的食物扔到地上，從手提包裡拿出香水，對著車內猛噴，確認氣味淡去之後，才又故作優雅的坐回車內。

「走吧！」

芳菱發動車子，她今天的目標，是東北角海岸。

她哼著歌，一直告訴自己，這必須是一趟快樂的旅程：她要找一個風光明媚的海岸，坐在岸邊看看海、吹吹風，當海風把心裡一切的不美好都帶走，那她就可以毫無牽掛的往前，朝著無邊的大海，跳下去！

這必須是一趟愉快的旅程。

只是，空想與實際總會有點差距。芳菱出發前忘了一件事：加油。因此，她並沒有如想像中照自己的意願，找到一個風光明媚的海岸，而是油箱耗盡，不得不在路邊停車。

車子停下時，芳菱深深覺得自己根本就是個二百五，不過尋死的過程中，她竟然還挺勵志的想：

不要緊，東北角海岸嘛！哪個地方都美。

芳菱下車，沿著公路走了一陣。很幸運的發現了一處岔路，似乎可以領她到海邊。她慶幸自己今天選擇的是球鞋而非高跟鞋，不然這段充滿雜草與石頭的小路，可是會走到皮破血流。

走沒多久，她就發現不知哪來的黑狗，一直跟在她後頭。

芳菱假裝沒發現他，繼續走自己的，黑狗卻很堅持，一直跟著她。

然後，她接收到了黑狗的訊息。

妳怎麼會來這裡？這裡除了餵我們吃飯的愛媽，平常沒什麼人來啊！

動物很少會主動找人攀談，芳菱也發現了這不尋常的狀況，不過她也挺堅持，今天就是不想讓外在因素影響她的決定。只不過，黑狗一直跟著，還一直丟訊息給她……

妳身上有水嗎？天氣好熱，想喝水。

這幾天愛媽沒來，是她要妳來餵我們嗎？

我的朋友都是晚上才會出來，白天他們都在山裡頭，妳晚上再來啦！

靠，這狗怎麼話這麼多！

芳菱依然不理他，加快腳步往前走。終於，她到了一片符合想像中的海岸。她坐在岸邊，眺望著大海。今天的海面又靜又藍，感覺像顆巨大的藍寶石，她想像自己跳下去，就像是琥珀裡的蒼蠅，說不定那姿勢、表情，會被保持個億萬年……她邊想像著自己在藍寶石裡往下沉的優美，只是在她身後，那隻黑狗居然跟著她越過了所有崎嶇，來到了她身邊。

妳真的沒有水嗎？我跟妳很久了欸，妳真的沒有水嗎？

藍寶石像顆泡泡一樣消失了。現在，她只感覺自己像個笨蛋一樣，坐在海邊，旁邊跟了隻很餓很餓的狗，還一直講話煩她。

我肚子餓，給我吃飯！

天氣好熱，給我喝水！

「給我吃飯」、「給我喝水」這兩個訊息像鬼打牆般不斷重覆，芳菱醞釀許久的平靜與優雅，被這隻任性的狗完全打碎。

「搞什麼，我沒有飯，也沒有水，我不是你的愛媽派來的！」芳菱轉過頭，對那隻黑狗大吼。不過黑狗不為所動。

那妳去找來給我吃。

我真的好餓，再餓幾天我就會死掉。

我快被餓死了……

人類把我丟在這裡……

芳菱優雅的離世計畫，被一隻又餓又渴的黑狗給搞爛了。她如果這時候跳下海裡，腦子裡最後的念頭，肯定是那隻又餓又渴又煩人的狗。於是——就算了吧！

她起身，往回走，黑狗喜孜孜的跟上，一路陪她沿著崎嶇的岩石路，走上平穩的步道，又沿著公路走了一小段，回到了芳菱的車子旁。

芳菱無奈的看著這隻黑狗，坐在腳邊，臉上掛著開朗的笑容，她的反應就像所有有良心的人一樣，拿出車上的水，倒在手上給他喝。

黑狗嘩啦嘩啦的大喝了幾口，然後抬頭看著她。

很渴！

「對，因為放車上，不喝拉倒！」

黑狗低下頭，繼續又喝了幾口，然後聞聞輪胎，走到不遠處的矮樹旁，撒了一泡尿。

芳菱看了不遠處正在嗅嗅聞聞的黑狗，喝了水似乎也沒想再煩她了，於是她上了車，整理一下思緒。

真是古怪的一天……真是古怪的狗。

芳菱準備發動車子的時候，才想起自己的油箱早已耗盡，想要離開，恐怕得找道路救援。芳菱嘆了口氣，癱坐在車上，絕望跟荒謬的總和，竟讓芳菱忍不住大笑。

那隻黑狗，突然撲向車門，在外頭生氣的又吠又叫。

妳怎麼要走了！我還沒吃東西，我肚子餓，我還要吃東西！

芳菱透過車窗，看著黑狗。如果他是人，她絕對會罵他是瘋子；不過他是狗，看到那根根分明的肋骨，她知道他肯定真的餓了很久。

到現在芳菱都想不透，當時她就竟中了什麼邪。雖然之前的職業是動物溝通師，但她真的沒自己養過任何動物。但那個時候，她竟然默默打開了副駕駛座側的車門，而黑狗也一副理所當然的上了車。

我們要去吃東西了嗎？

對，我們要去吃東西了。

黑狗一臉笑意。

芳菱拿起手機，打電話給道路救援，同時拜託他們，來的時候帶個雞腿便當。那個便當，黑狗吃了雞腿，芳菱吃了配菜，都是他們倆久違的一餐。

回到市區，已經入夜。芳菱停好車，走回公寓的路上，黑狗緊緊跟著，似乎一切就是命中注定，或是芳菱欠他的。只是，死不成，就得活下去。芳菱走進便利商店，找到提款機，戶頭裡的存款，當然所剩無幾，要怎麼養活自己，還有這隻死跟著不放的狗呢？

芳菱拿著狗罐頭、飼料，還有自己的便當去結帳時，發現櫃臺上有張寫了一半的徵人啟示：

徵大夜班，
二度就業可

大叔店長幫芳菱結帳時，芳菱就一直盯著那張告示。

「去領養狗啊？臺灣土狗最棒啦！男生女生？叫什麼名字？」

大叔似乎很喜歡黑狗，黑狗也很識相，對著大叔拚命咧嘴笑。

然而芳菱沒有回應他。其實她也不知道該怎麼回應，她壓根沒想過這狗是男的還是女的。

她的冷漠讓大叔有點自討沒趣，愛狗的他於是從櫃臺後頭走出來，低頭看了看黑狗。

「唉唷，是女生，不知道結紮了沒有？趕緊帶去給醫生檢查，打個驅蟲藥、預防針、晶片……」

「店長你……」

芳菱打斷大叔的話。其實她本來是想說「店長你這麼會講，要不要把狗帶回去養啊？」然而她想起，眼前比酸人更迫切的，是要有一份工作。於是她把問題調整了一下——

「店長你要找人啊？」

「是啊，之前做大夜的那個年輕人突然跑了，害得我跟我老婆得輪班，同時還得顧孩子，如果妳有認識誰能馬上來上班，那我真是謝天謝地……」

大叔做了一個祈求上蒼的誇張動作。

「給我做好不好？」芳菱說。

大叔祈求上蒼的動作，戛然停止。

「妳？」

「對啊，我。」芳菱回答。

「可是妳……妳是女生，值大夜班太危險了！」大叔臉上露出誇張的擔憂。

「拜託店長，我是真的很需要一份工作，而且我很認真負責，絕對不會中途落跑，你可以放心，我明天……不，今天晚上就可以開始上班！」

大叔店長聽了芳菱的請求，像是理解她的處境，嘆了口長長的氣，回到櫃臺後方，看了黑狗一眼。

「這狗跟妳親嗎？」他問。

「算親吧……至少今天她一路都跟著我。」

「好吧！」店長把寫一半的告示揉成了紙團，丟進垃圾桶。「妳可以上班，可是有一個條件，就是這隻狗，必須陪著妳！」

「什……什麼？」芳菱以為自己聽錯了，店長竟然會提出如此罕見的請求。

「如果她在，至少出了事還可以護著妳。妳可別以為帶狗上班容易！妳得把她看好，不准亂咬東西，不准弄髒環境，不可以騷擾客人，不能夠四處亂跑，還要能夠安撫那些不愛狗的顧客，同時妳還得做好妳自己的工作，這樣妳做得到嗎？」

店長解釋完之後，芳菱有點不確定的看著坐在一旁的黑狗——她還是一樣咧嘴笑著，彷彿很開心這樣的安排。

「可以，我可以做到！」芳菱點頭，眼神無比堅定。畢竟，做不到也得做到。

「好。」店長點點頭，「記得先幫她洗澡，帶她去打預防針，明天找個時間來辦手續，順便做點職前訓練。」

「好的。」

「欸，對了，妳叫什麼名字？」

「我是陳芳菱，芳香的芳，菱角的菱。」

「那她呢？」店長指著黑狗。

「她叫……」芳菱突然瞥見架上販售的巧克力豆。「豆豆，她叫豆豆！」

店長點點頭，「我是程孝京，是這家店的店長，程咬金的程，孝順的孝，京都的京，給妳個好記的方法，就是『成天讓人笑到抽筋』，這樣懂了嗎？」

店長說完，自己笑了起來，見到芳菱一臉尷尬，於是止住了笑，揮了揮手，要芳菱趕緊回去。

回到公寓，芳菱站在門口，早上還以為不會再回來這個地方，竟然還是回來了。

豆豆好奇的在家裡四處嗅嗅聞聞，芳菱拿了個空碗，倒了飼料跟罐頭給她，豆豆吃完之後，找了浴室前的腳踏墊，隨意窩著，就這樣睡著了。

「好奇怪的一天！」芳菱這樣想著。

原本絕望到想死，最後竟帶回了一隻狗，還找了一份工作，簡直就跟重生一樣。

「如果她沒有來找我，現在我會在哪呢？」芳菱看著熟睡的豆豆，對她而言，今天也是重生之日。

或許她是上天派來的吧！來協助繼續活下去的天使，她的救命恩狗。如此一來，芳菱也沒有退路了，雖然不知道未來會如何，但至少得繼續好好的活下去，就算不是為了自己，也是為了豆豆。

二、我只要妳好好的

第一百天。

那個神奇的日子隔天，芳菱起床，除了櫃子裡的咖啡以外，家裡照樣沒有半樣能當早餐的東西，於是在餵過豆豆之後，就坐在餐桌前喝著咖啡。餐桌旁掛著小型掛曆和提醒應辦事項小白板，已經留白了好幾個星期。她總覺得，既然得重新開始過活，似乎應該在上頭加些什麼。於是拿起了小白板專用的筆，在掛曆上的這一天，寫上了數字「1」，就當作是重生第一天的紀念。

就這樣，每天早上順著寫下來。今天是第一百天。

一百天的重生之日，是美好的吧？其實，真的還好而已。這一百天，根本是芳菱跟新室友豆豆的磨合期。最後，芳菱歸納出養狗心得：一隻狗不管再聰明再聽話再貼心，飼主還是得跟她磨合至少一百天。不論豆豆在外頭是一隻多麼聽話、多麼惹人讚賞的狗，但是在家裡，她就是個小惡魔——每當芳菱白天補眠，她就在家裡亂尿尿大便，然後跳到床上叫醒芳菱，逼她起床清潔善後。不管芳菱好說歹說，威脅利誘，豆豆就是惡習不改。直到有一天，芳菱真的受不了，把通往陽臺的紗門挖了個洞，在陽臺上鋪滿了尿布墊，要豆豆自己去外頭上廁所。說也奇怪，從那天起，豆豆就再也不在家裡上廁所了！取而代之，是芳菱不論颳風下雨，都得帶她去外頭上廁所。

「妳搞什麼？在陽臺弄個廁所讓妳方便，怎麼妳又不上了？」

而豆豆的回答總是——

妳又不喜歡，我就不在家便便尿尿了！

「那麼搞了這幾十天，又是為了什麼呢？」芳菱無奈的問自己。

吃東西也是。

給飼料，不吃；給罐頭，不吃；煮肉給她吃，不吃；芳菱吃剩的給她吃，不吃；芳菱吃便當的時候，邊吃邊餵她，吃。

妳吃的感覺上比較好吃！

「但我吃的妳不能吃啊！」

東西當然要挑好吃的啊！妳都吃香香的東西，我爲什麼要吃難吃的東西？

這種對話持續了不知道幾天之後，芳菱終於累了，飼料一擺告訴豆豆：

「妳要吃就吃，不吃妳就餓肚子吧！妳流浪的時候有得挑嗎？」

豆豆真的絕食了三天，那碗飼料一顆都沒碰，晚上陪芳菱顧店時，偶爾遇到餐飲區有客人要餵她，也被芳菱阻止。終於，有一天早上，芳菱回家補眠，半夢半醒間聽到了狗嚼飼料的聲音。

豆豆把整碗飼料給吃完了！

自那天起，豆豆對吃就不再抗爭；不過，她對「吃」這件事情，也不再表達任何意見。

不要再問我吃東西的事，反正我講什麼妳都不開心！

「那麼搞了這幾十天，又是為了什麼呢？」

便利商店的工作雖然繁瑣，但是真的讓芳菱操心的，還是豆豆的一切，畢竟她的生活裡，也沒什麼可以讓她投注心力的。說白了，豆豆不過就是一隻既傲嬌又煩人的狗，遇到其他飼主，可能沒幾個禮拜就會把她趕出家門了，不過芳菱每次生她氣的時候都會想到，自己今天之所以還能活著生氣，都是因為眼前這隻狗。豆豆重生的每一天，也就是自己重生的日子，她沒有理由苛責她，更不可以遺棄她。

「妳這個小壞蛋！不過從今以後的每一天，我都會跟妳在一起！」

每次豆豆趴在她身上撒嬌時，芳菱都會這樣跟她說。

每次豆豆都不想理她。

學生的暑假結束了好一陣子，上學時間是芳菱工作最忙碌的時段，這時間忙完了，芳菱就可以下班。而她主要負責的深夜時段，反而客人不多，常常就那幾個固定會來的客人，而他們看起來，多半都有點故事。

比方說吧，芳菱開始工作後沒多久，每天晚上大概三四點左右，總會有個濃妝豔抹的女人，來到店裡買菸跟咖啡。那個女人很喜歡豆豆，一開始她以為豆豆是流浪狗，常會順便買顆茶葉蛋請她吃，嘴裡說著她們同是淪落天涯、必須惺惺相惜的鬼話，芳菱不好意思讓豆豆老吃她請的茶葉蛋，才告訴她豆豆是自己的狗。這下子女人覺得自己更可憐了！每天來都對著豆豆哭訴，自己遇人不淑、遭人遺棄，現在孤獨一人，活著不如死了……即使每天說著這些話，女人還是好端端的活著。

一天晚上，女人邊摸豆豆邊哭訴時，一隻流浪狗走進了店裡。

這裡很舒服。

芳菱一開始以為流浪狗是要進來吹冷氣、找庇護的，還擔心該怎麼應付。沒想到這隻狗只是中途停留，來跟芳菱要口飯吃。

我走了很久，很餓，很渴。

於是芳菱走去架上，拿了一個罐頭，自己結帳、付錢了之後，開了罐頭給狗吃，外加一大碗水。狗大口的吞食，飽足之後，在門口窩了一會兒，就起身繼續原本的路程。

豆豆走到了門口，看著這位同伴離去的背影。

他要回家。

芳菱知道。他被主人帶到偏遠的地方丟棄了，但他依然想要回家。而芳菱也知道，就算他回到了家，主人依然不會認他，他會帶著一顆受傷卻忠誠的心，繼續以流浪狗的姿態，默默跟隨著那個棄養他的主人，直到有另一個愛他又讓他認可的人出現，將他帶回家中，他才能逢補破碎的心，並且擺脫流浪的命運。

狗都拚命要活下來，人卻常常想放棄。

「狗都拚命要活下來，人卻常常想放棄。」

芳菱重覆了豆豆跟她說的話，女人聽來卻像是芳菱對著她說，原本哭到破碎的情緒，一下子沉了下來。

芳菱看著豆豆，其實豆豆是在回答她問了很多次的問題。芳菱常問豆豆，那天她是不是看穿了她的想法，才死命跟著她，要把她從懸崖邊拉回來。但是每次豆豆都只是翻白眼，然後抓她的手到自己胸前討摸。而現在芳菱知道了，豆豆沒有救了她，她們只是拯救了彼此——豆豆拚了命，終於活了下來，而芳菱也沒有放棄。

那個女人倒是從此沒再出現過。

取而代之的，是一個年輕男孩。

男孩出現的時間比較早，約莫是午夜左右。他會帶著好幾本漫畫，固定買涼麵、關東煮、可樂，還有茶葉蛋。

豆豆非常喜歡那個男孩，因為每次男孩都會把茶葉蛋的蛋黃分給豆豆，然後豆豆就會趴在他身邊，陪他看漫畫、吃東西。男孩只會待個兩小時，把手上的漫畫看完之後，就會摸摸豆豆，起身回家。

芳菱會注意到他，除了他長得挺可愛，再來就是每次他出現，豆豆都好像變成他的狗一樣，讓芳菱有點吃味；而他也從來不過問這狗到底是誰的，這家店像是他生命固定的中繼站，瀟灑的停駐兩小時，然後再瀟灑離去。

「這傢伙一定很多女孩子追他！」男孩離去後，芳菱對自己說。

店長程孝京是個囉唆又雞婆的男人，每天晚上他跟芳菱交班時，都會跟她拉拉雜雜講一堆早上發生在店裡的事——哪個失智阿姨又迷路啦，某個常來取貨的顧客有夠煩啊，哪個明星來店裡買菸啊，死小孩在飲料櫃前開開關關真討厭啊……一開始芳菱會覺得耳朵業障重，但久了之後，她發現這大叔其實心挺熱的。有一次，他突然帶了一堆老婆做的菜給她，說是她老婆有次來店裡，看她一個女人帶著一隻狗，好像挺可憐的，飯都不知道有沒有好好吃，於是交代他帶點家裡做的菜給她。

「妳老婆什麼時候來的？」芳菱看著那些菜，好奇的問。

「喔，說是下午，見妳來店裡買便當吃。」

下午時段是另一個工讀生當的班，芳菱的確還挺常在便利商店解決三餐，因為店長在的時候，有時候會請她，還會送豆豆罐頭。

「我都不知道……」芳菱其實有點不好意思。

「妳都酷酷的，結了帳就走，我老婆也不好意思跟妳打招呼！」店長這樣說。

芳菱跟店長說了謝，他揮揮手要她別客氣。其實芳菱心裡一直有個疑問，自己住這店樓上也有幾年了，就算從未交談過，之前也算是這家店的熟客，為什麼店長從來沒問過，怎麼她現在會來這兒工作？

第一百天，芳菱開始覺得自己挺幸運，自己最低潮的時刻，老天派了好多好人來到她身邊，協助她走出困境。今天的她，總算可以笑了，只是她笑的時候，會想到這個正在笑的陳芳菱，已經不再是之前那個陳芳菱了。

＊＊＊

第一百零五天。

那種幸運感持續了不到一個禮拜，芳菱早上補眠時，接到了房東的媽媽來電。

電話的內容大致上是：聽說妳找到工作了，恭喜妳！妳應該會繼續住在這兒吧？妳也知道，現在景氣很差，之前說要給妳房租的寬限，也很難繼續下去了，如果妳還會再住的話，要請妳這個月起開始付房租，不然的話，可能就得請妳另外找地方了……不是我小氣，但人總是要生活的嘛！另外前幾個月的房租，也要請妳慢慢還給我們，我們是房東不是慈善單位，房子不可能給妳住免錢的嘛！還有聽說妳養了狗……

芳菱當然不可能立刻找到房子，但便利商店的收入，的確很難讓她同時應付生活並支付房租。只是要她相信房東媽媽所說的，少了她這份房租，生活就過不下去的說法實在很難，因為他們家是專業包租公，臺北地區多處出租房產，收入根本不成問題。幫助她的房東雖然是個好人，但她媽媽可是勢利出了名，現在她插手了，芳菱如果不給錢，肯定就是得搬走。雖然房東馬上來了簡訊——

> 不好意思，這事情被我媽知道了
> 之後的房租，就沒辦法不跟妳收了
> 但是之前的房租妳慢慢來，有錢再還
> 還有養狗的事也別理她，妳就好好養著，環境弄好就好

但芳菱也知道，旁人的善意，總有結束的一天。沒有放棄的人生，面臨的就是種種現實，芳菱無奈，雖然她活了下來，但現實也逼著她快活不下去了。

就在這時候，老天再度揮了揮手，把她的人生，又轉了個彎。

第一百零七天。

芳菱平常都是早上九點上床睡覺，要一路睡到下午五點，豆豆總是窩在她身邊一起睡。這天，豆豆不知道哪根筋不對，才中午就拚命舔她、踩她，要把她叫醒。

「怎麼了？失火了嗎？」

並不是，只是關了靜音的手機閃個不停，訊息、電話不停進來。芳菱無奈的看了一眼，嗯，一個之前溝通過的老客戶，問她還接不接溝通。

「有這麼急嗎？睡醒了再回不行嗎？」

芳菱把手機一甩，回頭繼續睡覺。然而豆豆卻繼續踩她、舔她、用前腳撥她，非要她醒來不可。

「妳今天是怎樣？神經病啊！」

豆豆被罵，馬上跳下床，又急又氣的對著芳菱跺腳、吠叫，氣得芳菱起床作勢要揍她，她才趕緊躲到客廳。但芳菱這會兒也睡不著了，乾脆拿起手機，看看那傢伙到底是想幹嘛好了。

亮亮快走了，這幾天都在彌留，不知道妳可以幫我們溝通嗎？她不跟其他溝通師說話……

亮亮，米格魯，男生。芳菱印象中，他應該年紀不算大，三年前跟她溝通時，他應該才六、七歲。因為是繁殖場出來的，近親交配下，亮亮四、五歲的時候，就因為先天基因，而出現了很多身體病變。最嚴重的是髖關節，六、七歲對狗而言，應該還是個可以開心跑跳的年紀，不過亮亮的後腳卻因為髖關節脫臼而無法行走。幸好他有個很愛他、經濟能力也夠好的主人小盈，幫他做了輪椅，還定期帶他去游泳，並且幫他安排溝通，希望能了解他的心情，就算最後無法康復，也希望他能夠快樂。

不過他現在有更嚴重的問題：腎衰竭。

在小盈的照料與醫生的搶救下，亮亮度過了危險期，進入了漫長而煎熬的慢性期。亮亮雖然疾病纏身，但依然盡力在臉上掛上他的招牌笑容，安撫著擔憂的主人。不過幾天前，亮亮突然倒地不起，意識不清，醫生告訴小盈，亮亮的生命已經走到了盡頭，建議讓亮亮安樂，但小盈怕亮亮是不是有什麼話想告訴他們，所以才撐著不走。因此才聯絡了芳菱，希望她能幫忙。

小盈傳來的訊息裡，劈哩啪啦交代了一大堆。這下芳菱的睡意全消。坦白說，芳菱除了亮亮的基本背景以外，對溝通的內容其實沒什麼印象。飼主總是能鉅細靡遺的記住過去溝通的每一個細節，但溝通師如果沒特別去翻閱筆記，多半不會記得溝通的內容。因此之前面對回頭客，她總是戰戰兢兢，因為每一句「妳還記得之前他跟妳說……」開頭的句子，都在考驗她的記憶力；而每次她顯露出一點遺忘的表情，飼主都會極度失望，甚至認為她不關心他的寶貝。

芳菱走到客廳，豆豆正窩在沙發上，蜷成一個甜甜圈。她幫自己倒了杯水，漱掉嘴裡的惡氣，然後對豆豆說：「妳就是為了那隻狗才硬把我叫醒的吧？」

豆豆抬起頭，耳朵往後貼，迅速的搖著尾巴，一副認錯的模樣。認錯都這麼可愛，而且她也不是真正犯了錯，怎麼可以不原諒她呢？

芳菱摸了摸豆豆，跟豆豆一起靠在沙發上，一邊思考著這個委託。她的理智面，根本不想接下亮亮的溝通。

她記得自己為什麼決定放棄繼續動物溝通師的這個職業——記者設下的陷阱與抹黑，當然是壓垮她的最後一根稻草，但最讓她充滿無奈的，卻是那些無法溝通的飼主。多少飼主把寵物送來溝通，卻不願意傾聽自己的寵物，只希望寵物能夠服從自己的指令，達成自己的期待。對芳菱而言，跟動物溝通從來不是難事，最困難的，永遠是跟人的溝通；可是，哪個寵物的身邊，不會跟著人呢？

亮亮的飼主，如此急切，光是用訊息，就可以造成一場轟炸。她實在很害怕面對這樣的飼主，在這樣的情緒狀態下，真的有辦法跟她溝通嗎？

然而，她的情感面，卻隱隱希望能夠跟亮亮說說話，想在他離世之前，陪陪他，讓他安穩的離開。

芳菱端著咖啡，平靜的坐在沙發上，腦子裡理智跟情感交互征戰。這一回合，理智戰勝了情感，芳菱不想重拾溝通，怕因而改變現在的生活步調，正當她拿起手機，準備回覆時，小盈先來了訊息：

我知道很臨時，但錢不是問題，費用妳儘管開！

這句話戳中了芳菱困境。她的需求其實非常的現實，就是錢。

於是理智與情感又扭打了一回合，這回，理智再度戰勝。芳菱給出了回覆：

四千八

訊息發出的那剎那，芳菱覺得自己根本無良，因為她開出了之前兩倍以上的惡霸價，但她並沒有太多百感交集的時間，因為小盈馬上回覆了：

好

帳戶立刻提供，飼主馬上匯款，一下子四千八入袋，原本便利商店的薪水省點用，或許這個月就有辦法繳房租。

約好了時間，寄來了照片，確認了細節，曾經炙手可熱、在事業最巔峰時被無良記者設計逼退的動物溝通師陳芳菱，終於重出江湖。講起來有種光芒萬丈、眾所矚目的感覺，事實上，她不過是個被生活逼得走投無路的人罷了。

＊＊＊

跟小盈相約溝通亮亮的那天，芳菱提前來到了之前她進行溝通工作的咖啡廳——默默咖啡。

抵達的時候，芳菱站在門口，端詳了這家咖啡廳好久好久……

咖啡廳的庭院依然綠意盎然，芳菱很高興看到那棵雞蛋花樹英挺依舊，印象中，默默咖啡廳的老闆，是個溫柔又不多話的型男，雖然總是站在櫃臺後，默默的為大家準備餐點沖咖啡，但他總是能清楚知道店裡的一舉一動，包括默默的吸收客人所說的八卦，還有其他小道消息。

不過，芳菱感覺有點對不住他。當初媒體抹黑芳菱時，記者一窩瘋帶著攝影機包圍默默咖啡，店長林默默替她抵擋了一切，甚至站出來替她出頭，而她卻因為害怕而不敢靠近這裡，就連決定要放棄動物溝通的工作也沒跟他說，就這樣消失一年多沒有聯絡。

現在，芳菱在門口躊躇著，思考該怎麼面對這個一直以來都在旁守護她的好人。

默默咖啡廳內，店長林默默正默默的幫客人沖著手沖咖啡。或許是所謂的心電感應，當芳菱在門口躊躇不前時，林默默彷彿接受到了一股電流，讓他朝門口看了一眼，見到了不知所措的芳菱。那股電流從眼角直衝腦門，然後通過脊椎穿透全身，默默趕緊放下手裡的手沖瓶，走向門口，將大門打開。

林默默默默的看著芳菱，感動得鼻水淚水差點一起奔馳，幸好在這之前，他先用一個溫暖人的微笑擋住了那些水分，跟芳菱說：

「妳回來了！」

林默默的微笑，消去了芳菱以為可能的尷尬，她開心的看著默默，點了點頭。有那麼一刻，她以為默默會衝上來擁抱自己，但默默只是原地踏了幾步，展開單手，歡迎芳菱進入。

走進店裡，默默衝上了前，麻煩角落那桌的客人挪位子。那是她之前的專屬座位，每天下午，芳菱都會在這裡，點上一杯熱美式，幫所有的飼主，解決他們與寵物的溝通問題。

「這位子我之前幫妳保留過一陣子，可是妳都沒再出現了，於是就……」

「沒問題的，」芳菱坐進那個曾經專屬於她的老位子，「謝謝你！」

聽到她的回覆，默默店長開始傻笑，興奮得不知所措，興奮得沒那麼默默。

「妳來喝咖啡？還是來工作？又開始接案了？還是一樣的熱美式？想要蛋糕嗎？吃過飯了嗎？」

往常能聽到默默一次說超過三句話就算難得，現在竟然連發六個問句，芳菱聽完笑了。

「幹嘛那麼緊張？我吃過了，今天是來工作的！」

默默的雙手無意識的互相搓揉著。「是嗎？妳重拾動物溝通師的工作了？」

面對他的提問，芳菱臉部突然僵了一下。她算重拾動物溝通師的工作嗎？她又要變成之前的那個陳芳菱了嗎？她不是已經重生了嗎？

「再看看，還不知道。」

默默見她垮下了臉，眼神迴避，發現自己過度興奮的情緒，可能導致她的不滿。於是深吸了一口氣，拿出專業的口吻，肯定的語氣說：「熱美式，馬上來。」再默默的走回了櫃臺，那個屬於他的堡壘，繼續觀察著芳菱，那杯先前手沖倒一半的咖啡涼了，默默默默的將咖啡倒掉，為自己感到懊惱。

「久違了！」芳菱坐在自己的專屬座位上，對這個位子說。

一年多沒有練習溝通，她是不是還有辦法跟以前一樣，了解動物的心事呢？這些人生受過的打擊，是否會讓她無法敞開心胸，成為她與動物溝通上的阻礙？她挺緊張，想著當初學習時老師告訴過她：「只要真心、善意，動物就會願意與你敞開心房。」今日的她，經過了磨難的洗禮，與之前那個單純的她完全不同，但她一直告訴自己：「得真心，要真心，必真心！」但是她接亮亮的案子，真的初衷只是為了錢啊！

咖啡廳的大門再度敞開，亮亮的主人小盈像片烏雲般飄了進來。沒有好久不見的熱情寒暄，見到芳菱立刻坐到她面前，從包包裡拿出兩張用檔案夾完整保護的狗狗照片。

「該準備的事情我都準備了，但我不知道他聽不聽得見，整天都沒張開眼，現在都靠營養針支撐了，我也不知道這樣對他是好還是不好……」

芳菱看著小盈，一個過度痛苦而亂了方寸的飼主。過去芳菱會聆聽，因為這可能是他們唯一的宣洩管道；然而今天，她卻果決的打斷小盈：「別哭了，溝通要專心！」

是的，這麼久沒做溝通，這次芳菱真的很需要專心。

小盈的眼淚還掛在眼頭，用力吸了一下鼻子。芳菱沒抬頭搭理，只專心的看著亮亮的照片，看著照片裡他的雙眼，彷彿想透過這靈魂之窗，進入他的靈魂世界。

突然間，芳菱覺得自己走進了亮亮的身體，她的雙手成了他的前肢，雙腿成了他的後肢，亮亮此時正全身癱軟，橫躺在一個柔軟的床墊上，男主人在他身旁陪伴著，一手溫柔的撫摸他的身軀，一邊輕聲告訴他：「馬麻出去一下，等等就回來，你一定要等她回來喔！」他想轉頭舔舔男主人的手，可是卻無力得連眼睛都張不開，眼前一片迷茫。

妳來啦？我在等妳呢！

亮亮好虛弱，感覺每個訊息，都是用盡了全身的力氣，才有辦法表達。

亮亮，你身體好不舒服。

好痛……我不能走……我好臭……尿尿便便……好丟臉。

亮亮似乎對於失禁而弄髒環境感到內疚，這股內疚感跟自己肉身的疼痛，程度不相上下。

芳菱心裡一陣抽痛，那是她自己的感覺，這隻狗已經病入膏肓，竟然還在為了這個家著想。

亮亮，你是不是該離開了？

馬麻很難過。

你怕馬麻難過，所以不想走？

馬麻會很難過。

芳菱抬眼看了小盈，看跟她一臉急切的想得知答案。

「亮亮他……」此時的芳菱心情相當沉重，雖然慶幸動物依然願意與她敞開心胸，放心溝通，但她接收到的，卻是一個如此難受的痛楚；而他此時更在意的，並不是自己的肉體的痛，而是最愛的主人心裡的痛，為什麼狗會願意為了自己以外的生命，忍受如此極大的痛苦呢？

「他身體非常不舒服，全身都在痛，相當難受，他知道他該走了，只要離開，他就不會再痛，但他不敢離開，怕離開了，妳會更難過。」

小盈聽了，眼淚立刻潰堤。

「我就知道……他為什麼要為我做這麼大的犧牲？我不希望他這麼痛苦啊……」

小盈哽咽得無法再開口，低著頭啜泣了一陣子，直到情緒緩和，才又輕輕喉嚨，詢問芳菱。

「那他想要留下來嗎？只要他願意，我不管花多少錢我都會讓他活著……」

「不是的！」芳菱粗魯的打斷了她。「亮亮很痛苦，早該離苦得樂，他是因放心妳不下，才不顧自己肉身的痛苦，留著一口氣……」

妳不要罵馬麻……

芳菱急促的語氣，讓亮亮認為她在責備小盈時。頓時，芳菱的身體感受到一股滿滿的能量，那是一種溫暖、充滿玫瑰花香氣的感受，想要擁抱眼前的飼主——芳菱知道這股能量是來自於亮亮，他不忍主人難過，想要擁抱安慰她。

默默店長熟練的走過來，遞上一壺檸檬水，以及一疊紙巾，一語不發，再度走回吧臺，完成任務。芳菱給他使了個眼色，以示感謝。

在小盈重整情緒時，芳菱再度回到與亮亮的對話上。

亮亮，你有什麼話想跟馬麻說？

亮亮的身體相當虛弱，思緒也開始混亂。芳菱感覺到他努力的想要集中精神，好完成這可能是最後一次的對談。

終於，亮亮緩緩的吐出了一句話……

摸摸……

芳菱的思緒裡，出現了飼主撫摸著亮亮的畫面。畫面裡的亮亮還健康，躺在小盈的大腿上，放心的半睡著，小盈則溫柔的撫摸著他。亮亮相當幸福。

我會記得，摸摸……

接著，畫面變成了亮亮還是幼犬時，在收容所的景象。芳菱這才想起，亮亮其實是警方破獲不良繁殖場後，被送到收容所待認養的幼犬。畫面中的亮亮很害怕，因為其他的兄弟都被領養走了，留他孤零零自己在籠子裡，直到小盈靠過來，將他抱起，那一刻起，他再也不害怕。

芳菱把她所見到、聽到的一切，轉述給小盈聽。小盈把臉埋在手心，激動的流淚。芳菱幫她添了水。

「其實亮亮真的很愛妳，所以妳如果放不下，他就會選擇不離開，就得承受肉體的痛苦。」芳菱告訴小盈。

小盈擦了擦眼淚，哽咽著說：「可是，我怎麼可能放得下……」

不知道為什麼，芳菱突然想起了自己生病臥床的父親。

「不可能放下的吧！但總得有讓自己好起來的意願，他才能放心離開。」

「好難。」小盈終於擦乾了眼淚，緩緩說出這兩個字。

「是啊，真的好難。」

芳菱再度看著亮亮的照片，這時，神識裡出現了一個畫面：健康的亮亮，擺脫了輪椅，開心的搖著尾巴，笑著。

芳菱微微一笑，告訴小盈：「妳知道嗎？亮亮說，離開之後，他就會變得健康、漂亮、又快樂，所以妳不要擔心他。」

小盈點點頭，喝完了咖啡，道過了謝，告訴芳菱，她覺得自己應該回家陪亮亮了。

小盈走出咖啡廳時，芳菱才跟亮亮道別。

謝謝妳。

你要離開了嗎？

我會跟媽咪說再見。我們來到這世界，也會離開……不要難過。

芳菱總覺得，動物對俗世的領悟，比人還透澈。生命對他們言而，就是開始、過程、和結束，而人類卻糾結著太多的執念、痛苦、與情感。

芳菱知道自己的內心深處，還藏著一個糾結的執念，像死結般擰不開，但她還不知道，該如何放下心裡的那塊石頭。

＊＊＊

芳菱一進門，豆豆開心的撲上去，前腳的爪子抓著芳菱肚皮，讓芳菱痛得要豆豆下來。芳菱疲憊的坐在沙發上，豆豆好奇的嗅著她全身，像是在徹底檢查。

檢查完畢，豆豆鮮見的在她面前正襟危坐。

我以後也要去。

「去哪裡？咖啡廳！我才不要，那裡很遠，帶你不能坐車，要走很久。」

我以後也要去！

芳菱很瞭豆豆的脾氣，她一點都不想跟她討論這件事。現在的她，只想趕緊補眠，準備晚上的夜班。

我肚子餓了，給我吃東西。

「晚上再吃，一直吃一直吃會肥。」

我如果跟妳去，就會有東西可以吃。

「才不會，妳不准吃那裡的東西！」

芳菱不再搭理豆豆，拉上窗簾、戴上耳塞，準備睡覺。

豆豆跳上床，趴在她身邊，芳菱的手很自然的開始撫摸著豆豆，她突然想到，當豆豆要走的那一天，她真的能如自己跟飼主所說的，真的放得下嗎？

豆豆湊過來舔了芳菱兩下。一人一犬，繼續睡去。

＊＊＊

一個禮拜後，芳菱在值夜班時，接到了小盈的訊息……

不好意思，我之前沒有跟妳說，溝通完那天晚上，我回到家，亮亮難得張開了眼睛，聞了聞我們，我告訴他：「你不要擔心馬麻，馬麻會好好的，你就安心離開，不要再痛痛了！」然後亮亮就好像放鬆了，所有的痛苦都從他身上遠離了，就像妳所說的：離苦得樂。亮亮離開了。

謝謝妳，希望妳可以再繼續接溝通，我覺得妳真的很準。

看完訊息，芳菱想了一下，不知道該怎麼回覆，因為——

「很準？為什麼大家都要當我是算命呢？」

三、穿著太空裝的龜龜

第一百二十四天。

芳菱剛繳了下個月的房租，便利店大夜班的薪水加上亮亮溝通的費用，扣掉房租之後也所剩無幾。這幾天芳菱都在頭疼這件事，如何利用剩下極有限金錢，去養活自己跟豆豆。她打算每天晚上把過期的微波食品帶回家當三餐，人好解決，但狗呢？

「這個月沒有零食，沒有罐罐，沒有肉肉了，只有乾乾，不是我不願意給妳，是我沒辦法！」

罐罐就是罐頭，乾乾就是乾飼料，肉肉其實芳菱也很少給，頂多偶爾買副打折雞胸肉切片汆燙給她吃，比起那些每天吃鮮食，飼主買烘肉機烘零食的狗，豆豆的生活，真的只有溫飽而已。

但是她還是每天跟著芳菱，便利店大門永遠敞開，座位區裡總有不同的顧客請她吃東西，她從來沒有跟著他們回家過，永遠守在芳菱視線可及之處。

一般來說，早上八點，是芳菱換班的時間。六點前，店長就會到店裡幫忙，應付早餐時間的人潮，六點到八點這段人潮尖峰時段，豆豆就得被拴在櫃臺後方，免得眾多的顧客，弄得人嚇狗、狗嚇人。而豆豆倒也很識相，不吵不鬧，趴了就睡。顧客們趕著上班、上學，結帳時連頭都懶得抬起來看看店員，更別提觀察到櫃臺下有一條十七公斤重的黑色米克斯了。

不過這幾天挺怪。那個每天午夜來店裡看漫畫的少年，這幾天竟然早上八點不到就來了。

「狗在櫃臺後面？」少年問。

芳菱點點頭，其實想要忽略他，幫下一位客人結帳。

「我可以牽他去座位區嗎？」少年又問。

其實少年一來，豆豆就不會在櫃臺下頭安分，也影響了芳菱和店長的工作。店長跟芳菱點點頭，然後跟少年說：

「你得牽好啊！不准帶出門，等等人潮少的時候，才能放他在店裡走動。」

少年豎起大拇指比了個「讚」表示同意，然後豆豆就開心的隨他去座位區。跟著少年，豆豆能補足芳菱無法給她的：茶葉蛋、熱狗，有時還會有蘇打餅乾。

「對了，不要一直餵她吃那些人吃的東西，太鹹對她腎臟不好。」芳菱交代少年。

「我會把鹽巴舔掉！」少年回答。

芳菱心裡還是挺吃味，到底是我的狗還是你的狗啊！

早上的忙碌程度，就跟風火輪一般，芳菱也沒法放太多心思在豆豆身上。然而，芳菱總有一種感覺，少年似乎一直偷偷在觀察她，每當她偶爾轉頭察看豆豆的狀況，總見到少年正盯著她，她眼神一掃過，又馬上低下頭假裝無事。

她一直告訴自己只是碰巧，只是錯覺，只是因為之前她被報社抹黑的經驗，讓她容易把周遭的人都當成記者的眼線。她只能對自己一直說：「那少年不是什麼小報派來的，他只是一個平凡少年……不過暑假不是放完了嗎？他怎麼還一天到晚在這兒混？為什麼他不用上學？……」

芳菱下班後，會先帶豆豆到最近的公園散步。

這是芳菱一天之中最放鬆的時間，看著豆豆在草地上奔跑、追鴿子、看松鼠，就連看她找地方上廁所，都是極度放鬆的事情。以前沒養狗的時候，芳菱老覺得那些養狗的人太偉大了，每天遛狗、洗狗、餵狗，把自己搞得累呼呼，卻從沒有一聲怨言。現在自己養了狗，才了解原來這才是放鬆的祕密，專心看著狗兒做事，把自己的腦袋放空，至少在這短暫的一小時之間，她可以不必去擔心下個月房租該從哪生出來，該怎麼樣才能讓自己吃得飽，狗狗活得好。

等等，那個板凳上坐著的，是便利店的那個少年嗎？

當豆豆在草地上施展深蹲絕技，解放身體穢物之時，芳菱見到了那個少年。這不是錯覺！因為豆豆也發現了少年，拉完屎後，開心的跑向少年，讓芳菱邊撿屎邊在原地大喊：

「豆豆！回來！」

豆豆沒有回來，她很開心見到老朋友，往少年身上狂撲，少年笑著摸著豆豆，芳菱撿完了屎，一臉怒意的走近他們。

「豆豆，過來！不要隨便撲人家。」

豆豆有點猶豫，後來還是放棄少年，乖乖回到了芳菱身邊。芳菱將牽繩扣上，少年看出芳菱的不悅，急忙解釋：

「我沒有關係啦！我跟他是好朋友啊，我很喜歡狗。」

「我不喜歡她這樣，沒禮貌！」

叮叮。

手機訊息聲，打斷了芳菱與少年的對話。

這幾天芳菱收到了不少老顧客的簡訊。上回米格魯亮亮的飼主小盈，將亮亮離開世間的過程放上了網，自然就提到了請芳菱溝通的細節。沒想到那篇文章居然被瘋狂轉貼，弄得現在不只老顧客追殺，就連沒接觸過的人，都不知道從哪弄到自己的Line，搞得她聯絡人暴增，問候訊息不斷。她在思考是不是乾脆重開一個帳號？一想到聯絡人要重建，就覺得很麻煩。不過，仔細想想，那些聯絡人清單裡，真的有在聯絡的人有幾個呢？除了房東、店長，或許還有默默咖啡的店長林默默吧？然後還有誰……呢？

沒了。

婚沒結成，之前的生活也沒了，就連之前的朋友，也連帶一起消失。

怪不得自己幾個月前，還想去跳海。

一群鴿子飛了起來，豆豆開心拉著牽繩，彷彿想追上天上的鳥兒；不一會兒，她的眼神又被樹上的松鼠給鉤住，奔到樹底下，坐得直挺挺，期待松鼠會跑下來跟她玩。芳菱一邊被豆豆拉著跑，一邊大喊著豆豆的名字，但最後卻忍不住笑了。這傢伙，自以為跟鴿子、跟松鼠都能做朋友，也沒在管對方怎麼想的，說不定還自以為狗緣很好吧？

「好可愛喔！可以養狗，真好！」少年跟著到了豆豆身邊，跟芳菱這樣說。

芳菱什麼也沒回，拉著豆豆，「走，我們去逛逛！」

＊＊＊

這一天，店長特別早到。

而且，他的行為還有點鬼祟。

芳菱注意到，店長雖然跟往常一樣，整理貨品，清點倉儲，然而卻時不時抬起眼角觀察她，當芳菱發現，又裝作若無其事。

店長是個四十五歲的大叔，家中有妻有小，老婆年輕貌美，在家裡照顧可愛的雙胞胎，是個全職家庭主婦，標準男主外、女主內的家庭模式。有了之前老公出軌的經驗，芳菱不得不懷疑：店長該不會是對她想入非非吧？

芳菱忙著把等等會熱銷的飯糰上架，身後感覺到店長正緩緩逼近，芳菱的腦袋裡飛過不知道幾種拒絕店長的方法，其中包括如何衝到櫃臺解開豆豆的牽繩同時命令她咬人這種爛招……只是，每種方法都不切實際，而飯糰總有整理完的時候。

芳菱轉過身時，店長正好走到她身後，兩人之間的距離，連彼此的呼吸都能感覺到。店長退了一步，尷尬的搓著手，笑著。

「不好意思……」店長尷尬的說。

「沒關係。」芳菱準備離開。

「是這樣的……」店長讓芳菱不能離開。

於是芳菱只好停下腳步，聽他想說什麼。

「那個……我聽說……妳好像……會跟動物講話是吧？」當店長的嘴巴裡吐出「會跟動物講話」這幾個字時，他的臉都脹紅了。

芳菱翻了個白眼。不過好險是這個問題，危機感瞬間解除。

「你是在哪裡聽說的？」

店長除了是個四十五歲的中年大叔，還是個身材有點福態的中年大叔。所以當他聽到芳菱的問題，嘟著嘴顫抖著，「就……」不知道從何講起時的模樣，讓芳菱差點笑了出來。

店門此時開啟，兩人一同轉過頭去。是那少年，他今天不知怎麼，也來得特別早。

「他說的！」店長伸出食指，直直指著剛進門的少年。連少年也愣了一下。

店裡的空氣，大概凝結了三秒鐘。

「唉唷！」首先放鬆的是店長。「就他前幾天來，問我說他在網路上看到有個美女溝通師好像在便利商店上夜班還帶了隻黑狗妳說說看這世界上有多少女人在便利商店上夜班還帶隻黑狗所以不是妳還會是誰？」

店長連珠砲般的解釋完畢，深吸了一口氣，接下來得換少年接力。

「Dcard上寫的啊！不然妳自己看！」少年拿出手機，準備找出論壇上的發文。

「不必了！」芳菱嘆了口氣，再翻個白眼，「所以你才會一直跟蹤我？」

芳菱質問少年，少年一臉莫名其妙。

「我哪有跟蹤妳？我只是……」少年想了想，發現自己的行為好像有那麼一點像跟蹤狂，「對網路謠言很有興趣而已……而且我很喜歡豆豆啊！豆豆咧？」

豆豆在櫃臺後，聽到少年的聲音，早就撲上了櫃臺。少年開心的走向櫃臺，伸出手準備摸豆豆。芳菱連忙一把制止，「不准碰！她是我的狗，你是在囂張什麼？」

她口氣之凶，可嚇壞了少年。程孝京見狀，趕緊解圍。

「好啦好啦，妳別那麼衝動，其實後來是我問他動物溝通是什麼，他才跟我解釋的，事實上是我有事情要問妳！」

「你？」芳菱這下可訝異了。

「是啊，我。我想問，所有的動物都能溝通嗎？」店長問。
「理論上是，」這莫名其妙的轉彎，讓芳菱的銳氣降低不少，「但也要看動物本身的狀況。」
「那那那那那，要怎麼溝通呢？是不是要帶去廟裡之類的？我聽人家說這種事情很玄，很容易讓動物卡到髒東西，要不要先拜拜、洗艾草浴、過香爐——」
「都不用！」芳菱趕緊打斷店長，否則他會囉唆個沒完沒了，「動物溝通是一種心電感應，有人提出過科學上的解釋……但我想你應該看不懂吧？」
「科學……我從小就自然科學物理化學最弱了，原來不是養小鬼啊！那幹嘛有人講得一副陰森森、怪可怕的！這樣的話，溝通會怎麼進行，是要把帶動物到妳面前，還是請妳到動物住的地方？」
「看狀況，如果方便，可以直接帶來；如果不方便，給我照片就好……但是照片一定要看鏡頭，並且清楚！」
店長點點頭，口中喃喃唸著：「要看鏡頭……這怎麼可能！要不然帶來好了，但要怎麼帶……？」
少年在一旁，一臉的不耐煩。
「你今天要什麼？」芳菱問少年。
「大熱拿。」
「飯糰不要喔？」
「不想吃了！」
少年似乎不開心，但芳菱才不想理他。屁孩一個！
「店長，你有動物要溝通喔？」芳菱邊幫少年準備咖啡邊問。
店長如抽筋般不停點頭。

「是什麼動物呢？」

「烏龜。」

「烏龜？」

「嗯……還是陸龜？總之，他不是養在水族箱裡的那種，大概這麼大。」

店長的雙手比了大約一個牛奶箱大小的距離，是隻不小的動物。

「這陸龜是我爸帶回來的。我還年輕的時候，我爸說孩子都大了，家裡只剩他跟我媽，他們又話不投機，講沒兩句就要吵架，想養隻寵物陪他，但我媽嫌貓狗有毛又會大小便，不准我爸養，結果我爸竟然不知道從哪弄來這隻烏龜。剛帶回來的時候還小小挺可愛的，誰知道愈長愈大，後來簡直跟隻狗沒兩樣，把我媽氣得要死。不過，後來我爸失智，還好有這隻龜，因為他們倆成天膩在一起，烏龜走不遠，我爸自然也不會到處跑，每天都跟他在院子裡聊天，我爸什麼事情都跟他講，包括很多不三不四、我們都聽不懂的話，但龜龜都會靜靜待在旁邊，聽我爸講話。甚至到最後，我爸沒什麼力氣講了，他還是待在我爸身邊，一直陪我爸到他嚥下最後一口氣……」

店長說到這兒，突然哽咽起來。芳菱趕緊將咖啡遞給少年，抽了張紙巾給他，讓他接過拭淚，等到呼吸平穩之後，店長繼續說：

「其實是這樣，因為我爸最後幾個月，都沒辦法跟我們溝通，講話唏哩呼嚕誰聽得懂？但他什麼事情都跟龜龜說，我想請妳幫我們問問龜龜，究竟我爸都跟他說了些什麼，他最後的一段日子，究竟開不開心，走的時候，是不是真的放下了。」

門口響起了樂聲，上班時間的客人開始進門。店長跟芳菱趕緊放下對話，回到工作崗位，結帳、煮咖啡、微笑跟客人說早安，然後抽空檔繼續剛才的對話。

「所以是可以進行的吧？」店長準備熱美式。
「可以。」芳菱回覆。「中熱拿一，飯糰加熱。」
「那要怎麼進行？」店長同時加熱飯糰。「中熱美好囉！」
「確認時間，匯錢，收到錢，進行……謝謝您總共六十元，收您一百找您四十。」
芳菱回答店長時，表情冷酷；面對客人時，臉上立刻堆上陽光般的微笑。
「多少錢？」店長問。
「一小時三千八。」芳菱回答。
微波爐「叮」了一聲，蓋住了店長發出的驚叫。
店長拿出加熱的飯糰。
「飯糰好囉！……這麼貴！」
「嫌貴就不要溝通囉！……現在中熱美兩杯七五折可寄杯請問有需要嗎？」
接下來的兩小時裡，他們倆專注在工作上，沒人再提到溝通這件事。
少年還在。
「那個……」少年說。
「怎樣？」芳菱對少年敵意不淺。
「我的咖啡還沒給錢。」少年掏出一張百完鈔，遞給芳菱。
芳菱速速接過，開了發票找了錢。
「我可以牽豆豆……」少年又問。
「不可以！」

芳菱準備下班，牽著豆豆跟店長領今天的早餐——飯糰加咖啡。店長把遞出去的食物，又收了手回來。

「三千五！」

「店長你喊價喔？」

「不然咖啡加飯糰總共是六十五元！」

芳菱嘆了一口氣，搶過早餐。「好啦好啦，算你三千！」

「這麼好！」

「對啊，誰教你是我店長。」

「謝謝。」

「而且我早就料到你會喊價。」

店長吃驚。「靠，你給我抬價？」

「哪有，原價三千二我還是有給你算便宜！」

「收這麼貴，我怎麼知道妳不是亂講？」店長問

「我會驗證，讓你知道我沒亂講。」

芳菱牽著狗往外頭走去。

「下班囉，記得把動物的資料給我，這幾天要告訴他，我要找他聊天喔！」

店長還是一頭霧水。

「準備什麼資料啊？我要跟龜龜講什麼？」店長滿臉疑惑。

「我知道！我教你。」少年告訴店長。

＊＊＊

姓名：龜龜
年紀：約25歲
性別：男生
飼主對寵物的自稱：我爸不知道，我沒有自稱
寵物的主要照顧者：我爸（過世了）。

芳菱跟店長約在默默咖啡。一走進店裡，竟見到少年在吧臺邊，靜靜的喝著咖啡。

默默見到芳菱一臉怒意，相當慌張與錯愕。

「你就是不死心就是了！」芳菱走向少年，沒好氣的說。

「我來喝咖啡啊！喝咖啡不行喔？」

少年喝了一口眼前的黑糖拿鐵，默默則是一臉緊張。

「你喝！別來礙事。」

芳菱走向自己的老座位，默默趕緊拿著水杯走來。

「那傢伙煩妳嗎？要我把他趕走嗎？」默默緊張的問。

「不必，他要喝咖啡就給他喝，坐太久就叫他再點一杯，錢他自己付！」

默默點點頭，默默的回到吧臺。現在那個惹芳菱不開心的少年似乎成了他的仇人，默默惡狠狠的瞪

了他一眼。

少年見狀，拿著咖啡，坐到了旁邊的位子，拿出漫畫看，眼神卻時不時從書本後頭飄出來，觀察著芳菱。

店長竟遲到快半小時了。芳菱沒耐性的打了好幾通電話，誰知他連電話也不接。

「討厭，一定是他告訴那屁孩的！」

正當芳菱打算離開的時候，見到店長拉著一只行李箱，笨拙的朝咖啡廳走來，見到芳菱，鬆了一口大氣。

「龜龜呢，不是要帶他來嗎？」芳菱疑惑。

店長沒回答，他像是剛跑了百米，上氣不接下氣，指了指行李箱。

「你該不會把他放在行李箱裡吧？」

店長打開行李箱，雙手伸進，吃力的搬出行李箱裡的「物品」——

龜龜。

可想而知，店長拿出的是一個看不見手腳尾的「龜殼」。經歷行李箱的一番折騰，龜龜肯定嚇得縮到了殼裡。

芳菱看著龜龜，無奈的搖搖頭，對著店長抱怨：「店長，你也拿個平穩一點的東西裝他吧！這樣把他扔進行李箱，你以為他是……鍋子嗎？」

「拜託，我也想開車載他啊！但出門的時候車突然壞了，叫小黃小黃又不肯載，硬是要我把他放進後車廂，所以我只好把他放行李箱搭捷運過來了。」

「放行李箱跟放後車廂，還不是都陰暗又晃動。」

芳菱看著龜龜，他依然縮得緊緊的。

「你怎麼不把他放在整理箱或紙箱，甚至用條被子包著，帶他搭車，都好過放進行李箱啊！」

芳菱看著龜龜，一邊撫摸著、安慰著他；一邊專注精神，準備與龜龜進行溝通。

「他一定很開心，我們家很久沒人跟他說話了。」店長內疚的說著。

終於，龜龜探出了頭來。

哇～這裡是……月球嗎？

芳菱見過各種千奇百怪的動物招呼語，但怎麼也沒想到，會有這種打招呼的方法。

不是喔，這裡還是地球。

這樣啊……可是我剛剛晃了好久，我不是搭了太空船嗎？

太空船？不是喔，你只是……來的路上比較搖晃一點。

這樣啊……

芳菱感覺到一陣難過。

龜龜怎麼了？為什麼難過呢？

我以為，搭了太空船，就會見到阿公了！

你以為阿公在月球？

「那個……妳在幹嘛啊？」店長突然打斷芳菱跟龜龜的對話。

原本蹲在地上，看著龜龜雙眼的芳菱，突然轉過來狠盯著店長。

「我在溝通，不要吵！」

芳菱繼續轉過頭，看著龜龜的眼睛。然而店長還是搞不清楚，繼續追問：「啊妳溝通……不需要講話喔？」

芳菱倒抽一口怒氣，轉頭看著店長。

「我們是心靈的感應，不是言語的溝通，可以不要再打斷我們了嗎？」

芳菱繼續讓眼神回到龜龜上，店長則覺得自討沒趣，攤了攤手，表示不再打擾。

他白目白目的。

龜龜你連白目白目都知道欸。

因爲阿公都這樣說。

「妳不是說要驗證嗎？」店長又再度打斷芳菱與龜龜的對話。

「是，等我一下，我會跟你說，但請你不要再打斷我們了！」

店長再度自討沒趣。

龜龜啊，跟我說一下，你現在住的是什麼樣的地方呢？

龜龜沉默了好一會兒，他選擇給芳菱一個畫面：那是一個又黑、又冷、又空無一物的狹窄區域，芳菱感覺到龜龜腳下的冰冷，以及讓人難受的孤獨。

「你讓龜龜住陽臺喔？」芳菱突然轉向店長，帶著些許憤怒質問。

「對……我也沒辦法啊！家裡有兩個正在爬的孩子，我老婆雖然喜歡龜龜，但又擔心他會亂咬，所

以就讓他住陽臺……應該沒關係吧？」

「怎麼會沒關係？他很難過、很孤獨欸！」

芳菱的怒意，讓中年的程孝京像個被罵的小孩，低著頭不敢說話。

他白目白目的……

反而龜龜像個成熟的大人，替程孝京說話。芳菱這時才發現，烏龜真的是一種很不一樣的生物，他的成熟與智慧，完全輾壓許多自以為社會化的成人。

龜龜，你怎麼會說，阿公去了月球呢？

阿公告訴我的啊！

接著，芳菱看到了一個畫面：龜龜在虛弱的阿公身邊，阿公用最後一口氣跟他說：「龜龜啊，阿公先去月球找美女，你在這裡好好過日子，等到時候到了，就到月球來找阿公喔！」

「原來如此。」

芳菱一開口，程孝京馬上像個孩子一樣跳了起來。

「他說什麼？」

「你爸告訴龜龜，自己去月球找美女，要龜龜之後去找他，所以剛剛龜龜在行李箱裡面，以為自己搭上了搖晃過度的太空船，下船就是到月球。」

店長突然傻傻的笑了。

「我爸是個太空迷，平常就最愛看什麼星際大戰啊、星艦迷航之類的科幻片，上網也都在看太空相關的影片，他以前常跟我們說，自己從小就想當一名太空人，可惜環境不容許，只能當數學老師討生活，他一定是跟龜龜講了很多小時候的願望。」

「他說你白目白目的，你爸也這樣說。」

咖啡廳裡的空氣，突然一陣尷尬。

默默店長像是配備人的情緒嗅覺似的，在此時端上了給程孝京的咖啡，同時送了龜龜一盤生菜沙拉。

「菜都是有機的，烏龜應該會喜歡。」

程孝京接過沙拉，虛弱的說了謝謝，然後蹲在地上，跟芳菱一起餵起了龜龜。

一盤沙拉都快餵完了。

「所以……」芳菱突然出聲。

「嗯？」

「所以你想問什麼？我們只有一小時的時間。」

程孝京這時才想起，自己可是付了三張小朋友。於是他立刻切入主題：

「妳幫我問他，我爸跟他在一起的時候，都跟他說了些什麼？」

龜龜正好吃完最後一片沙拉。

好吃嗎？

好吃！我喜歡月球。

是阿公告訴你月球的事情嗎？

龜龜突然盈滿了喜悅，傳達到了芳菱的心窩，芳菱看到了這輩子都想像不到的畫面：阿公跟龜龜穿著電影裡常見到的白色太空裝，牽著龜龜的手，漂浮在太空中，眼前是一個好大的月球，阿公興奮的指著月球，牽著龜龜，朝著那兒飄去。

「龜龜說，之前他跟阿公會在院子裡曬太陽，阿公都會說，要帶龜龜去月球找一個美女，那個美女是他老婆！」

芳菱把龜龜的訊息，轉譯給程孝京。

「真糟糕！這話千萬不能被我媽聽到，我媽老說我爸不三不四，懷疑我爸在外頭搞三捻七……其實我爸是一個很節制的人，平常頂多就是跟朋友吃吃飯、喝喝酒，女人的事情，就是男人嘴上的逞強，自己根本碰都不敢碰。」

「那個美女，臉尖尖的，嘴巴小小的，笑起來很燦爛，而且……穿洋裝欸！白色的洋裝，在月球上穿洋裝，有沒有很有趣？」

芳菱接收到龜龜傳來的畫面，正興奮的轉述給程孝京，沒想到他並不領情。

「別說了別說了，這話真的不能給我媽聽見，」程孝京突然轉向龜龜，說：「龜龜啊，見到阿嬤千萬不能告訴她這些事情啊，否則你會被扔出去的！」

講的好像阿嬤聽得懂龜龜說話一樣。

美女會餵我吃蔬菜呢！

美女會餵你吃蔬菜？

是啊，阿公只會跟我聊天，帶我去月球，可是美女會餵我吃好多蔬菜，我喜歡美女。

這下子芳菱可被考倒了，動物的生活範圍並不大，就是飼主所給予的一切，如果沒人知道前飼主的生活模式，要了解動物的思想世界，可就是一道道必須解開的謎題。

「那個，之前在你爸家的時候，是誰在餵龜龜啊？」

「應該是我爸吧？……我也不清楚，我媽應該也會餵吧？搞不好她還比較常餵他，畢竟我爸不太進廚房的。」看來程孝京也不太清楚父母親的生活模式。

而這可難倒了芳菱。

美女在月球，美女又會餵龜龜，美女也是阿公的老婆，所以美女是……？芳菱突然有個想法，「你手機裡有你媽的照片嗎？」

芳菱提出了讓程孝京出乎意料的問題。

「有啊……有吧……？」

程孝京拿出手機，翻找著相簿，好不容易翻出一張他媽抱著兩個雙胞胎的合照。

「這裡。」

芳菱仔細端詳了一會兒，驚呼：「就是她！她就是你爸說的美女！雖然老了，但那張臉蛋，那個笑容，就是她啊！他說美女是他老婆，真的就是他老婆！」

「是嗎是嗎？」這下程孝京可興奮了，「這可真的要跟我媽說，我媽要知道了，肯定會很開心的！」

龜龜，既然你們都找到美女了，那阿公爲什麼還要帶你去月球呢？

我也覺得奇怪啊！阿公好像看不到美女，美女很傷心……

美女餵龜龜吃蔬菜的時候，總是一臉哀傷，所有的心事，只能跟龜龜說；阿公跟美女，卻常常吵架。龜龜充滿疑惑：他們不是相愛嗎？阿公不是要找美女嗎？為什麼兩個想見、想愛的人見了面，反而吵起架來呢？

「你說你爸爸失智……那他到後來，是不是認不得你媽了？」

程孝京點頭，「所以我媽才生氣啊！服侍了他一輩子，結果到頭來，連自己的老婆是誰都不記得。」

「可是，你爸其實深愛著你媽呢！只是他的腦子裡，只剩下了你媽年輕時的模樣，是他的病，再也無法把這分愛跟現實連結起來。」

咖啡廳的空氣裡，突然飄過一片哀傷的雲朵。

配備情緒嗅覺的默默店長，這時又默默的送上溫暖。「巧克力蛋糕，剛烤好的，蛋糕邊賣相不好，口味還是一樣好，請你們吃。」

芳菱接過蛋糕，低聲說了謝謝。

「可以再幫我問嗎？」

「請說。」

「幫我問他，我爸死的時候，是否真的了無牽掛？他的心情是否平靜？還是，有什麼遺憾，我希望就算他死後，也可以幫他了結心事。」

「可是龜龜以為你爸去了月球欸！」

這個問題，讓芳菱十分糾結，究竟是要滿足飼主，還是讓動物開心呢？

程孝京沒有回答。

龜龜，你知道，阿公不是去月球吧？

龜龜沒有回答。

不過，芳菱看到了龜龜眼裡，阿公病重的模樣，以及感受到龜龜內心的痛苦。

美女說，龜龜可以活很久，就算現在在我身邊的人都走了，龜龜還是會活著，所以龜龜要堅強，才能快快樂樂。

是啊，聽說陸龜可以活到一百八十五歲，龜龜現在才二十五歲，龜生的路，還很長很長。

龜龜，阿公離開的時候，有沒有什麼想完成、但沒有完成的事情呢？

阿公想要找到美女，告訴她，他一直深愛著她，我想告訴美女，可是美女聽不到我說話……

芳菱將龜龜的話轉述給程孝京，他一語不發，起身去了廁所，回來的時候，卻掩不住紅腫的雙眼。

程孝京結了帳，順便跟店長要了一個大紙箱，以及幾張舊報紙，打算鋪在箱子底部。默默見狀，從後頭拿出來條桌巾，遞給程孝京。

「用這個吧！」

程孝京接過，鋪在紙箱內，將龜龜抱進紙箱。「龜龜，我們回家搭計程車啊！」

程孝京請芳菱幫忙把空行李箱帶回店裡，這時少年舉著手衝上來。

「我來，芳菱姊下午沒班，我拿去就好！」

程孝京跟少年說了謝謝，抱著龜龜走出店裡。

龜龜離去後，芳菱看著少年，再度沒好氣的說：「誰是你的姊？姊是你亂叫的嗎？」

被責備的少年，有點沮喪，拖著程孝京的行李箱，默默離開。

默默店長看著這一切，走向前來，表面上是清理桌面，卻低聲的跟芳菱說：「我覺得他只是對動物溝通有興趣，應該沒什麼惡意啦！」

芳菱不理會，默默只好在收拾完桌面後，默默退回吧臺後。

芳菱獨自在咖啡廳喝著咖啡，心裡想著，人類的感情如此複雜，稍微一個陰錯陽差，兩個相愛的人，就可能永遠感受不到對方的愛意，而造成了永遠的遺憾。

如果沒有龜龜幫他們見證，程孝京父母的愛，恐怕只能永遠埋葬在怨懟之中。

＊＊＊

程孝京把母親接來同住的那一天，母親顯得相當興奮。母親除了行李，還帶了好幾袋自己種的蔬菜。孝京老婆以為母親是疼雙胞胎，特別拿上來要給孩子，一直告訴他孩子吃不了這麼多，母親真的不用費心。

「阿孫吃的東西你們都會張羅，我這蔬菜是給龜龜的，龜龜最愛吃我種的蔬菜了！」

沒想到，母親只是簡短的跟雙胞胎打了招呼，見到了龜龜，卻開心的迎向他。

「龜龜啊……你有沒有想阿嬤？阿嬤好想你喔……哥哥對你好不好？有沒有給你好多蔬菜吃？阿嬤帶了你最喜歡的蔬菜喔！來來來，阿嬤餵你……」

母親當場從塑膠袋裡，掏出了一株蔬菜給龜龜，龜龜喀啦喀啦的吃了起來，相當滿足。

母親起身，抱了其中一個孩子，到龜龜的面前，對著孩子說：「阿孫啊，阿嬤跟你說，龜龜可以活很久很久喔！活到你長大、你爸爸媽媽都老了，阿嬤都死了，龜龜還會活著。所以你們長大之後，就要照顧龜龜，要把龜龜當成自己的家人，知道嗎？」

小孩子傻傻的看著，其實根本聽不懂阿嬤的話。孝京老婆接過孩子，讓他坐在母親身邊，看著母親繼續餵著龜龜，她那開心的模樣，孝京見了，心裡頭卻一陣辛酸。

「媽，我去找了溝通師，就是可以跟龜龜說話的人，有些事情，我想跟妳說……」

＊＊＊

芳菱特別討厭休假的日子。因為，休假不代表可以真正休息。平常夜裡她都在工作，休假的日子，夜裡她依然無法成眠，只能爛在家裡，抱著豆豆追劇，熬過寂寥的夜晚，直到太陽出來，芳菱才好帶豆豆去公園散步。

這一天，芳菱坐在公園裡，依舊觀察著豆豆在草地上四處嗅聞，等待她拉屎的那一剎那，好一個箭步上去，完成撿屎大任。

遠方走來一個熟悉的身影。又是那個少年！

芳菱向前去，想要把豆豆拉走，然而少年卻加緊腳步，走到了芳菱身邊。

「我不是跟蹤狂，也不想惹妳生氣，我只是……我看到網路上講動物溝通的事情，覺得很有趣，所以想要多了解一點。」

少年其實口氣誠懇，不過，吃過虧的芳菱，對於少年依然充滿戒備。

「有興趣可以去看書，去找老師學，我連你姓什麼叫什麼都不知道，幹嘛一定要跟著我？」

芳菱不領情，一直想把豆豆抓回來，然而豆豆卻少見的四處閃躲。芳菱突然怒吼一聲，嚇著了豆豆。

「我叫孟以君，大家都叫我小孟，今年剛考完大學，不過不會馬上去報到，我請爸媽給我一年的時間，讓我想想自己要什麼……我想了好久，終於找到一件我有興趣的事情，我很喜歡動物，想要知道動物想什麼，妳願意讓我跟在妳身邊學習嗎？」

被芳菱嚇壞的豆豆，坐在芳菱面前，耳朵後貼，尾巴快速的搖著，她以為自己惹了芳菱生氣，正在祈求原諒。

芳菱看了不捨，摸摸豆豆的頭，方才的怒意也消了一半。

「動物溝通不是這樣學的，你這樣一直跟著我，只會打擾我工作。」

「我保證不會打擾妳，真的！妳溝通的時候，讓我坐在旁邊就好，我絕對不會打擾妳！」

小孟的誠懇，的確稍稍打動了芳菱。她想起了當時去找王真老師學動物溝通時，衝動與愚蠢的模樣，就跟現在的小孟很類似。

但是，她依然無法確定，應該說，經歷了這一切，她暫時不知道，自己該不該相信人。

突然間，豆豆眼神變得無比專注，盯著某處好一會兒，猛一跳起來，往前方狂奔去，讓芳菱大吃一驚。

「再說吧！」芳菱扔給小孟一句話，拔腿朝豆豆追去。

等芳菱追上時，眼前見到的，居然是豆豆與龜龜對峙——龜龜面對豆豆，毫不畏懼的向前，反倒是豆豆，遇到這個沒見過的生物，既好奇又驚嚇得不停倒退閃避。

「妳的狗很棒欸，遇到我們家龜龜都不會咬，很乖捏！」

說話的是程孝京的母親，芳菱一見到她就認出來了，照片上的那名美女。然而她不認識芳菱，不知道跟龜龜聊天的溝通師就是她，更不知道芳菱清楚她的祕密。

而芳菱也不打算戳破這件事。

「對啊，豆豆對動物很友善。」

「她叫豆豆喔？豆豆啊，我們家的是龜龜，要做好朋友喔！」老太太一臉喜悅，嘴裡不停重覆「好朋友，好朋友」，彷彿說了動物就會變成好朋友似的。「我跟妳講，動物都是有靈性的，妳不要看我們家龜龜硬硬的，我兒子帶他去找過什麼溝通師，說龜龜會講話，而且很有感情的。」

老太太的神情和語氣，充滿了驕傲與溫柔，就像是龜龜讓她看過的那位穿著白色洋裝、有著甜美笑容的美女。誤會多年之後，終於得知自己深愛的人，其實對自己的愛從來沒變，人生裡少了怨懟，就會變得開朗、動人。

經歷了幾分鐘的對峙，豆豆決定離開這個奇特的生物，自己找地方拉屎去。

芳菱道了再見，隨著豆豆離開。

妳喜歡龜龜嗎？我可是跟他聊過天呢！

豆豆抬起頭，不以為然的看著芳菱。

我不是告訴過妳，下次我也要去嗎？

接著，豆豆看了眼小孟。

他也去！

芳菱見到小孟，還杵在原處，一臉失落。

「再說吧！」

四、重逢的代價

第一百四十天。

芳菱總算決定，正式回歸動物溝通界，公開接受動物溝通的委託案了。

亮亮跟龜龜委託案的收入，的確減低了她經濟上的壓力；但是讓她決定重出江湖的最主要原因，是那些動物的感情。這幾年人生經歷了這些風風雨雨，讓她差點不敢再相信任何情感的真實性；然而，亮亮跟龜龜的溝通，當然還有救他一命的豆豆，都讓她了解到，真正的「愛」是存在的！就算她之前不清楚自己是否擁有過，但這些動物，還有一直守著她的豆豆，都讓她對這個無情的世界，存有一絲希望。

正式接受委託，就表示生活會更加忙碌了。芳菱依然繼續便利店的夜班人生，有空就得回訊息，看郵件，約時間，如果有委託案，下午就得前往默默咖啡，待到晚餐時間才能回家。補眠的時間少了，陪豆豆的時間少了，豆豆臭臉的時間更多了，常常趴在沙發上，給忙碌的芳菱白眼。

「幹嘛啦？」正在回簡訊的芳菱，看到豆豆白眼，不耐煩的說。

當然豆豆沒回答，她的白眼說明了一切。

「好啦好啦好啦，」芳菱放下手機，走到豆豆身邊，「不看手機，陪妳總可以吧？」

豆豆繼續白眼芳菱兩分鐘之後，終於願意把頭靠在她大腿上休息，於是芳菱的行動就被限制在這張沙發上了。她伸長了手，搆到了電視遙控器，打開電視，電視上正在播一部跟狗有關的電影。

電影裡的那隻狗，轉世了三次，經歷了不同的飼主，也遭受了不同的磨難，就在最後一次，他遇上了一個非常糟糕的飼主，將他拴在後院，不聞不問，那時的生活對他而言，是漫無止境的地獄，黑夜、白天、颳風、下雪，甚至是時間，對他而言一點都不重要了，他只希望脫離這個地獄。

契機出現了，他逃出了那個家，輾轉到了不同的地方，回到了熟悉的土地，找到了已經中年的飼主——當年他在飼主懷裡死去時，他還只是個青少年。透過一個特別的拋接動作，狗兒與飼主終於相認了！飼主為他戴上了項圈，狗兒的前半生也許不堪回首，然而現在的他，卻是無比幸福。

原本芳菱開電視，是希望可以加速入眠，怎知道反倒讓她哭到頭都痛了。睡了一覺的豆豆，抬起頭看見爆淚的芳菱，搞不清楚她究竟為何難過，對於該不該安慰她感到遲疑，乾脆繼續窩在她身邊。

「豆豆，如果妳死了，還會回來找我嗎？……還是，妳本來就是來找我的？」芳菱擦乾眼淚，哽咽的問著豆豆。

豆豆連頭都沒抬。

以前學習溝通的時候，老師總告誡她，不要輕易答應人家與離世的動物溝通，因為動物會無法放下這個世界，安心前往他該去的地方。然而，出來執業之後，芳菱發現，真的有不少人會希望她幫忙問問死去的寵物現在是否安好，有的甚至已經過世多年，飼主卻一直惦記著。

以往芳菱總會拒絕這種離世動物的溝通委託，已經逝去的就應該讓他安心離開，對於生死，動物總比人類容易釋懷，他們總清楚這是一個必經的歷程，他們尊重生命的誕生，也對死亡處之泰然，然而主人的掛念，卻絆住了他們，讓他們無法走得輕快。因此，為了讓寵物們安心上路，芳菱在婉拒委託之後，

總會花更多的時間輔導委託人，請他們放下對寵物的牽掛。每次，飼主都會一把鼻涕、一把眼淚的說著自己跟動物的種種相處過程，擦乾眼淚後，對芳菱滿心感謝，接著就跑去找別的溝通師，請他們幫忙完成心願。芳菱知道之後，都會很生氣。生自己幹嘛沒收錢還給人家做心裡輔導的氣，生對方為什麼屢勸不聽的氣。

可是，就像亮亮的飼主小盈說的，放下哪有那麼容易呢？所以才會有這樣的故事產生吧？讓飼主以為，自己所愛的寵物，會再一次化身成另一隻寵物，費盡千辛萬苦，回到主人身邊。

「不過啊，如果妳有其他更好的選擇，就不要當狗了！」芳菱摸著大腿上的豆豆，一邊跟她說。可是後來她又想想，當人就比較幸福了嗎？

六點了，再幾個小時，芳菱就得去上夜班。

「慘了，我到現在還沒補眠，晚上怎麼過啊！」

＊＊＊

小孟還是照常出現在便利商店。有時是深夜，有時是一大早，然而不管什麼時候來，芳菱都對他視而不見。小孟也沒再提起當她跟班這件事了，他們又恢復成普通的顧客／店員關係，豆豆依然會蹭到小孟身邊，陪他看漫畫，分享他的零食與茶葉蛋；有時候芳菱會偷偷觀察小孟，被小孟發現時，她反倒變得跟賊一樣，馬上迴避眼神。這種感覺有點奇怪，之前纏著自己的小男生，突然不再理睬了，有種受寵過被冷落的悵然。

早上最忙碌的時段剛過，豆豆窩在小孟旁邊，陪著小孟喝咖啡；芳菱跟店長程孝京則在店裡各自忙著。一個纖瘦害羞的少女走進店裡，東張西望。程孝京注意到她，因為她站在店門口，不進不退，不知她想幹嘛；豆豆注意到她，是因為女孩一進門，就先跟她打了招呼；小孟注意到了她，因為她害羞的模樣有點可愛，看著她，嘴角就不由自主的上揚；芳菱注意到她，是因為她開口就問了——

「請問，那位動物溝通師，菱菱小姐，是不是在這裡工作？」

原本在整理咖啡機的芳菱聽見了，馬上轉過頭來。少女見到芳菱，先是愣了一下，馬上轉為雀躍，開心的衝到櫃臺前。

「就是妳就是妳，妳真的在這裡欸！」

面對少女的天真，芳菱有點不知所措，回答的口氣，也有點直衝。

「不好意思，妳不可以……妳不可以跑來這裡，找我講跟這裡工作無關的事！」

聽到芳菱強烈的拒絕，少女嚇得後退了一步。芳菱見狀有點內疚，偷瞄了店長一眼，怕他責備，誰知道大叔一副等著看好戲的模樣。

「對不起，我只是……聽人家說妳在這兒，所以我就……」

「聽人家說……」芳菱眼神飄往對著少女傻笑的小孟，「該不會又是聽你說的吧？」

小孟這才回過神來，反駁芳菱。

「什麼又是我？我根本不認識她好不好！」

小孟一臉無辜，芳菱卻還是白眼以對。少女看著芳菱，眼神有點受傷。

「不是啦，菱菱姊，妳忘了我了！我是Amy，之前養了一隻邊境牧羊犬妮妮，找妳溝通過幾次，妳忘了喔？」

「Amy……？」

Amy, Amy, Amy，哪個Amy？哪個妮妮？年過三十之後，芳菱的記憶力就開始衰退，那些溝通過的飼主跟動物，沒有調出檔案，根本認不出誰是誰。Amy，妮妮…似乎有點印象，難不成是那個……

「憂鬱症？」芳菱低著頭，用只有自己聽的見的音量喃喃自語，隨即抬頭問Amy：「妳爸爸是不是都會跟著妳來？」

「嗯，我那時候還小啦，我爸才會跟，現在我爸不會跟了！」Amy深怕跟班老爸會嚇跑了好不容易才找到的溝通師。

芳菱果然沒記錯，就是那個愛女心切，簡直到有控制狂的爸爸，一度差點惹怒芳菱，然而他父親後來跟芳菱解釋，女兒小學畢業那年，母親去參加她畢業典禮的路上車禍過世，之後她就一直有憂鬱傾向，為了讓她開心，才買了隻邊境牧羊犬給她。當初芳菱是因為聽了這段，才對Amy爸爸的行為稍稍釋懷。

「是妳啊……變這麼多，我當然認不出來！所以妳現在唸高中？」

「我畢業了，可是今年沒有考大學，我爸說先讓我休息一陣子，之後如果一切順利，他希望我可以出國。」

「出國啊？這麼棒！」

其實芳菱根本不關心Amy之後的規畫，講這些有的沒的，只是想氣氛自在一點。程孝京在旁看著，忍笑的模樣讓芳菱對他翻了個白眼。

「這是妳的狗嗎？」Amy走向豆豆，「我聽人家說，妳會帶狗來上班！」

Amy快速接近，讓豆豆倒退了一步，流浪過的她，對於所有快步走向自己的人類都懷有戒心。於是Amy放慢腳步，蹲在豆豆身旁，伸出了手，讓豆豆嗅聞、熟悉。

「她是……她是豆豆，我是小孟。」

豆豆向前靠近Amy討摸，不管是豆豆或是Amy，都沒理會小孟。

「所以是希望我幫妳跟妮妮溝通嗎？」看不下去的芳菱開口問了正事。Amy這才趕緊起身，走向芳菱。

「是妮妮，可是……不是之前那隻妮妮。」Amy說話的時候，神情有點哀傷。

「什麼意思？」

「就是……」哀傷的情緒在Amy的臉上蔓延，她似乎不想提起，但又不得不解釋。「我之前的妮妮前陣子走了，我現在又養了一隻狗，她也是妮妮。」

芳菱一聽，皺了一下眉頭，她瞥見店長的表情，他比芳菱還訝異。

「妳給新的那隻狗，取了跟死掉那隻狗一樣的名字啊？」店長張大眼睛問。

「對，因為我覺得，我現在的妮妮，就是之前那隻妮妮回來找我的！」

Amy掏出手機，翻出了照片，拿給芳菱看。「妳看，這是我現在的妮妮，是不是跟之前的妮妮長得很像？」

芳菱看了手機裡的照片，那是一隻棕花白底的米克斯幼犬，看來是混到了邊境牧羊犬，所以身上有幾個邊境牧羊犬的特徵，包括中長度的毛髮，以及眼周旁深色的眼圈。只是，有這種特徵的米克斯其實不少，外型的相似，並不足以證實她就是之前妮妮的化身。

店長跟小孟都湊上來看了Amy手機裡的照片，從他們臉上的困窘，芳菱可以猜出，他們跟她有一樣的想法，或許也跟她一樣，覺得這種心裡話不好明說，於是又默默退了回去，假裝沒事發生。

「我想請妳幫我問問妮妮，她是不是就是之前的妮妮回來找我的。」

Amy一說完，不只芳菱，就連店長跟小孟都呆住了。

「這……」芳菱這下子可真的尷尬了。

「妮妮走的時候，我告訴她，一定要回來找我，我一定會等她。後來我也去拜拜，求菩薩讓妮妮回來，結果妳知道嗎？我拜拜完隔兩個月，妮妮就自己跑到我家樓下等我，看到我就一直搖著尾巴，我就想，這一定是妮妮，所以馬上把她帶回家。當我幫他掛上妮妮的名牌時，她好開心，我想她一定就是妮妮！」

Amy興奮的說完這一切，芳菱也不知道該怎麼回答，才不像是潑她冷水。

店長看著芳菱，偷偷的翻了個白眼，然後回頭「假裝」繼續做自己該做的事。

「但……既然妳都這麼確定了，幹嘛還要來找我呢？」芳菱問。

「可是我聽不懂妮妮說話啊！我想要更確定，妮妮就是妮妮，所以想要請妳幫我問問她。」

「那萬一她不是妮妮，妳會怎麼辦呢？」

「如果她不是妮妮……那我會幫她改名字，也會繼續養她。」

「但妳也會繼續尋找妳的妮妮？」繼續尋找自己心目中的愛犬，那原本這隻替身，是不是就失寵了呢？

「我也不知道……」

Amy低下頭來，憂鬱的陰霾開始籠罩著她，讓芳菱進退兩難。

「芳菱姊妳就幫她吧！」原本以為只是在旁看好戲的小孟，這時候倒出聲了。「她都說了就算不是，那隻狗她還是會繼續養啊！幫她確認一下是不是老狗回來找她，也算是功德一件吧！」

功德一件？什麼功德？這死屁孩什麼時候輪到他講話了！

就在店長一副事不關己，小孟多管閒事，以及芳菱猶豫不決的時候，豆豆在旁邊開始不安的跺腳，哼哼哼的催促著。

芳菱看了看時間，啊，豆豆尿急了。

「那個……我的狗要上廁所，我先帶她去。」芳菱趕緊牽著豆豆，想要用這個當藉口，逃離Amy。

「所以是答應囉？」愛管閒事的小孟，此時又多嘴了。

芳菱瞪了小孟一眼，小孟還一臉理所當然。

「妳把資料寄來給我吧！我再另外跟妳約時間。」

芳菱牽著豆豆，頭也不回的往外走。

「那我來幫妳約時間喔！」小孟對著芳菱大喊。

「妳的早餐還要不要啊？」店長對著芳菱大喊。

但芳菱沒回頭，拉著豆豆朝公園走去。

「所以……」Amy看著店長跟小孟，搞不清楚狀況，「我這算是約到了嗎？」

小孟走向Amy，一副有為好青年的模樣。「是的，我來幫妳處理預約的事情吧！」

＊＊＊

回到家之後，芳菱從櫃子裡挖出了之前的檔案。之前專職當溝通師的時候，她對每一個個案都會做非常詳盡的筆記，整理編號放進專門裝檔案的紙箱，她總說那些箱子是「潘朵拉的盒子」，因為每個溝通個案筆記，記錄的都不只是動物的溝通內容。飼主往往以為，動物溝通就是講話聊天那麼簡單，事實上，跟動物聊天的時候，都會掀出很多飼主不為人知的祕密，而為了解決動物的問題，就必須先解決飼主的問題，於是筆記裡的內容，時常不只關於動物，更是關於飼主，所有檔案裡記錄的都是個人隱私。她以前常開玩笑說，萬一檔案不慎被偷走，小命可能會不保。

「Amy Amy Amy……」芳菱一邊翻找，口中一邊唸著她的名字。早上一時情急，忘了跟她留電話或是問本名，現在要從檔案堆裡找出她的資料，簡直大海撈針。芳菱拚命回想，印象中第一次跟她溝通，她還是個國中生，那時候她剛養狗，只是想問一些傻笨呆的問題……於是芳菱根據時間判斷，去尋找她的檔案。

「找到了！」

芳菱從一箱檔案裡，抽出屬於Amy的檔案。她叫陳如曦，第一次來溝通的時候她才國二，算是芳菱滿早期的顧客，她幾乎每年都來溝通一次，問的都不是什麼重要的問題，就想知道妮妮想吃什麼啊，想玩什麼啊，生日想要去哪裡玩啊（天啊，這隻狗過得比很多小孩都好！）想要姊姊跟爸爸再為妳做些什麼啊，還有一點，每次溝通都讓芳菱用紅筆做記號：會追車子、追貓咪，不聽飼主喚回。芳菱想起來了，那隻妮妮非常過動，帶出門都會追車子，好幾次都差點出車禍，讓Amy相當頭大。芳菱每次都勸他們去找訓練師上課，但是他們從來沒這樣做，只是一直回來找芳菱溝通，讓芳菱有點頭痛。

「狗才幾歲？該不會是出車禍死的吧？」

芳菱隨口說了一句，將檔案放一旁，準備把其他檔案箱搬回櫃子高處。然而她想了想，說不定日後會有不少老顧客回來，於是又把檔案箱擱在原處，回頭看了看坐在一旁的豆豆。

「這堆東西很重要，妳不要來亂咬喔！」

豆豆看著芳菱，笑著搖著尾巴。

她不會咬，自從來到家第一百天之後，她就成為一隻天使般的好狗：不亂咬、不亂叫、不在家裡大小便、在外頭不亂撿東西吃、也不會滾大便、甚至會自己走進浴室給芳菱洗澡。一切彷彿是她決定好了一樣，從第一百零一天起，她要當一隻好狗！

芳菱拿著 Amy 的檔案，到床上半躺著。豆豆也跟著她跳到床上，窩在身邊。芳菱一手摸著豆豆，另一手翻閱著檔案，Amy 因為憂鬱傾向（爸爸說的），似乎把妮妮當成自己最好的朋友，不知道怎麼跟人相處（Amy 偷偷說的），會彈鋼琴給妮妮聽……

「這麼厲害！那我也唱歌給妳聽好了，豆豆。」芳菱摸著豆豆說，豆豆竟然回過頭來瞪她一眼，然後又回頭趴著。

「不要就不要嘛，幹嘛這麼直接！」芳菱拍了豆豆一下，繼續翻閱檔案。

她看著邊境牧羊犬妮妮的照片，最吸引人的，就是那大大的笑容，以及伶俐的眼神，一看就知道是隻活潑又鬼靈精怪的狗……神韻跟手機照片裡的那隻米克斯妮妮，好像有那麼一點雷同。

「拜託，聰明的狗這麼多！」

疲憊的芳菱，將檔案「啪」一聲蓋了起來，竟飛出一張失去黏性的黃色便條紙，上頭寫著「小心爸爸的叮嚀」。芳菱看著這張便條紙，竟然完全忘了自己為什麼這樣寫。

當時發生了什麼事呢？為什麼筆記裡都沒記到呢？

芳菱頭腦一陣昏沉，她決心先把便條紙塞回檔案夾，先補眠好好睡上一覺，晚一點再來擔心這件事。

＊＊＊

今天夜班特別寧靜。小孟沒有來店裡，只透過店長交代她下午替她處理好的 Amy 預約資料；幾個常在座位區玩手遊的屁孩也沒來。豆豆對著門口趴著，盯著外頭看，彷彿期待著有人走進店裡一樣。

芳菱倒是落得輕鬆，坐在櫃臺後頭專心追劇。

就在芳菱手機上的連續劇演到高潮的時候，豆豆突然坐挺了起來，驅散了芳菱專注力，朝門口一看。

果不其然，一名性格熟男走進店裡，那熟男算挺有型，不過芳菱總覺得自己在哪兒看過他，是長得有點像基努李維沒錯，但她並不是因此而覺得對方眼熟。

熟男一進店裡，就朝著櫃臺走。一般而言，這種人都是來買菸的。

不過，他不是。

「妳是陳芳菱小姐？」

熟男劈頭就問芳菱是不是芳菱。芳菱有點詫異。

「啊？我……我是啊！你是誰？」

熟男笑了，搖著頭讓人感覺有點輕蔑。

「果然記性不好。下午有個女孩子來找妳，我是她爸。」熟男說。

「她爸？」

芳菱迅速的組織腦內的資訊——下午那女孩是 Amy，Amy 她的控制狂老爸曾經差點惹毛芳菱，黃色便條紙上寫著「小心老爸的叮嚀」！

靠！

芳菱想起來了！那張「小心老爸的叮嚀」是什麼意思：之前每次Amy來預約，溝通前幾天，她爸就會來交代很多事情，甚至會問她會怎麼回答，因為他認為動物溝通根本就是騙人的，他願意出錢讓女兒來「被詐騙」，純粹只是希望女兒開心，但他想要先了解「劇本」，免得不恰當的「內容」，讓女兒更加憂鬱。那個字條是她為了提醒自己務必閃避Amy爸爸任何方式的聯絡，包括mail、電話、簡訊一律不回覆，甚至連默默那兒都得先交代，不准讓他先找到她。

想起一切之後，眼前的型男變成了一個純粹的討厭鬼。芳菱忍不住翻了個白眼。

「該翻白眼的是我吧！沒想到她又跑來找妳，可是妳怎麼在便利商店打工？」型男老爸問。

「不關你的事，」芳菱把豆豆叫進櫃臺，她怕萬一雙方吵了起來，對方會拿狗出氣。「陳先生，好久不見，但我得再跟你重申，動物溝通不是騙人，我不是騙子，沒有劇本，也不可能事先安排！」

「妳是什麼對我而言並不重要，」型男老爸這句話說得很慎重，「我在乎的是我女兒，她前陣子憂鬱症又惡化了，醫生交代不能給她太大刺激，所以我才會來找妳。」

「惡化？發生什麼事？」

「她要問妳，現在的妮妮，是不是之前的妮妮來投胎的，對吧？」

芳菱點點頭。

「那隻邊境牧羊犬，八個月前被車撞死，為什麼？老毛病，追車不聽使喚，被巷子裡衝出來的貨車給輾過，連被送去醫院的機會都沒有。那時Amy帶著她，最後也是在Amy懷裡斷氣的……沒錯，妳說過要我們去找訓練師，但我沒找，別問我為什麼，我養狗是為了女兒，不是因為愛狗……我後悔嗎？當然後悔，因為Amy非常自責，認為自己害死了妮妮，就跟她認為自己害死了媽咪一樣，所以妮妮死後，她的狀況相當糟糕……」

型男老爸情緒整個低落了下來，芳菱再討厭他，這時候也會心軟，只是，當他再抬起頭看著芳菱時，又擺出那種高傲的表情，頓時，芳菱的心又硬了起來。

「所以你又想交代什麼了？」芳菱冷淡的問。

「溝通的時候，請妳告訴Amy，這隻妮妮就是之前的妮妮回來找她的！」

雖然用了「請」字，但這句話的口吻依然是道命令。型男老爸不是想要詢問、拜託，而是「要求」芳菱必須執行這項任務，就好像老闆要求下屬必須使命必達一樣。然而，就算型男老爸將會出資贊助了Amy，支付芳菱每小時三千二的溝通費用，但這也不代表他就是老闆，芳菱就是員工，必須聽從他所有的指令。

「陳先生，你或許認為我是個騙子，但我是個誠實的人。溝通的結果是什麼，我現在無法預知，該怎麼回答，我就怎麼回答，我不會說謊，也不能說謊，你的要求就好像要球員打假球一樣，根本就是拆我招牌。你請回吧！我不會照你說的去做。」

芳菱義正詞嚴的拒絕了型男老爸。沒想到他只是不屑的冷笑，隨即掏出皮夾……

「妳知道，如果要加錢不是問題！」

「夠了！」芳菱厲聲打斷，「不要以為有錢就能羞辱人！與其這樣，我不如不接你女兒的委託，我明天就打電話去跟她取消，告訴她我不幫她溝通了，她如果問起原因，我也會據實以告！」

芳菱的憤怒所築起的大義凜然，讓有錢的型男老爸，只好緊握著皮夾像隻老鼠般老羞成怒，連聲「再見」都不說，轉頭走出店門。

「馬的！以為自己是誰啊？敢這樣來鬧！」芳菱雙手抓著左右用力甩著的頭，想把方才的記憶統統甩掉。轉頭一看，竟發現豆豆一臉無辜的看著芳菱。

「妳知道媽咪生氣了？」芳菱蹲下來，摸著豆豆，豆豆立即向前舔著芳菱的臉，試圖安撫她。「好啦，麻不生氣了，豆豆乖，妳最棒了！」

***

默默咖啡廳，今天的氣氛，顯得特別默默。

不只是因為外頭下起了雨，讓咖啡廳裡的客人變得少了，更不只是因為默默店長烤的巧克力布朗尼失敗了，一股說不出的陰鬱，籠罩著整個空間。芳菱坐在位子上想，所謂的憂鬱，應該就是這麼回事吧？

小孟像隻小老鼠一樣，縮在離芳菱不遠的角落，靜靜的等著可以上大桌的時機。今天雖然憂鬱，但芳菱對小孟原本的排斥感竟消失了，見到他窩在角落的桌次，一邊吸著飲料一邊假裝看漫畫，芳菱竟然對他揮了揮手，要他坐過來。

小孟張大了眼，用手勢問了「我嗎？過去嗎？」芳菱點點頭，於是他抓著咖啡杯，興高采烈的移動過去。

「今天怎麼這麼好？」坐定的時候，小孟問她。

「人是你預約的，總不能把你晾在旁邊吧？」芳菱若無其事的說。

小孟興奮的動來動去，被芳菱白了一眼。默默店長走上來，手上端了一杯神祕飲料。

「滿十八了嗎？」默默店長問小孟。

小孟愣了一會兒，隨後點點頭，「滿了。」

聽小孟這麼說，默默將手上的飲料放在小孟面前。「溝通必須專心，你這樣浮躁不行，喝了這杯會讓你鎮定一點。」

小孟還來不及問「這什麼？」默默店長就默默的回到吧臺後，繼續自己的工作。

小孟疑惑的看了芳菱一眼，芳菱專心在手上的資料，並沒理會。於是小孟怯怯的喝了一口默默所準備的飲料，發現還挺好喝的！帶有酒味的熱巧克力，不難入喉。小孟一口接著一口，一瞬間，這杯飲料已經見底，小孟也放鬆了許多。

Amy 打著傘抵達了。她收了傘後，拚命的想要把傘上的雨滴甩乾，卻怎麼甩都不成功。

默默店長想走去幫忙，卻發現小孟比他快了一步，走到了門口，溫柔的接起 Amy 的雨傘。

「我來吧！芳菱姊在裡頭等妳，趕快進去。」

小孟溫柔的口吻，讓 Amy 陰鬱的臉上，出現了一抹微笑。

默默店長看著小孟，一臉狐疑。

Amy 走向芳菱。

經過了那晚與她父親的不愉快，芳菱心裡還有點介意，她努力的不讓這分尷尬顯現在臉上。

「菱菱姊，真的非常謝謝妳！」

Amy 道謝跟在致歉一樣，讓芳菱覺得有點不自然。

「幹嘛這麼說，我就是接受委託，賺錢而已。」芳菱笑著，一種假裝大方。

「我爸應該跟妳說了很多難聽的話吧？」

沒想到她知道這件事。

「我爸就是這樣，一直很擔心我，我常常覺得他忘記我已經不是國小六年級的小朋友了，還在四處打點，騷擾我的朋友，我覺得自己沒什麼朋友，一部分的原因也是……」

「不過他是真的很愛妳！」芳菱打斷了Amy的抱怨，而她真心這樣認為，「爸爸是一種很奇怪的生物，有時候他明明很愛妳，卻老是一副不想理妳的樣子。」講這句話的時候，芳菱的眼神不太一樣，她想著其他的事，自己的事。她也曾經很希望自己有一個愛自己的爸爸，但是事實上……

「怎麼了？」小孟一屁股坐下來，想要追點前情提要。

「沒事，我們還沒開始。」芳菱也結束了爸爸的話題，準備開始正事。「來吧！跟我說點妮妮的事吧！」

Amy拿出了米克斯妮妮的照片。

「這是妮妮，幾個月前，在我家門口撿到了她。那時外頭的雨好大，她本來躲在花臺中間，一直發抖又害怕，可是她一看到我，就變得非常開心。她的長相，讓我想到了我之前的妮妮。之前妮妮走了之後，我就一直跟菩薩拜託，請祂讓妮妮回到我身邊，當我看到妮妮，我就猜想，那應該是妮妮回來找我了！」

Amy看著照片裡的米克斯妮妮，但芳菱總覺得，她心裡想著的，根本就是那隻發生意外的邊境牧羊犬妮妮。

「那……妳還有什麼線索，讓妳認為她就是之前的妮妮呢？」芳菱問。

「其實……」Amy欲言又止，似乎知道自己接下來要說的，會是一個荒謬的答案。

「不要緊，想說什麼就說！」芳菱鼓勵她。

「因為妮妮一直在生病！妳看她，前腳萎縮，這是天生的，我們幫她做了輪椅，然後，她又得了腸胃炎，好不容易治好，現在又有皮膚的問題，我四處帶著她看醫生都沒有用……我看網路上的文章說如果有人死去之後放心不下自己的家人，想要投胎回到之前的地方，那他就得付出代價，所以我在想，這些病痛，是不是就是她為了回到我身邊，給菩薩的交換條件，所以，我去問了菩薩……」

「那菩薩說什麼呢？」

原本陰鬱的 Amy，突然露出了一絲笑容。「菩薩說她是，她就是之前的那隻妮妮，她為了回到我身邊，犧牲了她的健康！」

這個答案，與 Amy 臉上的笑容，讓芳菱有點錯亂。如果她真心愛著妮妮，那她為了回來而接受病痛的折磨，應該是會讓她相當難受。然而，Amy 似乎對這樣的選擇，感到相當滿意。

芳菱其實想說「可是妳不都問過菩薩了嗎？」但她把這句話吞了回去，想到昨晚 Amy 父親跟她說的一切，她決定盡量順著她，免得讓她的情況再度惡化。

「我來跟她聊聊吧！」

於是芳菱接過了照片，看著照片裡那隻充滿笑容的狗狗，試著進入她的思緒。

哇，有人來跟我聊天欸！好棒好棒喔！

妮妮興奮的不停跳動，雖然前腳因為肢體障礙而無法自由活動，但芳菱感覺到了她身體裡好動的基因，還有芳菱差點忘了，她似乎還不滿一歲，還只是隻幼犬。

姊姊不常找妳聊天嗎？

姊姊每天都跟我聊天，她都問我是不是妮妮，我當然是妮妮啊！

把狗都取一樣的名字，就會碰到這個問題，這也是妮妮、那也是妮妮，誰知道妳在講哪隻妮妮？

妮妮，到了姊姊身邊，妳很開心對吧？

對啊對啊，姊姊帶我回家，還給我吃好吃的東西，好棒好棒喔！

可是妳生病，也可以那麼快樂？

生病爲什麼不能快樂？

對啊，生病為什麼不能快樂？芳菱見過不少就算生病，還天天想著要吃要玩的狗，而也是這種快樂，讓他們有辦法戰勝病魔，存活下去。

這隻快樂的狗，對照著陰鬱的主人，樂天指數肯定爆表，才有辦法維持現在的快樂。

妮妮，妳也快要一歲啦！阿姨可以問妳很嚴肅的事嗎？

嚴肅是什麼？

嚴肅就是……

芳菱最不知道怎麼跟狗解釋語文了，她乾脆把一種感受傳達給她，來告訴她，接下來要問的問題，可一點都不好玩喔！

好動的妮妮，一下子就安靜了下來。

妮妮，妳知道姊姊之前也有一隻狗狗，也叫作妮妮嗎？

喔，有一隻跟我一樣名字的妮妮……所以姊姊才會問我是不是妮妮。

那……妳是那隻妮妮嗎？

當然不是啊！我是妮妮，姊姊現在的妮妮喔！

邏輯上來講，妮妮說的一點也沒錯。之前的妮妮早就不在了，現在的妮妮，當然就是另一隻狗。

那該怎麼跟妮妮解釋呢？

妮妮，阿姨前陣子看了一個故事，有一隻狗狗死掉之後，又回到世界，變成另一隻狗狗，他們

是不同的狗狗喔，但是靈魂是同一個，所以他們也可以算是同一隻狗狗。

回到世界，再被生出來，就是另一隻狗狗，不是同一隻啦！

爲什麼呢？

因爲被生出來，從小長大，就會是另一隻狗狗啊！

芳菱感覺，這樣問下去會變成鬼打牆，於是她換了一個說法。

妮妮，那我問妳，在妳成爲現在的妮妮之前，妳有看過姊姊嗎？

這問題似乎有點艱澀，幼犬妮妮花了好長一段時間思考，而芳菱從她的思考之中，接收到了一些模糊的感覺：姊姊丟出來的飛盤；她在不銹鋼的碗裡，吃著剛煮好的牛肉；公園裡草皮上的追逐；還有清澈的河水，她悠游其中……

「Amy，妳有帶過妮妮去河邊游泳嗎？」

「妮妮還太小了，所以不敢帶她去，不過以前的妮妮，我們帶過她去過一兩次。」

「妮妮會在河裡游泳對吧？」

「游泳？……不，她最怕水了，可是我們會把飛盤丟到河裡，妮妮會去河裡接，我爸爸就會救她回來。」

「她現在的碗，是不銹鋼嗎？吃的是不是現煮的牛肉？」

「她跟之前的妮妮，都是吃牛肉鮮食，不過現在的妮妮碗是陶瓷做的，之前妮妮的碗才是不銹鋼。」

芳菱點了點頭，表示理解。

「所以……她是妮妮嗎？」

芳菱不敢回答。畢竟現在的妮妮，堅持不認為自己就是之前的妮妮，雖然提供的幾個訊息裡，的確跟之前的妮妮生活有所重疊。

爲什麼姊姊希望我就是之前的妮妮？她不愛現在的我嗎？

幼犬妮妮透露出了一絲失落，她是如此深愛著當初帶她回家的姊姊，用她現在的靈魂與身軀。難道，如果她不是死去的妮妮所轉世，Amy就會不愛她嗎？

「我很愛她啊！只是，我想要知道……」

Amy陷入了痛苦的情緒，芳菱趕緊握著她的手，但是面對他人的痛苦，她實在不是一個安慰人的高手。

妮妮一定會原諒姊姊的！

妮妮突然傳來訊息，讓芳菱吃了一驚。

妮妮爲什麼這樣說呢？

因爲姊姊是善良的好人啊！

跟幼犬溝通，簡直跟簽樂透一樣，訊息前後毫無邏輯，有時卻會迸出驚喜，只能靠零碎的線索去拼湊，盡量得出可能的答案。

再說，Amy的這個問題，不要說幼犬了，就連成人，都很難理解吧？

幹嘛一直想過去的事情，反正都過去啦！姊姊的心裡，有一顆很亮的寶石喔，姊姊自己看不到，她都看別的。

別的？

你們都在看別的啦！

那顆很亮的寶石，是什麼呢？

其實芳菱看到了，妮妮所說的Amy那顆閃亮的寶石，那是她的善良與美好，以及在這世界上的價值。

我好餓喔，姊姊什麼時候要回家，我要吃肉肉！

妮妮愛姊姊，有沒有什麼話想跟姊姊說呢？

姊姊要跟妮妮一樣開心，姊姊開心，妮妮開心，姊姊哭哭，妮妮哭哭……

幼犬的生活，就是吃喝拉撒睡，妮妮這句話沒說完，就像斷電一樣，呼呼睡去了。

就算妮妮單純樂天，眼前的Amy卻依然被憂鬱的陰霾籠罩。

默默店長這回選擇默默的躲在櫃臺後，就連芳菱看他，也視而不見。她也只能自己處理眼前這個棘手的狀況了。

「妮妮她……可能是之前的妮妮。」芳菱再三猶豫，還是說出了這句話。

「真的嗎？」Amy的表情立刻撥雲見日，露出了笑容。

「我說『可能』，因為從她給我的訊息中，的確有一些是屬於之前妮妮才有的生活，但是，妮妮堅持，每一隻狗來到這個世界，就是獨立的個體，所以，她不認為自己就是那隻妮妮。」

Amy的臉，顯現的不再是憂鬱，而是困惑。

「現在這隻妮妮，是一隻非常樂天的狗，也非常愛妳。她只想活在當下，開開心心的就好。」

Amy沉默不語，顯然還陷在自己的執念之中。

「在妮妮眼中，妳是非常不一樣的人，她見到了妳的善良、妳的美好，像寶石一樣閃爍著光芒，但妳自己卻看不到，執著於過去，讓自己不開心；妳不開心，妮妮也不會開心，只要妳快樂，妮妮就會快樂。」

說了這麼多，Amy似乎依然無法理解。在沉默了許久之後，終於又吐出了一句：「所以，妮妮真的是之前的妮妮回來投胎的嗎？」

「妮妮說，妮妮已經原諒妳了。」芳菱只能說到這邊了。

Amy淡淡一笑，輕聲道了謝，起身準備離開。

「妳還記得嗎？之前的妮妮，也跟我說過一樣的話，說我的內心有一顆寶石，閃爍著漂亮的光芒。」

芳菱微笑。其實，她根本一點印象都沒有。

「對我而言，她們都是我最愛的妮妮，可是如果生病是她與我重逢所必須付出的代價，我寧可她不要回來……」

「她雖然生病，但是在妳身邊，她很快樂。」

Amy笑了，有點哀傷的微笑。

外頭的雨停了，陽光照在雨後濕亮的街道上，反射出有點刺眼的光芒。

「我該走了。」Amy說完，起身走到櫃臺結了帳，回頭跟芳菱點頭致謝，朝門外走去。

「我……我去幫她。」

小孟一說話，芳菱才發現他的存在；而她更發現，小孟似乎有點恍神，雙頰有點紅。

「喝醉了嗎？」芳菱低聲說。

而小孟此時已經走到 Amy 身邊，兩人一起走進了光亮炙眼的街。

＊＊＊

晚上值班的時候，小孟也來到了店裡，拿了茶葉蛋跟泡麵去跟芳菱結帳。

「請你！」芳菱刷完條碼，沒收小孟的錢，反倒自己掏了腰包，幫小孟付了這頓消夜。

「這麼好！」

「算是報答你今天下午的幫忙。」

「可是……我也沒幫什麼忙啦！」

「Amy 後來心情有好一點嗎？」

「有……」小孟的臉脹紅了，「後來我們去公園聊了一下，我講了幾個笑話給她聽，她還笑得挺開心的。」

說完，小孟趕緊拿著食物離開櫃臺，泡了泡麵，到座位區。豆豆馬上跟到他身邊，等待應該會屬於她的茶葉蛋蛋黃。

芳菱也走到了小孟身邊，拉了張椅子坐下。

「你說你對動物溝通有興趣，為什麼？」芳菱問。

小孟掀開了泡麵蓋，用筷子攪拌著麵條，一邊思考著該怎麼回答。

「因為很神奇啊！人跟人都未必能夠溝通了，人跟動物竟然可以溝通，我想知道為什麼。」小孟說完，吸了一口泡麵，滿足的嚼著。

「人跟人不能溝通，是因為不想溝通；人跟動物可以溝通，是因為雙方都願意傾聽，因此才能溝通。」芳菱說這話時，眼神望著遙遠的不知何方，像是一段自我的反省，不是給小孟的回答。

「我爸跟我媽就永遠無法溝通。」小孟撥開茶葉蛋，拿出裡面的蛋黃，豆豆在一旁興奮的坐直了，等待小孟將蛋黃吹涼了，遞到她嘴邊。「我也沒辦法跟我爸媽溝通，他們永遠不想知道我在想什麼，我也永遠不知道到底他們在想什麼，他們只希望我照著他們的話去做，但是從來不問我到底想要什麼。」

聽了小孟的話，芳菱臉上泛起了一絲苦笑。

「信不信，很多飼主也是這樣，只希望自己的寵物照著他們的想法去做，並不想要知道，他們的寵物到底在想些什麼，才會做出那些他們不喜歡的行為。」

豆豆吞掉了蛋黃，依然繼續盯著小孟，希望他能夠再與她分享其他的食物。但小孟只是摸摸豆豆的頭，就繼續低頭吃他的泡麵。豆豆了解了蛋黃是她今晚唯一能夠獲得的點心，失望的趴在地上。

「但是他們至少願意找妳跟他們的寵物聊天，我爸媽回到家都不講話，所以我們都各過各的，有什麼不如他們的意就吵。有人說吵架是溝通，他們後來乾脆也不吵了，然後我爸就不回家了，就變成現在這樣了。」

小孟說起自己的家庭狀況，口吻平淡得像在報告一週大事。芳菱看著小孟，這個氣質有點聰明到屁的孩子，原來心裡面也有這樣的陰影。

「你爸媽離婚了？」芳菱問。

小孟點點頭。

「其實還沒啦！不過也快了，總之也沒差。我姊大學畢業就出國唸書了，我媽每天都在加班，不要說他們離婚，我們都一起離一離好了。」

小孟低著頭猛吃泡麵，明明很燙的食物，小孟卻低著頭猛吞。芳菱覺得他只是不想抬起頭，讓她看到他的雙眼，不然他現在應該有點哀傷。

泡麵很快就吃完了，小孟大口把湯灌進嘴裡，之後很沒禮貌的打了個嗝。芳菱皺了眉頭，小孟卻覺得好笑。

「芳菱姊為什麼會跟動物溝通啊？妳有跟老師學嗎？」小孟問。

芳菱點頭。

「有，跟一個很嚴厲的老師，經過很嚴謹的學習，我甚至住進她家，在她身邊學了一年，老師才肯承認我是一名溝通師。」

「這麼嚴喔？還要住校。」

「也不是啦，是我跟到了一個比較嚴格的老師而已，想跟我學，可得自己找地方住。」

「那妳都學些什麼啊？通靈嗎？還是什麼能量磁場的？」

聽了小孟的問題，芳菱覺得荒謬，忍不住笑了。

「怎麼大家都覺得是通靈？不，我不會通靈，更不懂什麼能量磁場，那些都跟溝通無關。我記得那時候我住在她家，每天早上六點就得起床，跟她一起靜坐，然後打掃家裡，整理花園，也跟她到山上爬山，接觸不同的生物……總之雜七雜八的事情一堆啦！一時要講也講不完。怎麼？你想學？」

對於芳菱的提問，小孟只是聳聳肩，不置可否。

「那妳為什麼要學啊？」小孟是用問題來回答問題的。

「因為……」芳菱又陷入了很長的沉思。「改天再跟你說吧！」

芳菱的回答，讓小孟錯愕。

「好啦，你們大人都這樣，講一半就不講，好像我們什麼都不懂一樣……」小孟低聲抱怨著。

「你說別人都不知道你想要什麼，那你想要什麼？」芳菱問。

小孟從剛剛就開始折泡麵的紙碗，現在那個碗已經成了一個扁扁的四方。

「我也不知道。」

小孟弱弱的說出了答案，但這也在芳菱預料之中。

「也不必這麼急著知道啦！」芳菱安慰他。「你是真的想當我的助理？」

聽到芳菱的問題，小孟抬起頭，喜出望外的看著芳菱，拚命點頭。

「你說你考上了大學，但今年不必去報到，這件事情是真的吧？不會開學沒幾個月，就發現你只是拚命蹺課，變成我在誘拐青少年？」芳菱說。

「不會啦！是真的，這是我跟我爸媽說好的，我絕對不會給妳惹麻煩的！」

小孟用力澄清，像是應徵一份自己喜歡的工作一樣，拚了命想要爭取。

這個態度，讓芳菱相當滿意。

「好吧！你如果真的想來，那就一起來吧！」

聽芳菱這樣一說，小孟開心的屁股在椅子上拚命跳動。

「不過說好了，不可以像今天，好像喝醉了一樣，滿臉通紅。」

芳菱起身，往櫃臺走去。小孟跟豆豆也一起跟上。

「那個是默默害我的啦！我工作不會喝酒……我其實也很少喝酒，我跟妳保證！」

聽著小孟解釋，芳菱不知道怎麼，總覺得好笑。

「你叫他默默，看來你跟他挺熟的喔？」芳菱說。

「也還好啦！就他之前警告過我，不要一直跟蹤妳。」

小孟的回答，讓芳菱吃了一驚。

「他警告你？真的假的！」

但小孟似乎無所謂。「對啊，不過沒關係啦！說清楚就好了，他應該覺得妳開心就好。」

小孟又說了一句讓芳菱搞不懂的話，不過芳菱想，青少年就是這樣吧？講話講不清楚，也不必太追究。

「好囉，這樣的話，你現在趕緊回家睡覺，明天下午兩點，默默咖啡，我們一起上工。」

小孟做了一個自以為帥氣的「ＯＫ」手勢，蹲下來摸了摸豆豆。

「以後我會給妳更多蛋黃！」

「欸，你別誤會，當助理是你自己要的，沒辦法給你薪水，也不可能有勞健保喔！」芳菱澄清。

「知道啦，請我吃消夜就好！」

不待芳菱回答，小孟就邊走跳的離開了便利商店。

看著小孟離開，芳菱問自己：「這樣真的可以嗎？」然而她馬上就回答了自己，「誰知道，就看著辦吧！」

五、留下來，或妳跟我走

第一百六十二天。

芳菱正式復出以來，生意一直都還不錯，這週大概有三到四天下午，都必須去默默咖啡報到。默默咖啡這陣子也推出了很多好吃的蛋糕，顏色種類也鮮豔多樣了起來，而不像之前，只有那種烏漆嘛黑的巧克力布朗尼。

只是，每一行都有每一行的苦。溝通委託案雖然讓芳菱的經濟生活大有改善，但形形色色的飼主，也會帶來各種讓人無奈翻白眼的情況，像今天下午這一個……

「酷酷馬麻，想要公柴犬不跟其他狗打架，最好的方法就是結紮，如果妳不想讓他結紮，那就得要請教行為訓練師來幫助你。」

酷酷是一隻三歲的公柴犬，他在公園已經咬傷了三隻狗，讓飼主賠了好幾萬，想也知道飼主來找芳菱，是希望可以改善酷酷攻擊人的狀況。

「不必請什麼訓練師，酷酷平常很乖，根本不需要訓練，就只要告訴他以後不可以咬其他的狗，妳有這樣跟他說嗎？」

飼主的口氣雖然很溫柔，但遣辭用字，充滿了質疑。芳菱有點不滿。

「今天下午我一直在跟他說，而且我也告訴妳了，酷酷覺得自己必須要打敗那些公狗，妳想講的我都跟他講了，但他不願意接受，所以我才會給妳其他建議嘛！」

「怎麼會不接受呢？他這麼乖，妳就好好跟他說，還是妳沒跟他說，或是他沒聽懂？」

芳菱真的忍不住翻了個白眼，雙眼回正之後，轉頭看了一下小孟，這傢伙竟然低著頭在玩手機，嘴角還掛著一抹曖昧的微笑。

「我跟他說了，他也聽懂了，也跟妳說了，他一點都不覺得自己有錯……酷酷馬麻，我只是一個溝通師，把妳想說的、跟他想說的，傳遞給你們雙方，但我無法幫你們解決問題。酷酷的問題必須請教專業，我真心建議妳可以不必再找溝通師，把錢省下來去找行為醫師；另外，在公園請把酷酷牽好，既然知道他會攻擊，就不應該放他自己四處跑。妳的乖孩子，在別人眼中可能很可怕，妳必須控制好他，否則接下來要賠的，可能不只十幾萬而已。」

芳菱嚴肅的說完這番話，飼主倒是有聽了進去。只不過，她了解芳菱的意思，不表示她願意接受芳菱的建議。

「唉，早知道不要養柴犬，跟人家一樣，養個馬爾濟斯多好！」飼主抱怨著。

「馬爾濟斯沒管好也會咬人的，我就被咬過。」芳菱苦笑著說。

飼主並沒有很滿意這次的溝通，離開之前竟然落下了一句「什麼問題都沒解決還收三千二」，讓芳菱完全笑不出來。不過幸好她在預約的時候就已經先收錢了，這是小孟幫她定下的規定，他說現代人爽約的一堆，所以這一刻芳菱就不必去擔心委託人會不會因為不滿意而不願意付錢。

而酷酷馬麻離開時，本來想對餐點的費用裝傻，還是默默默默的攔住，堅持要她支付自己跟芳菱的餐點費用，她才不甘願的掏出飲料錢。

「真是的，只知道要檢討別人，都不會檢討自己，會咬人的狗，還不是有問題的飼主養出來的。」飼主離開後，芳菱低聲抱怨。

而小孟似乎沒有發現，他全部都注意力都放在手機螢幕上，他的表情，看不出是開心還是害羞，還是兩種的總和，總之不管是哪種，都是讓芳菱不開心的那一種。

「原來我的助理這麼好當，一直玩手機就可以了！」芳菱冷冷的說。

小孟大概在芳菱說完話三秒鐘之後才回神，見到芳菱臭臉，他卻沒那麼介意。

「唉唷我知道啦，我有在聽啊，她後來一直鬼打牆，我就沒有在記了。」講這話時，他還低著頭看手機。

芳菱要求小孟，為她每一次的溝通過程做紀錄，包括飼主問的問題，還有他對飼主提問的看法，以及他對這個委託案的分析。

「所以就可以光明正大的玩手機？」

芳菱說完，突然往小孟那兒湊過去，想知道他到底在幹嘛。小孟立刻機靈的收起來，芳菱只瞥見了通訊軟體。

「我在溝通，你在跟人家聊天？」

「沒……不是這樣，那只是……是朋友有點問題，我在幫她。」

「幫她……說想當我助理的人是你，我可沒求你，你如果事情那麼多，那就不要來好了，委託人都已經有點不滿了，你還在玩手機！」

「她不滿又不是因為我玩手機，是因為她的狗不聽話啊！」
「你還……」
「不過不是妳的問題啊，唉唷我知道，我只是……有點急事要處理嘛！」
小孟繼續埋頭看手機，見芳菱還在不滿的瞪著他，才不甘願的把手機收起。
「這幾天的紀錄都整理好了？」芳菱問。
小孟聳聳肩，芳菱看不懂到底是好了還是沒好。
芳菱有點生氣，但想想他才開始沒幾天，而且也沒領她薪水，要催他似乎不太公平。
「如果事情太多就跟我講，我自己來就行了。」芳菱說。
「我會弄好！」小孟背起了包包，準備離開，「接下來沒有約了，那我先走囉！」
小孟半跑跳的走出默默咖啡，留下錯愕的芳菱。芳菱瞥見了正看著她偷笑的默默店長，於是起身，走向吧臺。
「現在小孩子真的很難懂欸！」芳菱禁不住埋怨了一下。
「不會啦，他只是……有事。」
「有事？有什麼事？」
「妳不知道嗎？」
「不知道什麼？」
默默看著芳菱，眼珠子轉來轉去，猶豫著該不該說。
「他跟……那個……」
「哪個？」

「上次那個女孩啊，他陪她回家的那個啊，他們好像在約會。」
「什麼！」
默默覺得自己像個抓耙子，懊悔的猛搖頭。
「你怎麼會知道？」芳菱問。
「沒有啦……我是猜測，因為他們來這裡喝過幾次咖啡，我覺得他們倆在一起感覺挺好的，所以才以為……」
「所以你只是『以為』，並不知道？」芳菱質問著默默。
「不知道。」默默搖著頭，回答的非常虛弱，幾乎只剩氣音。
「那我會去問清楚！」
芳菱走回座位，拿了包包離開默默咖啡。
默默閉著眼睛懺悔。「老天，我到底說了什麼？我幹嘛要這樣說？」

＊＊＊

晚上，芳菱到店裡的時候，見到店長不停在門外東張西望，神色擔憂。
「早上有一隻虎斑跑來，走路有點跚跏，那時候店裡客人太多，顧不到他，不知道還會不會出現。」
芳菱心想，這程孝京雖然人際關係應對有點笨拙，思想有點古板，但倒是有顆好心腸，或許就是因為這樣，他能經營一家便利商店，還能生意興隆吧！所謂天公疼好人，雖然沒疼到所有好人，但至少有疼到程孝京……還有芳菱自己。

「我走了，晚上如果看到那隻虎斑，就拿點水給他喝，開幾個罐頭給他吃，但不要讓他進到店裡來，不是我不讓進，但流浪狗畢竟跳蚤啊什麼的，一旦進到店裡會有點難處理……還有豆豆別去跟他玩啊！那是流浪狗，跳蚤跳到妳這個寶貝身上就糟啦！」

嗯嗯，好心腸還是有個界限的，所謂「自己人」跟「外人」，「家犬」與「流浪犬」，對程孝京而言，豆豆這種一度被遺棄、後來又找到飯票、整理過漂漂亮亮的狗就是寶貝，那隻掰咖來討吃的虎斑，就只是個可憐的流浪漢了。

但芳菱很清楚，比起這世界上大多數的人，程孝京已經位於好心腸金字塔的頂端了。

午夜，小孟走進店裡，豆豆馬上跑到他身邊討摸，他照慣例拿了茶葉蛋跟泡麵，去櫃臺結帳。

「總共是六十五元！」

小孟呆看著芳菱，她今天似乎沒有意願幫她買單。

「不請我喔？」小孟問。

「不請。」芳菱回答。

「吼，下午的事情現在還在生氣！」

小孟從口袋裡掏出了一張百元鈔遞給芳菱，芳菱錢都還沒找，就問了小孟：

「你說，你跟Amy是怎麼回事？」

芳菱把錢找給小孟，然而小孟只是呆在那兒，訝異芳菱竟然知道這件事。

「零錢拿不拿？不拿我捐給流浪動物囉！」櫃臺邊一直有個流浪狗的募款箱。

「不是啊，妳怎麼……」小孟接過了錢，想了想丟了二十元進了募款箱，然後抬起頭，看著芳菱，

「拜託喔，妳該不會連這種事情都要插手吧？」

「不是要插手，」芳菱無奈的翻了個白眼，「而是……欸，那是我的客戶欸！你跑去把客戶，這道德上說的過去嗎？」

「妳的客戶啊，又不是我的……」

「你說這什麼話啊！」芳菱又翻了一個大白眼，大到她做了個誇張的後仰，彷彿那白眼都要把她撂倒似的。「這是一種專業好不好，你這樣子，那我以後還要不要接她的委託？」

「說不定人家以後就沒必要找妳溝通啦！」小孟說著，一副理所當然。

芳菱嚴肅的看著小孟，並不是因為他趕走了一個客戶，而是好奇他到底跟 Amy 說了什麼。

「其實真的也沒什麼，」小孟走到熱食區，將熱水注入泡麵碗裡邊說，「她不是很在意自己的狗是不是之前的狗轉世的嗎？我就告訴她，反正她現在已經養了妮妮，不管是不是，她都得養下去，因為她已經選擇了，也不能後悔，既然這樣的話，就不必管她是不是之前的妮妮啦！反正在一起開心最重要。再說，搞不好之前那隻早就投胎去別人家了，過得比在她身邊還爽，那她又何必花時間去難過。」

小孟小心翼翼的把泡麵端到座位區，然而他說的這些話，卻讓芳菱瞠目結舌。當初芳菱是顧忌 Amy 的病情，才拐了好幾個彎，用最婉轉的方式告訴她。一個什麼都不清楚的死屁孩，居然能夠辦到這件事？

芳菱走到小孟面前，兩眼直視著他，緩緩坐下。

「你說這些她接受？」

小孟點了點頭。

「接受啦！可能是我講的時候很好笑吧？她還一直笑欸！她還跟我說了很多妮妮的事，其實她還滿了解妮妮的，知道她喜歡什麼，不喜歡什麼……她都沒那麼了解她爸，所以我說，既然這樣幹嘛要找溝通師呢？妮妮應該也不希望透過別人來跟她說話吧？」

小孟說完之後，泡麵也泡開了，掀開蓋子，攪拌麵條，吃了幾口，然後撥茶葉蛋，吹涼蛋黃，遞給豆豆。

在這段過程中，芳菱盯著小孟，他說的一點都沒錯！不但沒錯，根本就是她一直以來所想的事情啊！其實飼主最應該了解自己的寵物，畢竟朝夕相處，對彼此應該再了解不過了，為什麼還需要找溝通師來轉達，甚至有好多人，幾乎每個月都來找她，大小事情都要請她幫忙問，她從來都想不透這件事，甚至有時很多寵物在溝通時，都會反過來問她：「為什麼我把拔／馬麻要請妳來問我呢？他們為什麼不自己問我呢？他們不懂我給他們的訊息嗎？」

小孟這孩子，還算是挺有慧根。

「不過說到她爸，」芳菱還是得提醒他一些事，「他是個神經病、控制狂……還是個勢利眼！你跟他女兒約會，他肯定會給你吃足苦頭的！」

小孟一邊嚼著泡麵，吞下之後，皺著眉頭想了一會兒。

芳菱以為他肯定是被控制狂老爸下了馬威，誰知——

「其實還好欸！」小孟說。

「還好？」芳菱瞇著眼睛，心想：這小子該不會連這都看不出來？

「對啊，他好像還滿開心我跟Amy在一起，剛剛還請我們吃飯，吃牛排，」小孟用手指圈出了一個區域，「這麼大，超好吃的！」

芳菱簡直無法置信。「那你現在還能吃泡麵！」

她站起，走回櫃臺，嘴裡叨唸著：「才約會幾次老爸就請吃飯，不是控制狂是什麼？白癡！」

走到櫃臺的時候，芳菱注意到了豆豆奇怪的舉止，原本她還懶洋洋的趴在小孟身邊，不知道什麼時候，她移動到了門口，頭往前伸，尖尖的耳朵挺了直，尾巴、身體到頭呈現一條完美直線，專注的緊盯著外頭某一點不放。

一名時髦熟女走進商店，門一開啟，芳菱都還沒來得及喊，豆豆瞬間衝出了店門，嚇壞了那熟女。

「豆豆！」

芳菱追到門口。夜裡只有芳菱一個人顧店，根本無法離開追狗。芳菱焦急的在門口喊豆豆的名字，此時小孟衝了出去，「我去！」

小孟衝出門，其實也沒追多遠，因為豆豆就在轉角處的防火巷口，緊盯著防火巷裡的某樣東西。

「欸，這裡有一隻狗欸！」小孟大喊。

豆豆對著防火巷，興奮的搖著尾巴。

「狗？是虎斑嗎？」芳菱在門口喊著。

小孟拿出手機，用手電筒功能往防火巷裡照。狗一見到光，又藏得更裡面了。

「好像是，看不太清楚！」

是店長說的那隻「掰咖」虎斑吧！白天害怕所以躲在防火巷裡，可能剛剛出來覓食，被豆豆發現。

「用罐頭把他引出來好了！」

芳菱走向貨架，拿了一個罐頭，走到門口之後，猛然想起自己不該放著店不管。

「我不能去，該怎麼辦呢？」

方才被豆豆嚇壞的那名時髦熟女，依然站在原處，看到慌張的芳菱，於是說：

「我……我去好了！」

芳菱感激的看著那位時髦熟女，將罐頭遞給了她。

熟女踩著高跟鞋，咔啦咔啦的走向小孟，把罐頭交給他之後，好奇的朝防火巷裡看了一眼，似乎什麼都沒看見，於是就離開了。

小孟把罐頭打開，對著防火巷內溫柔的喊著：

「狗狗，狗狗，肚子餓了嗎？這裡有東西吃喔！」

豆豆聞了一下罐頭，但他更有興趣的是虎斑狗。小孟把罐頭的蓋子彎成一個弧度，挖出了一口肉泥放在地上。

虎斑狗聞到了味道，忍不住飢餓，走出了防火巷，吃了那口肉泥。豆豆興奮的嗅著他，有狗在身邊，虎斑犬似乎比較放心。小孟開心的挖了第二口、第三口……慢慢的將他引誘到店門口。芳菱用碗裝了點水，又拿了一個罐頭跟一包飼料，打開遞給小孟，小孟將食物放在便利商店前的騎樓，虎斑犬不知餓了多久，大口大口的迅速吞食，很快的，那些水跟食物，都被一掃而空。

吃飽喝足了之後，虎斑犬對人的戒心也降低了不少。小孟伸出手摸了他的頭，他竟然整個頭塞進了小孟的懷裡。芳菱為了避免豆豆驅趕他，拿了牽繩將她牽著。她仔細觀察了這隻虎斑犬：皮膚狀況還算好的，看起來還沒流浪太久，兩隻眼睛有點輕微的白內障，年紀可能也沒有太輕，說不定就是因此被棄養的；身形也沒太瘦，看他見到吃眼睛就張大的本性，應該讓他對於找吃這件事相當熱中，路上能吃的應該都吃到了，沒被毒死算命大；但流浪的過程，也許讓他瘦了一圈，鬆垮垮的肚皮顯示他之前應該是隻胖嘟嘟的狗，還有……唉唷，是個女生！虎斑跟黑狗一樣，總是讓人第一眼就以為是男的；後腿的傷應該是新的，傷口雖然已經止血，但是傷痕還相當明顯，而且虎斑的行動因此受到了影響。

虎斑見到芳菱，也想跟她討摸，豆豆見狀立馬一個箭步上去把虎斑擋開，對虎斑低鳴了一聲，虎斑見狀趕緊後退。

「豆豆吃醋欸！」小孟笑著說。

芳菱對豆豆的反應倒是挺滿足。「原來妳也會吃醋啊！」

芳菱摸著豆豆，豆豆開心的咧嘴笑著。她是有人疼的寶貝。

「所以我們該拿她怎麼辦？」小孟看著虎斑犬。

「我也不知道，店長說要拿東西給她吃，但不能讓她進店裡，也只能先這樣而已。」

小孟跟芳菱起身回到店裡時，虎斑在店門口徘徊了一會兒，似乎清楚自己是不許進到店內，或是之前曾經因擅自入店而遭到驅趕。最後她在店前的騎樓找了個角落趴了下來。似乎已經認定，這是一個可以給她安全的環境。

經過這一番折騰，也搞到快兩點了。

「時間很晚了，你先回去吧！」芳菱對小孟說。

小孟離開之後，芳菱拿了個碗，裝了點水跟飼料，拿到靠近那隻虎斑犬的地方。虎斑犬看了她一眼，然後憂鬱的趴在地上。

芳菱什麼都不能做，她只是個便利商店打工仔，家裡也有一隻狗了，或許她能做的，就是給虎斑犬一頓飽餐，之後的命運如何，狗就跟人一樣，總是在時間的河道裡，隨波逐流。

走進店裡，芳菱繼續自己的工作。說也奇怪，豆豆哪兒不去，就挑客座區離虎斑最近的地方待著，兩犬雖一隻店裡一隻店外，隔了片玻璃卻有種緊緊依偎的感覺。

深夜的便利商店並非如人所想像的，可以閒到打瞌睡，芳菱還是得完成很多事情：清點、整理、上架、打掃，真的能閒下來的時間還真是不多。

忙碌之中，她瞥見有個女人蹲在虎斑身邊，順便隔著玻璃逗弄了下豆豆，於是芳菱看了她一眼……咦，怪怪，挺面熟的。

又仔細看了一下，嗯，她跟大學死黨林愛玲有點像，不過林愛玲的鼻子沒有那麼挺，下巴也沒那麼尖，那個正在跟狗玩的女子，散發著一股神祕的氣質，林愛玲不是那樣，她是個直接又明朗的女孩，所以才會跟芳菱變成死黨——只是說是「死黨」好像有點超過了，畢竟芳菱跟「前未婚夫」在一起之後，愛玲就沒跟她聯絡了。

這個女人，倒讓芳菱懷念起了那個說話不給顏面，直接到有時好笑、有時卻尖銳得讓人受不了的「前死黨」。結果呢？最後還真被她說對了，當初芳菱要是把她的話聽進去，說不定自己今天就不是這樣打工討生活了。

唉，人生跟狗生一樣，誰都說不定，人可以活得好好的，一下子跌入谷底；狗也有可能從安穩的生活，突然被遺棄而流浪街頭。人跟狗，又有多大差異呢？

「妳好，我要一杯熱拿鐵……不，改抹茶拿鐵好了……等等，還是黑糖鮮奶？……等我一下喔我想一下……」

女子看著牆上的飲料選單，猶豫不決。

芳菱在櫃臺裡，盯著這個女人看——不對啊，這個女人，還真的很像林愛玲欸……

「算了，還是熱拿鐵就好，省得採地雷。」女子終於做好了決定，這時的她，才正眼看了陳芳菱。

當她的眼睛，對上了芳菱的眼睛時，女子的神情，從冷酷不屑，變成了不可思議。

「等等，妳是……」女子指著芳菱，眼睛愈張愈大。

「林愛玲？」芳菱先把她的名字喊出了口。

「陳芳菱？」

芳菱、愛玲，這對久別重逢的死黨，訝異的看著彼此。

這兩個女人，外型完全天差地遠：芳菱樸素，愛玲冶豔；但腦子裡想的是同一件事：「我沒準備好現在碰到妳啊！我們之前吵的架算和解了嗎？我現在該跟妳說些什麼呢？」

「妳怎麼會在這兒？」愛玲問。

「妳也是，怎麼會在這兒？」芳菱也問。

畢竟，芳菱本來應該是開心的已婚女子，本不該在便利商店打工；而愛玲應該是在香港金融圈的白領菁英，怎麼突然回到了臺灣？

「就……不適應，回來了……妳呢？」愛玲回答。

「就……沒結婚，就這樣！」芳菱回答。

這兩個女人，還是同一個姿勢，繼續看著彼此。但她們的神情變了，從訝異，變成了一種感同身受的難過。

愛玲本來對於香港的生活如此有信心，她會回來，肯定是遭遇了不小的打擊吧？——芳菱心裡想。

沒結成婚？那男的真的傷害她了？——愛玲心裡想。

她們倆不約而同的向前擁抱對方。

「但妳的臉……」芳菱問。

「這說來話長，以後有機會再說啊——」

最後那個「啊」，其實是愛玲的尖叫聲。豆豆咬了愛玲的小腿，像是一種警告，雖然沒見血，但也夠痛了，嚇得愛玲誇張的跳到櫃臺上。

妳想幹嘛？給我下來，給我下來！

芳菱趕緊厲聲制止豆豆。「坐下！她是我的朋友，不准妳凶凶！」

豆豆聽完，立刻屁股貼地，但身體依然直挺挺的警戒著，不時發出低鳴。

「不好意思，她是我的狗，以為妳要搶劫。」

愛玲驚魂未甫，整個人還縮在櫃臺上，不敢離開。

芳菱於是趕緊走向豆豆，伸出手安撫她，讓她放輕鬆。

「沒事了，她是媽咪的朋友，不是壞人，豆豆會保護我欸！豆豆好棒喔！」

芳菱抱著豆豆，豆豆的戒心也開始放下，走到離櫃臺稍遠的地方坐直了，雙眼還是緊盯著這兩個女人。

「妳什麼時候養狗了？在便利商店上班可以帶狗喔？」

愛玲慢慢的從櫃臺上爬下來，一邊觀察著豆豆是否有任何反應，確認她不會衝上來之後，才放心站在地面。

「就……說來話長，以後有機會再說吧！」

問完了這些基本問題，芳菱突然不知道該說什麼，看來愛玲也是，兩個人尷尬的傻笑。

太久沒見，之前還是不歡而散，再見又是在這種毫無準備的狀況之下，該說什麼，才能不扯到過往的不悅，假裝兩人的情誼不曾破碎呢？這真是個好問題……

「所以妳要喝什麼，熱拿鐵，決定了嗎？」芳菱突然想到，愛玲的飲料還沒點好。

「都可以，妳知道我的，幫我決定吧！」

飲料化解了尷尬，也讓她們找回了過往交情深厚的痕跡。即使分別了這幾年，她們依然記得對方的喜好，愛玲這個女人，很多大事可以決定得很果斷，對於喝什麼飲料這種小事，卻總是猶豫不決，總是要芳菱幫她決定。

芳菱幫她弄了杯焦糖奶茶，愛玲看到櫃臺上擺著幾瓶小瓶裝的威士忌，拿了兩瓶給芳菱結帳，讓她有點錯愕。

「跟我喝一杯？」愛玲說。

「不了⋯⋯妳喝這麼重喔？」

愛玲正把兩瓶小威士忌打開，加進她的焦糖奶茶裡。

「這樣還好啦！」愛玲若無其事的說。

但芳菱記得，愛玲之前幾乎是不喝酒的，而現在她居然得把威士忌加到奶茶裡。

「妳不做溝通囉？」愛玲喝下一大口威士忌焦糖奶茶後，問了芳菱。

「有啦，為了賺錢討生活，這陣子開始接了。」

「那傢伙沒留錢給妳？」

「怎麼可能！」芳菱苦笑。「可是沒有他，我也沒餓死就是了！⋯⋯妳住附近喔？」

「公園過去、旁邊那棟新大樓。」

芳菱想了想，發現那是一棟剛蓋好沒多久的豪宅。不過愛玲會住那種地方，芳菱也沒太詫異就是了，畢竟她二十多歲就開賓士，從她們認識那天起，沒見過她背三萬塊以下的包包。

「我爸蓋的啦！」愛玲乾脆自己招，「上個月才搬進去，房子有點大，住起來超不習慣的，睡不著出來閒晃……還好有出來，才會找到妳。妳咧，妳住哪？」

芳菱指了指上頭，意味著「樓上」。

「很好，以後可以常碰面了。」愛玲終於露出了第一個開心的笑容。

兩人相視微笑。只是，笑容的背後，芳菱不禁偷偷擔心起愛玲。她到底發生了什麼事？為什麼從外表到行為，有如此大的改變呢？

「妳跟那個誰還在一起？」芳菱問。

「那個誰」指的是愛玲的男朋友，但是芳菱怎麼也想不起他的名字。

愛玲搖搖頭，看似不想提到他，看來他們倆之間，應該斷得沒有很開心。

「欸，」愛玲說，「妳可以幫我溝通嗎？」

芳菱有點詫異，因為之前愛玲老說自己不信動物溝通那一套。芳菱學習溝通的時候，愛玲養了一隻柯基，卻死也不肯讓自己的老柯基給她當實習案例。

「溝通什麼？妳那隻黃金還在？」芳菱想起，愛玲跟那個人交往時，她養了一隻黃金獵犬。

「他叫哈比，當然還在，他才七歲。」愛玲回答。

「可是妳不是不相信？」

「我不會不相信自己的朋友。」愛玲回答。

不相信動物溝通，但相信芳菱。如果不是愛玲的委託，這種態度矛盾的客人，芳菱肯定是推掉的，但老朋友久別重逢，她可不敢輕易拒絕好友的要求，怕這一拒絕，好不容易找回來的朋友，就這樣不見了。

「好啊，那有什麼問題！」

「謝謝！」

「我收費喔！」

「當然！」

＊＊＊

不要隨便做好朋友的生意！尤其愈好的朋友，他的生意就愈不該接。這個道理芳菱完全懂，但答應久沒碰面的好朋友時，她並沒有想到這句話；而即使後來想到了，她也覺得「反正動物溝通而已，又不是做什麼大生意！」

然而，事實會證明，她是錯的。

幫愛玲的哈比溝通，並不是在她習慣的咖啡廳，而是在愛玲所居住的豪宅，而芳菱還為了滿足豆豆的要求，特別把她帶了去，原本想可以讓豆豆跟哈比玩一下，誰知道一到了愛玲家，她家裡竟然沒有狗。

「哈比本來就不跟我住啊！不然我出國三年，他要住哪？」

「所以他現在在哪裡？」

「在『那個人』家裡。」

「那我要怎麼溝通？」芳菱除了訝異，還真不知道可以怎麼反應。

「我怎麼知道，妳是溝通師，妳要怎麼溝通？」

愛玲的個性，不管回答什麼都挺直接的。

好吧！案子接了都接了，不管是親友，還是整了形的親友，還是整了形之前又對自己工作不信任，現在想試試又完全狀況外的親友，案子就是案子，現金就是現金，總之，該做的就是得做。

於是，芳菱只好放下自己的無奈，拿了啃咬玩具，把豆豆打發到一旁。友善又公式化的問愛玲：「所以，妳有哈比近期的照片嗎？」

「有！」愛玲馬上拿出手機，「上禮拜去他家吵架拍的，妳看這些行不行？」

其實芳菱想問的是，為什麼會「去他家吵架」，但既然現在是要工作，就得專注在工作上，八卦的事，等正事做完再說。

而愛玲手機裡大概有破百張那隻黃金獵犬的照片。

「這全是同一天拍的？」

「對，因為很久沒見了，哈比又很想我，所以我就一直按一直按一直按……」

「既然這樣，他怎麼沒跟妳回來？」

「這就是我要請妳溝通的事情。」

愛玲整個人像要出去打仗一樣，抖擻起精神，開始要做敵情報告。

「當初因為要出國，就把哈比委託給那個人養，想說等我那裡生活穩定了，就可以把他接過去，不過……」

愛玲揮了揮手，表示「我就沒有穩定下來，所以也回來了」之類的，反正芳菱應該懂。

「所以，我回來之後，就想要把哈比接回來。結果妳知道嗎？那個人竟然不讓我把狗接回來！」

芳菱聽完心想：「廢話，要是我也不讓妳接回去，憑什麼妳要離開就把狗扔給別人，一回來就想把狗要回去？」

但現實裡，她不能這樣說，她只能說：「那……狗狗的反應呢？」

「好，這就是我要請妳幫忙的。」

愛玲往前逼近，讓芳菱備感壓力。

「那天其實我想趁他不注意，把狗偷牽走，但妳知道嗎？哈比他……居然定在那兒，不跟我走！」很好啊，這狗真聰明，還知道不要隨便跟人家走。這樣的話大局已定，狗已經做出了選擇，妳是不是該尊重呢？

但，不，芳菱不能這樣跟她說，否則久別重逢的好友，又要吵架撕裂了。

「所以，妳要我跟他說什麼呢？」芳菱非常有禮貌的詢問。

「妳知道，哈比出生沒幾個月，我就把他抱回來，把屎把尿拉拔大的，我是先養了哈比，才認識那個人的，所以按理說，我才是他的主人，我希望妳幫我告訴哈比這件事，告訴她我這裡才是他的家，而且那個人要娶老婆了，那個女的比他小好幾歲，我看就知道她不會照顧哈比，所以他還是趕快回家，否則被那個女的虐待可就不好了！」

聽完愛玲說完這一長串，芳菱的心裡大概有譜了：重點其實是前男友要娶比自己年紀小很多的女人當老婆，之前跟他在一起很多年的前女友雖然分手了，但心裡還是很不滋味，所以想要從他身邊把「屬於自己的」狗給搶回來，算給他一個教訓，同時抒解一下自己胸口的怨氣。

但，不，愛玲不會承認的。芳菱雖然不知道這幾年她究竟經歷了什麼，但她猜得出來，過去的幾年裡，她恐怕失去了很多，現在的她，只想挽回一點屬於自己的東西，而她現在需要的，應該是一點心靈上的幫助，讓她知道，有些東西，不是一定要擁有，才是完美。

真的，不要隨便做好朋友的生意！尤其是愈好的朋友，他的生意就愈不該接。只是芳菱還是覺得，這是一件她必須要做的事情。因為，這已經不是生意，而是久別重逢的昔日閨密，需要一點她的幫忙。

而芳菱得哈比一起幫忙她完成這件事情。

但是，很多人的情緒與道理，到了狗的世界，就會完全說不通。人類世界訂出來的遊戲規則：金錢的概念、廁所、家庭的分離、戰爭、因為某些原因的遺棄、或是愛玲所說的「按理說來她才是哈比的主人」這件事，對狗來說，真的太複雜了。

芳菱拿起了愛玲的手機，挑選了一張照片，定心養神，準備開始溝通。「先說好，因為妳沒事先跟哈比說我會找她說話，所以哈比可能會不理我，萬一她不理我，這可不是我的錯，懂嗎？」

愛玲面無表情的點點頭，但芳菱心想，她肯定搞不懂剛剛說的那串話是什麼意思。

算了，先做吧！

午後的陽光照在身上，身體下面則是一張軟綿綿的墊子，哈比的毛被陽光曬得暖暖的，剛洗過澡的他，聞到的是自己身上散發出來的清香。哈比剛睡了個的午覺，正慵懶的伸展身體，突然感覺到了芳菱，顯得有點驚訝。

咦？

你好，哈比，我是菱菱阿姨。

咦？妳在跟我說話欸！

是的，是你的馬麻叫我來跟你溝通的喔！

馬麻？馬麻在我旁邊睡覺啊！

芳菱從哈比的視角，看到一名女子，正躺在沙發上小憩。

不是那個馬麻，是那個……之前離開你很久，前陣子回去看你的那個馬麻。

說到這兒，哈比的心情突然盪了下來，想到了愛玲離開他的時候，那種不解與難過。

哈比很愛那個馬麻……

太好了，有這句話就夠了。

哈比，馬麻離開你這麼久，你會生氣嗎？

哈比沒有直接回答，但芳菱感覺的到，哈比沒有憤怒，只有難過。

哈比很難過，馬麻也很難過……

是啊，哈比，馬麻非常愛哈比。

哈比沒有回答。

哈比現在開心嗎？

嗯嗯。

現在你跟誰住呢？

把拔還有馬麻，把拔跟馬麻常常帶我去山上玩，還有帶我去游泳，我很喜歡。

哈比愛新的馬麻嗎？

超愛！她都會烘好好吃的肉乾給我吃，還會每天帶我去公園跑跑，還會給我梳梳毛、按摩按摩……

馬麻還會唱歌給我聽喔，雖然我都聽不懂啦，但我知道馬麻唱歌給我聽的時候，她很愛很愛我喔，我好愛馬麻喔！

如果畫面是漫畫式的，哈比給出這個訊息的同時，愛心就會不停從他的雙眼冒出來。也難怪他不想跟愛玲走。

那跟原本的馬麻比起來呢？哈比比較愛哪一個馬麻？

哈比一陣錯愕，彷彿芳菱不該問這個問題。

爲什麼要比較呢？兩個馬麻我都愛，不一樣的愛。

那哈比怎麼愛原本的馬麻？

這時，哈比讓芳菱看到一個畫面：當哈比還是幼犬、剛到愛玲家的時候，因為晚上孤獨害怕，於是愛玲就把他抱到床上，一起睡覺，哈比覺得愛玲的懷抱好溫暖，他可以永遠永遠都窩在愛玲的懷裡；後來，愛玲的前男友、也就是哈比的爸爸來了，哈比躺在他跟愛玲之間撒嬌，小倆口把他當成自己的孩子，哈比擁有無盡的愛……可是，那分暖暖的愛突然消失，變成了激烈的爭吵，哈比趴在墊子上不敢出聲，愛玲抱著哈比，哭得全身顫抖，哈比非常非常害怕，因為他知道馬麻就要離開了；果然，愛玲拉著行李箱離開，哈比嚇壞了，衝了上去要留住愛玲，男人卻拉住了哈比，一邊斥責他不准跟出去，哈比難過的嚎叫、掙扎，於是哭泣的男人把他擁入懷中，把拔的愛，讓哈比稍微安靜了下來，只是，那個承諾會永遠愛他的人，竟然這樣頭也不回的離開，他覺得自己被拋棄了，跟那個哭泣的男人一樣，這分哀傷，持續了好久，好久……

哈比的哀傷，讓芳菱濕了眼眶。她了解愛玲的任性，能夠成就很多事情，也能夠傷害很多情感。但她也知道，愛玲是真的很愛哈比，只是在愛情撕裂的衝突以及事業心的催使下，她做出了選擇……

「妳怎麼啦？」愛玲見到芳菱哭了，緊張的問。「是不是那個男人欺負他，還是那個女人幹的？

我馬上去把他接回來，他永遠都不必再吃苦了！」

芳菱拿了面紙拭淚，搖了搖頭。

「不，是妳，妳的離開，其實傷害了哈比。」

愛玲聽了芳菱的話，其實有點心虛。她當然知道她這樣做不好，但在那個當下，她還能做出什麼樣的決定呢？

「哈比過得很好，他很愛現在的馬麻，也很喜歡現在的生活，但他也很思念妳，也非常非常的愛妳，只是他從來不了解，為什麼妳明明這麼愛他，卻拋棄了他。」

「我沒有拋棄他！」愛玲對於「拋棄」這個用詞，相當無法接受。「我從來都沒有拋棄他，是那個男人，他不讓我見哈比！每次我回來，或是要求他跟我視訊，他都不同意，甚至我寄給他的零食跟衣服，都被他全部退了回來，是他硬把我從他的生命中消失的，否則哈比也不會不跟我走！」

愛玲哭了，是痛徹心扉的那種大哭，這中斷了芳菱與哈比的溝通。

芳菱看著眼前的摯友，思考著該如何讓她了解，那種自己以為可以仰賴一輩子的人，竟然一夜之間消失在自己生命的感受。

「我有跟妳說過我媽媽的事吧？」

在愛玲的嚎哭終於減弱之後，芳菱決定試一試，就用自己經歷過最痛的經驗。

「我很小的時候，有天晚上，我媽跑來我床邊講故事給我聽；隔天一醒來，我媽就走了。我以為她過幾天就會回來了，但我一直等，都沒等到她。我爸什麼都不說，就算我不停問、問到哭，他也只是走回房裡，留我一個人哭到岔氣。直到我長大，我才知道，原來大人們相愛會結婚，不愛也會離婚，但是我真的不懂，為什麼在一起的兩個人會分開……」語畢，芳菱不自覺已淚流滿面。

「所以，妳才會傻傻得給男人騙。」擦乾眼淚的愛玲說完，遞了面紙給芳菱，同時向前給了她一個擁抱。

那時候芳菱以為，愛玲已經懂了。

但是她沒有。

「所以，還是可以幫我問問他，願不願意回到我身邊嗎？」愛玲看著芳菱，問得理所當然。

芳菱用她那雙哭腫的雙眼翻了個白眼。

「但他不會願意的！」

「試試看嘛，至少讓他知道，我是希望回到他身邊的。」愛玲的態度幾近懇求，於是芳菱也無法拒絕了。

於是芳菱深吸了口氣，平復了情緒，讓自己回到可溝通的平靜狀態。

啊，妳怎麼啦？妳好像很難過啊！

是啊，我想起了一些小時候的事，我的馬麻也曾經離開我。

喔，不要難過啊，那妳現在快樂嗎？

算快樂吧！

快樂就好囉，不要爲過去的事情難過了。

哈比，你想回到之前的馬麻身邊嗎？

想。

但如果要離開現在的把拔跟馬麻，才能夠回到原本的馬麻身邊，你還願意嗎？

哈比沉默了很久。

爲什麼一定要離開現在的把拔跟馬麻？把拔跟馬麻都是好人，那個馬麻可以回來跟我們一起住，這樣我就會有兩個馬麻，一定會很棒！

可是哈比，馬麻沒辦法回去跟你們一起住。

爲什麼？

因爲……人類的世界就是這樣，原本在一起的人，可能會因爲某些原因而分開，而分開之後，會另外找到跟自己相契合的人，大家都可能過著幸福的日子，只是，分開的人，就很難重新在一起了。但是馬麻永遠愛著哈比，她還是希望，能夠永遠跟哈比在一起。

可是，我不想離開把拔跟馬麻，他們會很難過……

芳菱心想，哈比會更難過吧！

不過，馬麻只有一個人，沒有哈比，馬麻會非常難過。

哈比陷入了兩難。芳菱則替哈比難過，為什麼人類的問題，卻要讓毛小孩去承擔這種離別的抉擇呢？

馬麻之後，也會找到愛她的人嗎？

應該會吧！

如果馬麻找到愛她的人，她是不是就比較不難過？

可能是吧！但她會永遠想念哈比……

但是，哈比要是離開把拔跟馬麻，他們會永遠很難過。但馬麻可能過一陣子就不會那麼難過了。

這隻狗的邏輯未免也太好了。

所以哈比，你會希望怎麼做呢？

我不知道……爲什麼一定要分開呢？

為什麼一定要分開呢？人類對於動物而言，是一輩子的倚靠，他們不曾想過，有一天必須跟自己的飼主分開；然而對人類來說，「分開」似乎是人生必經的歷程，有分必有合，沒有什麼是可以保證一生一世的。

「所以呢？狀況如何？」芳菱跟哈比聊得有點久了，愛玲忍不住關切。

「他不理解，為什麼妳跟那個人，還有新的馬麻不能夠跟住在一起。人類的情感邏輯，動物時常無法理解，無法理解的話，不管妳說什麼，他都不會被你說服，跟你回家。」芳菱說。

「所以他不想離開那個人跟那個女人？」愛玲說的時候，語氣有點失落。

但是芳菱也只能無奈的點點頭。

「妳知道嗎？這其實是妳跟那個男人該解決的問題，並不該留給哈比去面對。愛玲，哈比就是以前的我，他永遠不會了解，為什麼妳必須要離開，他只能希望，妳、他的把拔，還有新的馬麻，可以永遠好好的存在他生命裡，他能永遠擁有這些人的愛，並且永遠愛著這些人。為了滿足他這麼基本的需求，我想妳必須去跟那個男人好好談談，商量出一個方法。」

芳菱的回覆，讓愛玲十分沮喪。

芳菱了解，現在的她，或許才跟那個男人吵了一架，要回去跟他「好好談」，短時間內根本不可能。

再說，她或許比誰都更清楚，想要搶回哈比，只是想要報復那個男人，即將迎娶一個比自己年輕的女人，好勝的她，真的不想什麼都輸。

馬麻很難過嗎？

馬麻難過，因爲沒辦法跟妳在一起，她非常非常愛你。

我也好愛馬麻，我好想再跟馬麻到草地上玩球喔，我最喜歡跟她在草地上玩球了！

芳菱把哈比的話轉達給了愛玲，愛玲聽了，表情雖不動聲色，但卻靜靜的起身，走向了趴在落地窗邊的豆豆，背對著芳菱，撫摸著豆豆。豆豆抬頭看著愛玲，舔了舔她的臉頰。芳菱知道，愛玲現在應該已經難過的淚流滿面。

馬麻會跟我一起玩球嗎？

會的，馬麻一定會努力的。

太棒了！

＊＊＊

便利商店外虎斑原本窩著的地方，已經進展成為一個有吃有喝、能擋風遮雨、還有毛毯的狗窩了。這些全是店長程孝京跟小孟兩人聯手蓋出來的，程孝京甚至還叫小孟帶虎斑去看了獸醫，治療她受傷的後腿，並且還洗了澡、打了預防針，付了一筆不算小的醫藥費。他們還給他取了名，叫做「虎虎」。

雖然有幾個鄰居抱怨，但幸好沒人通報主管機關來捕捉。為了這件事，程孝京還去跟里長疏通了一下。

「你這麼愛她，不如把她帶回家算了！」程孝京餵虎虎吃早餐的時候，芳菱忍不住勸他。

「怎麼可能！妳別忘了我家還有一隻龜龜，我媽疼龜龜可是比疼孫子還疼，如果一隻狗進了我家，妳想老人家會怎麼想？」

還需要想，當然是怕狗那麼大隻會咬死她的龜龜。雖然狗正常情況是不會攻擊其他生物的，但很多人的觀念依然是體型大的會欺負體型小的，就好像豆豆常常散步經過一群馬爾濟斯跟貴賓，主人都會馬上把狗抱起來，好像豆豆會衝上去一口咬死他們一樣，結果都是那群小狗對豆豆狂吠，豆豆被嚇得必須繞道。

「那趕快聯絡原飼主，請他來領回去吧！」芳菱也只能這樣說了。

「能聯絡早聯絡了，這個小可憐雖然有晶片，晶片的資料卻是空白的，連狗的名字都沒有填。」程孝京充滿憐憫的撫摸著虎虎。「可憐的虎虎，來，乾爹給妳呼呼啊……還是叫妳呼呼呢？虎虎聽起來太陽剛了，畢竟妳是女孩子……」

是的，程孝京已經變乾爹了。

「叫呼虎啦，呼虎很可愛！」

小孟走來，立刻窩到虎斑身邊，親切的用新的名字喊她，虎斑竟然回了頭，似乎接納了這個名字。而豆豆本想迎接小孟，見他竟然去找虎斑，立刻湊上去，要小孟伸出另一隻手來摸她。

「呼虎……呼虎……挺可愛的，」程孝京試喊了幾聲，覺得滿意，「不然叫妳呼虎怎麼樣？……妳覺得呢？叫她呼虎怎麼樣？」

程孝京抬頭問站在一旁的芳菱，但芳菱不想回答，中年男子對狗講話高八度的嗓音，讓她覺得怪

肉麻的。

下班了，豆豆去散步前，還特別來跟呼虎說再見，兩犬不停交頭接耳，豆豆還壓低身體，想跟呼虎邀玩，可惜呼虎腳傷未癒，無法回應豆豆的要求。

「他們倆感情挺好嘛！不如這樣，妳順便帶呼虎去公園遛一遛，回來的時候，把她帶回家吧！」程孝京打這歪主意不知道多久了。

「不要！養狗很貴又很累，我養一隻就累壞了，不要！」芳菱當場拒絕，回頭問小孟，「你也很愛她啊！不如你帶回去好了。」

「我要能養狗早養了，第一個就把豆豆偷回家！」小孟摸著豆豆，這小子終於注意到她，豆豆開心的咧嘴笑。

「養狗怎麼貴？不貴不貴，」程孝京認真的跟芳菱說：「我跟妳講，他的飼料、零食、罐頭、醫藥、玩具……一切所需，由我負擔！你只要把狗帶回家照顧就好，其他什麼都別擔心，統統交給我！」

「不要！」程孝京這種小氣鬼，居然敢做出這種承諾，芳菱是覺得挺不靠譜的。

「別這樣嘛……那我再加碼好了，順便包辦豆豆的零食跟罐頭，妳覺得怎樣？」

「不要！」

「我也加碼，每兩個禮拜去幫妳洗狗，這樣妳就不會那麼累！」小孟也加入這場勸說大會。

但芳菱不為所動。

「不—要！」

這下程孝京可頭大了，決定把策略一轉，改成悲情攻勢。

「妳別這樣嘛，妳自己不也了解動物的心情，難道妳忍心看她露宿街頭，忍受颳風下雨，當一輩子的流浪犬嗎？」

「不要！」

悲情攻勢宣告無效。程孝京看了正在跟呼虎嬉鬧的豆豆一眼……那不如改改友情攻勢好了！

「妳看他們倆感情這麼好，妳看妳愈來愈忙，如果豆豆有個伴，也比較不會孤單。」

「她不會孤單，我不在家她都吃很多零食。」芳菱相當堅定。

「在家只能吃零食，又沒有同伴，真的很可憐欸！就好像有的爸媽加班，以為冰箱有吃的，電視有插電，小孩就可以開開心心，其實小孩根本不開心！」小孟看似用自己的遭遇來遊說芳菱。不得不說，這招厲害！

但芳菱就是吃了秤砣鐵了心，「不要，不要，我已經有豆豆了，豆豆有我就夠了！」

芳菱看著豆豆，期待她能給予認同的反應。但豆豆沒有，她繼續跟呼虎玩著「我聞妳屁屁，妳聞我屁屁」的遊戲。

「唉唷，妳不要自己做決定，妳也問問她嘛！」程孝京突然把豆豆叫過來，「豆豆啊，妳跟妳馬麻說，叫她帶呼虎回家陪妳玩好不好？……而且叔叔還會送妳零食喔！」

妳不要理他，我養妳已經很累了，而且他才不會給妳零食。

誰知豆豆沒打算理會芳菱，反而看著她，臉上掛著大大的笑容，搭配一個無限循環的訊息——

好啦好啦好啦好啦……

芳菱怒了，狗寵了幾個月，就以為可以支配主人了！……但當她再看一眼呼虎，大大圓圓的眼睛，無辜的看著她，雖然沒有接收到什麼訊息，但芳菱總覺得呼虎對於新家充滿期待。

「不然這樣，我帶呼虎跟妳一起去公園，看看他們相處的狀況，說不定她們會玩得很開心。」小孟的招數真的比程孝京高段多了。

小孟一說完，程孝京掏出不知哪時準備好的牽繩，扣在他先前幫呼虎戴上的項圈上，牽繩遞給小孟的那一刻，呼虎竟然自動起身，興高采烈的跟著芳菱。

「芳菱姊妳看，呼虎比較想跟妳說……」

小孟喊著走在前頭的芳菱。但芳菱自我控制得很好，沒有因此回頭。

說也奇怪，原本總跑在前頭的豆豆，竟然為了這隻「掰咖」呼虎，願意慢下腳步，等她上廁所、聞聞嗅嗅，兩人還邊走邊交頭接耳，像是閨密在聊天一樣。

公園的草皮上，有一隻漂亮的黃金獵犬，快樂的追著主人所丟出來球。芳菱的視線隨著那隻黃金獵犬回到主人身邊，而那位主人，正是她前幾天才又因為說了實話而沒聯絡的閨密林愛玲。

豆豆見到愛玲，開心的向前打招呼，不過一見到哈比湊上來，馬上倒退好幾步。原來豆豆懼怕身形比她大的黃金獵犬，這是芳菱之前所不知道的。

芳菱用牽繩牽起豆豆，把小孟喚了過來。當小孟牽著呼虎走過來時，愛玲才終於開了口：

「咦，這不是便利商店外面的那隻嗎？」

「沒錯。」

「上次看她在你們店外頭住得挺好的，妳是要把她留下來了？」愛玲問。

「我們正在說服芳菱姊養她！」小孟白目的插了嘴。

「別亂講，我沒答應！」芳菱將豆豆的牽繩遞給了小孟，「幫我帶一下豆豆，我有事要跟她講一下，不要走太遠。」

小孟這才意識到，眼前這個陌生女子，可能不只是公園裡的某個狗友。他趕緊拿過牽繩，牽著豆豆跟呼虎到附近遛遛。

「妳去跟人家講清楚了。」

愛玲點點頭。不過，愛玲的表情，並不是問題解決後的輕鬆，而是凝重的感傷。

愛玲把哈比的球扔出去，哈比開心的往前追逐。

「這是我最後一次跟哈比玩了，之後，我就會把哈比還給他們，不再打擾。」

愛玲一說完，眼淚禁不住流了下來。哈比正叼著球，開心的奔向愛玲，愛玲趕緊擦乾眼淚，強顏歡笑，接了哈比嘴裡的球，再度扔了出去，哈比依然開心的追過去。

「他跟著他們倆，其實挺好的，那個女的也很愛他，以後他就不必再為了我們的事情而掙扎、受傷，狗的生命就那麼長，讓他少一點難過，不是比較好嗎？」

愛玲邊說，邊擦著眼淚，因為哈比馬上就會叼著球回來找她。哈比回來後，愛玲依然拿出了他嘴裡的球，只是這一次，她沒有扔出去，而是抱著哈比，強忍著眼淚。

哈比知道愛玲哀傷，蹭著她安慰，愛玲強打起精神，再度用陽光的態度，把球扔出去。

「哈比，去，把球拿回來給媽咪！」

哈比照著媽咪的指示，追了出去。

「需要我跟他說嗎？」芳菱問。

「不必了，我自己跟他說吧！我跟他說，他會懂的吧？」愛玲問。

「會的，他會懂的！他也會知道妳很愛他，也會永遠記得妳！」

哈比回來了，這次愛玲眼淚忍不住潰堤，靠在芳菱的肩上痛哭。

哈比乖巧的坐在她們面前，這次他沒有急著要媽咪丟球。芳菱伸手摸了摸他的頭，而他也貼心的，靠著愛玲身上。

哈比很愛媽咪，會一直愛著媽咪，也會永遠記得媽咪。

這個訊息，不需要透過芳菱溝通，愛玲也會知道。

六、不准告訴我媽媽

菱菱阿姨妳好

我叫張志宇，今年十歲，聽說妳會跟貓咪說話，可以拜託妳跟我的貓咪說話嗎？

我們家本來有一隻花花，不過我前幾天帶了咪咪回家，花花會欺負咪咪，咪咪受傷了，晚上跟我一起睡，後來花花就跑來咬我，我也受傷了。爸爸很生氣，說要把花花丟掉，不過咪咪就跑掉了，爸爸說是花花開窗戶把咪咪趕走的，過了好幾天才回來。花花還是會欺負咪咪，還會咬我，但我不敢跟爸爸說，怕爸爸把花花丟掉。媽媽很難過，她很喜歡花花，還跟爸爸吵架。菱菱阿姨可以幫我嗎？幫我跟花花說，不要再欺負咪咪了嗎？

芳菱在便利商店吃午餐，順便處理預約事宜。小孟帶著豆豆，在騎樓的呼虎小豪宅前，餵兩隻狗吃點心。呼虎住在便利商店外頭滿一週，這一週來，芳菱只要出門，豆豆就死命著要跟，為的就是要到樓下跟呼虎玩。

「芳菱姊，妳真的不養呼虎喔？」

小孟餵完零食，帶著豆豆進到店裡的座位區找芳菱。

雖然呼虎已經除蟲洗澡打過預防針，沒事就守在她的紙箱小豪宅裡，任何人逗弄她都不會離開，儼然是一隻乾淨的家犬，但店長依然不讓呼虎進店裡，怕是一走進店裡來，就變成了永遠的店狗。

「不要！」芳菱連頭都沒有抬，直到她要跟小孟對預約的細節，「你不是要幫我過濾預約的信件，可以預約的才轉給我嗎？」

「我有啊！」

「那為什麼有個小學生的預約信？」

「小學生不能預約喔？」

小學生不能預約嗎？芳菱竟然無法好好回答這個問題，店長程孝京幫她回答了。

「溝通一小時要三千二，小學生哪來三千二啊？」程孝京邊說著，眼睛卻是盯著豆豆跟呼虎，她們倆又開始隔著玻璃窗互相倚靠。「欸，我覺得豆豆跟呼虎挺好的，妳就把呼虎帶回家嘛！」

「不要！」

芳菱說完，豆豆轉過頭來，哀戚的看了芳菱一眼，讓芳菱有點心軟。

「蛤，沒錢就不能跟動物說話喔？」

小孟有點悵然，讓芳菱更有罪惡感。貧富似乎不該成為能否與動物溝通的分野，但芳菱提供的是一個翻譯動物語言，傳達彼此想法的服務，服務收費這件事情，本來就合理應當。

芳菱有點尷尬，「還是……小學生嘛，就收他便宜一點好了……」

芳菱話沒說完，就被店長打斷，「不行！你收我三千，當然也要收他三千。你有看過哪個客人來買飲料，因為是小學生我就算他便宜的嗎？」

「可是小學生會有三十塊錢買飲料，應該不會有三千塊做動物溝通啊！」小孟完全站在小孩子的那一邊。

「你這個小傢伙，真是不會做生意！你的芳菱姊不是做慈善事業，她要付房租付帳單還要養狗，要她天天打折誰來付這些錢？這麼有良心，那你讓他分期付款好了，叫他把每天買飲料的錢給你，頂多四個月就還清了！」

店長說出這話的時候，毫無任何憐憫之情，聽在芳菱的耳朵裡，竟然有點刺耳。

「你怎麼這樣啊……人家才十歲你就叫人家欠債，這種事情我怎麼做得下去。」芳菱的語氣有點哀傷，畢竟也經歷過人生的低谷，現在只要聽到「欠債」的概念，背脊就一陣涼。

「而且家長一定會來罵人，到時候又上報，聲譽全毀……」

小孟說的這一點，完全戳中芳菱，她絕不可以讓這種事情再度上演。

「白癡，當然不可能這樣幹……不過說到家長，妳又知道這不是家長扮的？為了省一筆錢，派小孩子出來接洽，等到溝通的時候，家長就跟著出場，說什麼小孩子不懂事叭啦叭啦，感謝妳的幫忙什麼的叭啦叭啦……」

店長說得彷彿自己曾經親身經歷，口氣義憤填膺，一副想要立刻唾棄家長的模樣。

芳菱只是翻著白眼搖搖頭，對店長的想像力感到不可思議。

「妳不要以為我亂講，這年頭貪小便宜的人太多了！妳沒做過生意，才會這麼善良單純，不像我，老是要應付那些無良的、動歪腦筋的、意圖不軌的，跟妳說，防人之心不可無，這是真的啊……」

芳菱看了看這家便利商店，她不知道，原來一家便利商店，就可以讓一個男人經歷如此大的商場載浮。但是芳菱可不同意店長說她的過往單純平順，光是動物溝通師這麼簡單的工作，就能讓她看盡人心險惡：想要拗免費服務的、報名一個帶兩、三隻動物來的、拿她跟其他溝通師比較的、嫌她收費太貴的，甚至有人聽到價錢後質問她：「不就講講話而已，收這麼高真有臉！」

不過，最讓芳菱厭惡的，是那種假裝來溝通，事實上是來踢館的；這些人其實根本不相信人可以跟動物溝通，認定所謂的「溝通師」都是出來騙錢的神棍，仗著自以為是的正義感，偽裝成飼主與溝通師聯絡，等到溝通完畢之後，再向媒體踢爆，讓溝通師的名聲毀於一旦。

而這正是芳菱當年的遭遇，當年的她，的確錯估了人類使壞的能力。

「吃完了嗎？我幫妳拿去丟。」

店長拿走芳菱面前的空涼麵盒，她都還沒來得及出聲，垃圾就已經被程孝京收走。

「今天下午沒有預約，那我先走囉！」

小孟背起背包，半跑跳的離開便利商店。

程孝京看著小孟的背影，整張臉笑得有夠純真，「年輕人談戀愛，多美好妳看看！」說完，帶著那純真的笑容，慢慢走回櫃臺後。

但是芳菱就是沒這種充滿小花與閃光的感覺，小孟的戀情，給芳菱一種說不上的鬱悶，也不是嫉妒，但就是……芳菱也不知道該怎麼形容，算是一種……寂寥嗎？

總之，最後還是沒人回答芳菱，到底該不該接小學生的委託。芳菱只好帶著豆豆，寂寥的離開商店。

「欸欸，」再怎麼寂寥，店長還是會注意到芳菱的，「要帶豆豆去公園的話，順便帶呼虎一起去，成天窩在那個小窩裡，挺可憐的！」

芳菱無奈的「喔」了一聲，跟店長領了牽繩，走向了公園。

有了豆豆跟呼虎，就不可能怎麼寂寥了。這兩個傢伙一路上嗅嗅聞聞，一個想往東，一個想往西，芳菱還得注意她們倆是不是拉屎了，手上塑膠袋隨時戒備。狗總是會占據一個人的心思，讓原本想太多的人，不得不把注意力移轉到她們身上，可說是清空思緒的最佳幫手。

又是一個陽光普照的日子，不冷不熱的天，讓芳菱決定在公園多待一些時間。

豆豆跟呼虎玩累了，回到芳菱身邊，豆豆跳到芳菱坐的長椅上，身體靠著芳菱討摸，呼虎後腿的問題，讓她只能留在地面，於是窩在芳菱的腿邊，宣示自己不只是流浪狗。

芳菱撫摸著豆豆，她烏亮亮的毛髮，被陽光曬得暖暖的。豆豆伸出前腳，把芳菱的手移到自己的胸前，示意要她撫摸這個地方。芳菱總是被這個動作搞得想笑，這狗不但脾氣上的毛多，連摸哪都要指定部位，分明是個狗界的控制狂。

「妳覺得，我應該幫忙那個小弟弟嗎？」

豆豆咧著嘴，伸長了舌頭，用力的哈著氣，但她沒有回覆芳菱，這本來也不關她的事。

「那你覺得，我該養呼虎嗎？」

豆豆轉過頭，對著芳菱狂笑，她一直希望芳菱可以帶呼虎回家，似乎沒想過，她進了門，可能會分享她所擁有的一切。

於是，芳菱拿起手機，回覆了那個叫做志宇的小學生。

志宇你好，

我可以幫你跟花花說話，不過你可以準備一些花花的照片給我嗎？

⋯⋯

＊＊＊

小孟抵達默默咖啡時，Amy已經坐在店裡了。見到Amy先到，小孟慌慌張張的入座，Amy卻滿臉笑意，跟之前憂鬱的神態完全不同。

「你不要緊張，是我提前來，想先自己看看書，你沒有遲到。」

聽Amy這樣說，小孟鬆了一口氣，然後神祕兮兮的探向自己的包包。

「我找到了！」

「找到什麼？……難道會是……」

小孟從包包裡掏出兩張票，交給Amy。

Amy興奮的接過來，仔細的看著票，「真的欸，久石讓！」像是捧著寶物一般，捧著小孟所帶來的兩張音樂大師的演奏會票券，「你怎麼弄到的？不是早就賣完了嗎？」

「我就……拜託朋友幫忙。」小孟抓著頭，不想把事情說清楚。

事實上，那是他打電話去給他已不住在一起的爸爸，他所任職的銀行，贊助了這次的演奏會，所以小孟請他爸爸去福委會弄了兩張票，代價是這個月的每週五晚上，都得陪他跟他新女友吃飯——而這對小孟而言，簡直跟下油鍋一樣殘酷。

「真是太棒了！」Amy看了看票，看了看小孟，「我們會一起去看吧？不要丟我一個人！」

「當然！」

其實小孟心想的是：這票我弄來的，當然是我跟妳去看啊！

「我先去點餐！」小孟起身，走向櫃臺。
默默看著小孟。他早知道小孟在追Amy，只是對於他們倆的進度，還是有點困惑。
「怎麼連聽音樂會這種事，都要跟你再確認要不要一起去？你們不是早就在一起了嗎？」默默低聲的問。
小孟抬起頭，看了看默默，又擔心這段對話會被Amy聽見，於是轉過頭去，確認她沒有將注意力放在這兒，才轉頭回答方才的問題。
「只是好朋友啦，在一起……還沒啦！」小孟回答時，尷尬得像要把整張嘴給吞了進去。
「可是……」
「還不就她爸！我以為他爸請我們吃飯，是認可我們兩個在一起，結果她跟我說，他爸說未來會怎麼安排還不知道，所以先做朋友就好。」
「你喔，」默默搖搖頭，像是個「大人」般，準備指點小孟，「人家女生拿不定主意，被爸爸左右，你就應該更主動啊！讓她知道自己喜歡她，走到她面前，告訴她『我喜歡妳，不要管妳爸怎麼說好嗎？』這樣會不會？」
小孟聽完，直直的盯著默默。
默默有點神氣。
「奇怪，你這麼會指導別人，自己怎麼都不跟芳菱姊這樣說？」
小孟說完低頭繼續看著菜單，默默被這樣一釘，變成他眼神呆傻。
「我要黑糖拿鐵，還有一個草莓派，幫我弄漂亮一點，我要點給她吃的。」
點完餐之後，小孟回到座位，繼續跟Amy談笑。而默默則繼續呆傻的望著前方——

「為什麼……我不……」

默默，連自己都不敢告訴自己，其實心儀芳菱已久的事實。

＊＊＊

午夜，店裡除了一些來吃消夜的客人，其實還算是平靜。

豆豆在客座區趴著，畢竟只有那兒能偶爾揩點小零嘴，常來吃消夜的客人都已經認識她，有的客人甚至會選擇離豆豆最近的位置，他們從沒跟芳菱聊起自己的人生，但芳菱猜想，或許豆豆在旁邊，能讓他們稍微有點被陪伴的溫暖吧！

跟愛玲重修舊好之後，愛玲這陣子晚上都會來探望摯友，有時買瓶啤酒，更常是開瓶紅酒，買幾個小零食，把閨密間的午夜小酒館搬到芳菱工作的便利商店。不過喝的人都是愛玲，芳菱堅持工作不喝酒，所以都只能自備養生茶，讓愛玲覺得掃興。

「我不懂欸，妳這麼多才多藝，幹嘛要挑便利商店的大夜班做？」愛玲已經略帶酒意，問的問題直接大膽。

「我這麼久沒上班了，哪家公司會要我啊？再說，便利商店也沒什麼不好啊！改頭換面一下，人生新氣象。」

愛玲看著芳菱，從鼻子噴出不屑的「哼哼」兩聲。

「最近氣象不太穩定，我賭妳沒多久就會離開！」愛玲說得斬釘截鐵。

芳菱根本不想回答她。她早就習慣，這女人嗆人的時候，直接無視是最好的方法。

「妳那小跟班最近怎麼不來啦？」愛玲繼續問。
「他啊，談戀愛了。」芳菱回答，一臉鬱悶。
愛玲看著芳菱，芳菱的鬱悶也蔓延到了愛玲臉上。
「小孩子忙著談戀愛，我們卻被戀愛背叛。」說完，愛玲乾了杯子裡剩下的紅酒，又給自己倒了一杯。
「妳別喝那麼多！到時候給我在店裡發酒瘋。」芳菱搶過那瓶還剩四分之一瓶的紅酒。
「大不了去妳家窩一晚，反正在樓上。」愛玲繼續喝著手上的紅酒。
「我才不要扛妳上去。」
這時一名目測就知道剛喝了不少酒的女人，搖搖晃晃的走進店裡來，見到豆豆之後，尖叫了一聲，把豆豆嚇了一跳。芳菱只好連忙把豆豆牽進櫃臺內。
「怕什麼！妳都敢喝醉酒走在路上了，還怕一隻狗？」愛玲半倚在櫃臺上，對那名醉女嗆聲。
芳菱用手拍了一下愛玲，要她別鬧。
醉女怔了一下，怒瞪了穿制服的芳菱，不悅的走出商店。
「走了最好，女人喝醉酒我最了解了，這女的下一步就要吐了，趕快滾，省得妳清！」愛玲說完，又喝了一口紅酒。
芳菱看著愛玲，心裡卻有點擔憂，她所認識的陳愛玲，並不是一個會成天喝醉酒的女人，到底是什麼人、什麼事，把她變成今天這個模樣？
「我們這個年紀，還能談戀愛嗎？」愛玲今晚喝的酒比較多，說的話特別多。
芳菱看著半醉酒的愛玲，她的眼神告訴芳菱，這問題愛玲問得相當認真。

「幹嘛要想這種問題？」芳菱低下頭，事實上，她心裡的答案是：很難吧！

「我覺得我這輩子都不可能再談戀愛了！」愛玲說這句話時，眼神有點絕望。

「幹嘛這樣講？妳才三十三歲，怎麼不能談戀愛？」這種勵志的話，連芳菱自己都無法說服。

愛玲放空了幾秒，看不出是快要醉倒，還是正在思考。

「談戀愛是年輕人的事，我們這種年紀的女人，就算有對象，也不可能跟之前一樣談戀愛。」

看來愛玲剛剛是在思考，只是得出的結論，有點絕望。

芳菱的手機傳出震動的聲響，讓芳菱嚇了一跳，甚少有人打電話給她，更別提是這種大半夜。

來電的人，是那個十歲的委託人。

「喂，妳好，請問是菱菱小姊嗎？」

不過打來的，卻是一名女子。

「我是……我以為你是小學生！」

電話另一端傳出尷尬的笑，然而，聽起來卻像是刻意壓低音量，似乎必須隱瞞這段對話。

「是這樣的，我是志宇的媽媽，不好意思這麼晚打擾妳，但我只有這個時間才能跟你聯絡，真是不好意思。」

「沒關係，我沒那麼早睡，有什麼問題嗎？」

芳菱真擔心是不是小學生偷媽媽的錢要來做動物溝通，如果是這樣，那可就麻煩了。

「我今天看到志宇拿著手機想拍花花的照片，才知道原來他自己跑去跟妳聯絡，拜託妳跟花花溝通。真是非常感謝妳願意幫忙！」

聽完這話，芳菱的胸口像是被石頭扔到一樣，沒想到店長懷疑的事情竟然是真的！一時之間，芳菱的眉心彷彿點燃了一叢小火焰，整個腦袋熱熱的，想要大聲斥責，好把這股熱氣釋放出去。

但是她忍住了。

「所以妳想怎樣？」用詞有點衝，但口氣很溫和。

「啊，其實是這樣的，說起來有點尷尬，也請您不要介意，我知道你們的服務都是有收費的，但是孩子們真的不懂，才會這麼冒失，我是想請教你，不知道您服務是怎麼收費，雖然您沒跟孩子提到價錢，但我想這錢是一定要給的……」

芳菱聽了，眉心的那叢火焰，立刻像冰一樣融化，滲透到臉上的每一個毛孔，尷尬脹紅了整張臉。她好想立刻告訴店長：「店長啊，這世界上真的有好人啦，你看人家媽媽，特別打電話來，要把錢給我咧！」

「謝謝妳……我的收費是……三千。」

懷疑他人的善意，就是一種背叛，對不起別人的時候，芳菱講話都會特別結巴。

「好的好的，那麻煩您把帳號給我，我等等就匯款給妳，只是說，志宇應該有跟妳提到，我家有兩隻貓，我想花花既然是咪咪來之後才有狀況，是不是能夠也同時溝通一下咪咪，這樣才能知道到底發生了什麼事。」

「當……當然可以，麻煩妳……把兩隻貓的照片傳……傳給我。」

「好的好的，這樣溝通的那天，我會帶著志宇一起過去，到時候就麻煩……」電話那頭不知道發生了什麼事，張媽媽的音量突然壓低，甜美的聲音也突然變得正經而迅速，「我老公起床上廁所，我先掛電話了，再見！」

講電話的感覺，其實與動物溝通有點類似：原本兩人還在一個異度空間裡熱烈的聊著，突然一聲

「再見」，就把你的意識活生生的從那異度空間中給抽離，立刻回歸到了現實。而芳菱的現實，是櫃臺前面站著的半醺的陳愛玲，正眼直直的瞪著她。

「幹嘛，妳要吐啦？不要吐在這兒，快去外面……不，去廁所！」

「不，是豆豆，」愛玲手指著外頭騎樓，「她拉肚子了。」

芳菱順著愛玲的手指往外頭的騎樓看。

糟糕！豆豆正弓著腰，用力的從身體擠出腸胃不適的產物，並且還邊拉邊走，騎樓壯觀的景象與驚人的氣味，讓一名夜歸的西裝男不禁皺眉。

「剛剛有客人餵她吃泡麵，我有看到。」愛玲說。

「那妳怎麼不跟我講……」芳菱絕望的說。

豆豆終於拉完屎，若無其事的走進店裡，朝著櫃臺坐下，笑著看芳菱。

我拉屎了，快去清，很臭，我不喜歡。

望著慘烈的騎樓，芳菱的臉可是比那騎樓更臭。

她沒有生氣，很認命的去倉庫拿了清潔工具。

打從養狗的第一天起，她就有了清楚的認知，接下來的十多年裡，必須天天和屎尿為伍。養狗跟養小孩的人，是不可能談什麼氣質的。看清事實，面對真相，天下沒有解決不了的事，也沒有清不了的屎——這是芳菱的狗屎人生哲學。

只是連狗都認定撿屎是她的責任，只是能說是自己前世欠的啊！

＊＊＊

「你們點的荷蘭草莓鬆餅、巧克力布朗尼、蟹腳戰艦潛艇堡、弟弟的草莓歐蕾，以及小姐您的手沖耶加雪菲，請慢用。」

默默店長送上了張小弟弟和他媽媽所點的餐點，分量多到芳菱跟小孟都傻眼。而這位「小」弟弟其實只是年紀小，體型大概是XXL等級。

見到眼前的餐點，小弟弟興奮的想要馬上開動，卻被宛如仙女下凡的媽媽給擋下，從她那只不知道要價多少的H牌包包裡，拿出一條質感非凡的絲巾，繫在小弟弟胸前當作圍兜兜之後，小弟弟才拿起刀叉，大快朵頤。

「菱菱小姊，您真的不吃點東西嗎？我幫您點個蛋糕吧！我看這裡的乳酪蛋糕好像不錯，要不我點一份給妳試試？」

張媽媽熱情的招呼，芳菱笑著說自己溝通得要專心而謝絕了好意。是說，稱呼人家「張媽媽」還令芳菱有點不好意思，畢竟眼前的這個女人，雖然已經有了一個體型XXL號、並且上小學的兒子，但她所散發的氣質、白裡透紅的肌膚，搭配上她那身不清楚是什麼品牌但一看就知道是名牌的衣服，加上永遠掛在臉上、卻又如此自然甜美的微笑，現在要去聯誼，肯定還能吸引不少青年才俊的追求。

芳菱心想，這就是所謂的貴婦吧！她的貴氣不是那種螫人的金光閃閃，而是能夠吸收日月菁華的能量，她不以身上的名牌為貴，而是名牌到了她身上，才能真正顯露出自己的光芒——早知道就該收他們三千二，幹嘛給他們跟店長一樣的優惠價，多那兩百還可以補貼一下豆豆早上去醫院打的止瀉針，狗看醫生真是貴死了！

「那弟弟呢？你要不要也吃點什麼？青春期要多吃一點，反正你們這年紀吃不胖的！」

貴婦口中的「弟弟」指的是小孟，她熱情的招呼下，小孟本來想回答「好」，但嘴才剛張開，就被芳菱在桌子底下踢了一腳，小孟立刻改口：

「不用了，我中午吃很飽，謝謝。」

「他已經成年了，不是青春期，不用吃那麼多。」芳菱再加註解。

貴婦溫柔的笑了。她一直稱呼他們倆是「姊弟」，芳菱也懶得解釋。

「那我們開始吧！」貴婦啜飲了一口咖啡，用手帕拭了雙唇，正襟危坐的跟芳菱建議。仙女開口了，芳菱也只能笨拙的拚命點頭。

貴婦拿出兩張照片。

「這張是花花，她是波斯貓，我從她才巴掌大就開始養，那時小宇才兩歲，朋友家的貓咪生了幾隻，小宇看了好喜歡，所以就把她抱回來養了，我們對她可寵了。」

「不必給我太多細節，只要告訴我動物的名字、年紀、性別、還有你們怎麼在他面前自稱，以及你們想要問的問題就好，太多的細節，只會影響我與她的溝通。」

貴婦恍然大悟般的點點頭，隨即像被老師糾正般，改成正確答案。

「這是花花，八歲，女生，在家裡我是她的馬麻，小宇是她的葛格；虎斑米克斯是咪咪，幾歲我們不清楚，小宇在路上餵了他一陣子，幾個月前才把她抱回家，也是女生，小宇都說自己是他的乾爹，我就不知道怎麼跟他自稱了，也不敢跟她說我是馬麻，因為怕花花會生氣……不過我們都跟她說花花是姊姊，不知道她有沒有這樣認為……」

「那妳老公呢？他對貓咪們自稱把拔嗎？」芳菱覺得自己問的是理所當然的問題，然而，貴婦這時臉上的笑容突然淡去，一旁的小胖弟也停下吃喝，尷尬的看著媽媽。

「他跟貓咪沒有互動，所以沒有自稱。」

當委託人回覆過於簡化，通常表示他們想隱藏什麼，而芳菱也不會硬要去掀出答案，這也不是她工作的目的。

「那妳想要先問哪隻貓咪呢？想問什麼問題？」

芳菱一提問，貴婦馬上回神。

「先問花花吧！想問問她，對於咪咪來家裡，有什麼感覺。」

芳菱於是拿起了花花的照片，看著她那雙藍色的雙眼，企圖走進她的世界……可是，喔不，花花發現了企圖跟她連線的芳菱，立刻張口哈氣，憤怒不已，芳菱的視線立刻被刷黑，被花花踢出他們倆的靈性連線。

黑畫面是相當憤怒的反應，面對憂心的飼主，芳菱斟酌著該不該把事實告訴他們。

「那個……花花目前連不上欸，可能還沒準備好吧？不如我們先跟咪咪溝通……妳要問咪咪什麼事情呢？」

從一開始就不停狼吞虎嚥的小胖弟，此時終於放下刀叉，抬起頭來發言。

「可以幫我問她，喜不喜歡我當她的乾爹？還有，她最喜歡家裡的什麼地方，我買給她的果凍肉泥，她喜歡嗎？」

小胖弟的問題，讓芳菱跟他媽媽都笑了。

說也奇怪，小孩子不管胖瘦、是否精明，只要面對動物，就會馬上把最純真的那一面拿出來……或者應該說，所有人類都是一樣的吧！動物是能最直接刺探一個人是否心存善意的媒介，只要在動物面前可以保持純真，那個人就算做過社會認證的壞事，心地肯定不會是多壞的人。

芳菱跟咪咪的連結相當順利，咪咪是隻溫馴又有禮的貓咪，不愧是在街上混過，面對陌生人的接觸，總能保持一個讓大家都舒服的安全距離。

妳好，妳是菱菱阿姨吧！現在照顧我的人叫我咪咪，所以我就叫做咪咪。

現在照顧妳的人？那之前照顧妳的人，叫妳什麼呢？

那都是過去了，我珍惜現在。

了解了，那想請問一下，照顧妳的小弟弟想知道，妳喜不喜歡他當妳的乾爹呢？

我不知道什麼是「乾爹」，小弟弟就是照顧我的人，我的好朋友，還有另外那個女人，他們都是我現在的朋友。

芳菱曾經覺得有趣，人類習以為常的倫理稱謂，到了動物身上，常常行不通。對他們而言，飼主不是媽媽、爸爸，而是他們的家人、朋友，那是一種情感的聯繫，而非稱謂表徵，也因此，無論人類在家庭、社會的地位如何，動物所給予的愛，都是一樣的。

咪，那小弟弟還想知道，妳喜歡他買給妳的肉泥嗎？

喜歡！他給我的東西，我都很喜歡！

問完小弟弟想問的問題後，芳菱偷看了小弟弟一眼，他又回到眼前的餐盤上，用心的啃咬那個蟹腳潛艇堡。於是，芳菱主動問了他們一定會問的問題……

那咪咪啊，照顧妳的人是妳的朋友，那花花呢？

有問必答的咪咪，突然沉默了好一陣子。

對不起，我累了，想要休息一下。

咪咪斷了連線，讓芳菱有點訝異。貓咪果真是有個性的動物，想講就講，不想講的時候，突然給你掛電話也沒在客氣的。

咪咪離開後，芳菱將她的答案轉述給了母子，母子倆笑聲不斷，像是在聽自己家人的故事般。就在母子開玩笑互損彼此的同時，芳菱張大了嘴，打了一個很不優雅的哈欠。今天早上下班之後，馬上帶著豆豆去獸醫那兒，睡沒幾小時又得趕來咖啡廳赴約，今天真的是累了。

「菱菱小姐，妳需要休息一下嗎？」

芳菱這才想起，自己可是在比仙女還脫俗的貴婦面前啊！居然打了這麼沒氣質的哈欠，這樣她不就成了優雅的反意詞——鄙俗的最好範例？

真是糟糕透了。

「不用，不用……那我再試試看花花好了，說不定她現在肯說話了！」

芳菱為了掩飾尷尬，趕緊拿了波斯貓的照片，看著她的雙眼，與她建立心靈的連線——

咪咪妳好，請問妳心情好一點了嗎？可以跟我講話了嗎？

連線的另一頭並不是沒有反應，只是似乎有點困惑……

咪咪啊，是妳的馬麻要我來跟妳聊天，因爲家裡來了新的貓咪之後，妳的心情似乎不太好，馬麻想要了解妳的感覺。

沉寂的另一頭，突然有了點動靜，原本不肯溝通的貓咪，開始給出了訊息。

我知道馬麻還是一樣愛我，我也很愛馬麻，但我不喜歡家裡有其他的人或動物進來。

爲什麼呢？

因爲……我怕新來的會欺負馬麻，我不准有人欺負馬麻。

所以妳才會咬新來的貓咪？

是的。

那你爲什麼要咬葛格呢？

他喜歡那隻貓咪，我怕他會跟外面的人一起欺負馬麻。

可是……咪咪啊，你爲什麼會覺得，外面的人跟新來的貓咪，會欺負馬麻呢？

連線的另一端，又是毫無聲息。

「那個……」芳菱一出聲，母子馬上抬起頭來，專注的盯著她，迫切的想要知道答案。

「她沒有回答我所有的問題，不過她怕外面來的人跟貓咪會欺負妳，所以才會攻擊那隻新來的，至於咬葛格，是因為他跟新來的那隻很好，覺得他會聯合外人來欺負馬麻，因此才會咬葛格。」

「什麼外面的人欺負馬麻，這孩子真是想太多了！」貴婦突然笑了，然而，這個笑裡沒有本來的輕盈與溫柔，反而充滿了刻意，像是要隱瞞什麼而築起的厚牆。

「可是……這就是咪咪跟我說的啊！」芳菱尷尬的回答。

「咦？我以為妳剛剛溝通的是花花！」

「我剛剛溝通的是花花啊！」

「可妳剛剛明明說咪咪。」

芳菱的腦筋有點轉不過來。

小孟趕緊湊到她耳朵旁邊，低聲跟她說：「波斯貓是花花，虎斑叫咪咪，妳剛剛是不是對著波斯貓叫咪咪？」

芳菱的腦袋像被電擊了一樣，慘了慘了，睡眠不足讓她整個大錯亂，對著花花叫咪咪，然後還得到答案——這是什麼狀況？

「難怪我總覺得，妳剛剛說的不太像是花花說的話，花花她啊，十分任性的！這種有因果條理的答案，總覺得……是咪咪才會說出來的話。」

雖然貴婦沒有責備，但她失落的態度，加上否定方才的溝通結果，讓芳菱感覺自己的能力受到質疑。

「請再給我一次機會，讓我再跟他們溝通一次！」

芳菱像是日劇裡犯了錯的員工，跟主管低頭請求彌補的機會。

小孟見芳菱認錯，也一起低下了頭認錯，讓芳菱有種「有人站在她這邊」的歸屬感。

貴婦見了他們倆如此誠摯的道歉，立刻用溫柔的口吻，鼓勵芳菱：「沒關係沒關係，花花咪咪，我們也常叫錯，就麻煩妳再幫忙一次，幫我們找出答案。」

於是，芳菱再將兩隻貓的照片，一起放在面前，心想：「好啊，叫錯名字還能得到答案，究竟是誰在搞鬼？既然口吻像咪咪，難道是……」芳菱將眼神定在了咪咪身上。

咪咪，是妳吧？馬麻說剛剛那個答案比較像是你說的，妳剛剛是不是幫花花回答？

連線的那一頭沉默了許久，咪咪才給出了訊息。

花花她，不會跟妳說話的。

妳怎麼知道？

花花雖然不喜歡我，但我了解花花，知道她這樣做的原因，所以我就幫她回答了。

即使她對妳不好，妳還是願意幫她回答？

是的，即使她對我不好，但她還是很愛這個家的家人。

不過，花花爲什麼會覺得，外面來的人會欺負馬麻呢？

另一頭的訊息，又陷入一片空白。芳菱感覺到了咪咪的猶豫。

我不能說謊，所以我不能說。

什麼意思？

我不能說……

那……妳前陣子爲什麼要離家出走呢？弟弟的爸爸說，是花花開窗户把你趕走的呢！

咪咪又開始猶豫了，看來，雖然她找到了遮風閉雨、有吃有喝的家，但這個地方彷如深海豪門，一點都不好待，至少不能說、得考量該怎麼說的事情很多，真正快樂幸福的動物，總是直來直往，遇到這種會欲言又止的，該不該算是一種貼心呢？

我不能說謊，所以我會告訴妳，花花不喜歡家裡有其他外來的人，所以她要我離開，我在街上流浪慣了，小弟弟也會來餵我，所以我可以離開。我回來，是因爲小弟弟在找我，他很難過，我回來是爲了讓他不難過，但花花非常生氣。我告訴妳，但希望妳不要告訴馬麻，我怕馬麻會把花花丟掉，花花沒有這個家，就會活不下去，所以，請妳不要跟馬麻說。

馬麻這麼愛花花，一定不會把她丟掉的！

馬麻也沒辦法。

妳怕爸爸會逼馬麻把花花丟掉嗎？

這個家沒有爸爸。

芳菱已經開始覺得，自己面對得好像不只是一場單純的動物溝通，根本已經是偵探辦案解謎的程度了。明明眼前這位，就是個有個幸福家庭的貴婦，怎麼會說，家裡沒有爸爸呢？

雖然咪咪一再告訴芳菱，花花不會跟她講話，但芳菱心想，若要搞清楚一切前因後果，在這個家生活了一輩子的花花，肯定是最清楚的！

於是芳菱再一次拿起花花的照片，用幾近懇求的低微口吻，懇請花花跟她說話——

我只是想要知道，為什麼妳需要保護馬麻，要讓馬麻知道，妳不是無緣無故亂攻擊咪咪和葛格，我需要妳告訴我，我才能告訴馬麻……

不准妳告訴馬麻！

花花一身潔白的長毛，會讓人誤以為她是隻溫馴的小可愛，然而，當花花終於丟出了訊息，芳菱竟打了一個寒顫：她冷酷、無情，防衛心如監獄圍牆上的電網，你一觸碰，就會叭噠叭噠無情的傷害你。

芳菱有點怕她。但她必須鼓起勇氣，才能得到答案。

爲什麼不准告訴馬麻？如果妳不告訴我，我也只能跟馬麻說，妳禁止我把答案跟馬麻說，但如果妳告訴我，或許我能了解妳不想告訴馬麻的理由，這樣我就能考慮不告訴馬麻。

花花的意識是如此的冰冷，芳菱不知道是什麼樣的遭遇，才能讓一隻貓咪變成如此冷酷。她感覺自己已經涉入了過多的私人領域，但她想要知道答案。

我這樣問好了，爲什麼咪咪說，這個家裡沒有爸爸呢？

聽到「爸爸」兩字，原本冷靜的花花一下子變得張牙舞爪，發出淒厲的尖叫。雖然她的爪子抓不到芳菱，但芳菱被她的怒氣給嚇得心臟怦怦跳。

然後花花就斷了連線了。

芳菱緊張的喘著氣，她的反應嚇壞了眼前的那對母子。咖啡廳店長連忙拿來冰水與毛巾，然而他還是沒有多問，開咖啡店第一守則：千萬不要介入客人的情緒，除非她自己跑來跟你求救——等等他在私下照顧芳菱的情緒就好。

「菱菱小姐……發生了什麼事啊？」

「我……我溝通上了花花，沒錯，是咪咪幫花花回答了問題，但是她說……這個家沒有爸爸！」

芳菱說出這句話時，貴婦的臉上，彷彿飄過了一片烏雲，遮蔽了她的燦爛，張大了眼睛，驚訝不言而喻。

「然後……我跟花花提到『爸爸』時，她就變得很凶狠，好像要把我抓爛似的。」

芳菱注意到，XXL號的十歲小弟弟，已經在她跟兩貓鬥智時，將桌上的餐盤一掃而空。沒有了食物分散注意力，聽到芳菱回答的小弟弟，失落的低著頭，跟他媽媽一樣，兩個人一起手牽手掉入了情緒的黑洞，而這黑洞是屬於他們母子倆的。

貴婦深吸了口氣，抖了抖精神，環顧了四周，店的最裡側那桌客人，帶了一隻好大的長毛白狗，親人的跟周遭客人打招呼。

「小宇啊，你看看，那裡有一隻狗狗，你去那裡跟那隻狗狗玩好不好？」

小宇抬起了頭，看了看白狗，白狗正好看到他，臉上有個大大的笑容，小宇的嘴角總算有了點笑容。

「我帶你去跟狗狗玩吧！」小孟很適時的伸出援手，帶著小弟弟，朝大狗的方向走去。

小宇跟小孟一走，貴婦就收回了笑容，把背給挺了直，她似乎要跟芳菱宣布什麼嚴肅的事。

「菱菱小姐，妳看到我這身打扮，還有我身上的行頭，應該很清楚，我們並不是一般的普通家庭吧？」

芳菱被這番嚴肅的發言給嚇到了，是沒錯，她是猜到了他們有一定的經濟能力，但這些跟這場溝通，又有什麼關係？她只能疑惑的點點頭，好讓貴婦能夠繼續說下去。

「但妳可別以為，有這樣的經濟能力，就代表是個幸福家庭。其實，咪咪說的沒錯，這個家沒有爸爸，只有我帶著小宇，以及花花，再來就是新成員咪咪了。」

「可是，那天晚上妳打給我的時候，不是說妳老公起床上廁所嗎？」

貴婦苦笑了一下，「是的，沒錯，他大概一個月會回來個兩三天，什麼時候要回來我們也不清楚，不過只要他回來，我們全家人都會非常緊繃，因為他一定是在家裡受到了什麼壓力，或是公事上遇到了什麼挫折，稍微一點不滿意，脾氣就會被點燃，然後……」

貴婦的嘴唇像金魚一樣開開闔闔，話到了嘴邊卻散成了氣息，說不出口。貴婦開始解開長袖襯衫的袖釦，拉起了衣袖，接下來芳菱所見到的，讓她吃驚，更讓她難受：貴婦的手臂上，充滿了瘀青、傷疤，而這只是前臂的狀況，傷勢還一路蔓延到身上，沒有見到的部分，又有多少傷？

貴婦迅速的把袖子拉回、扣好，繼續優雅的喝咖啡，假裝一切沒有發生。

「不行，妳得去驗傷、報警，妳怎麼可以讓自己忍受這樣的暴力？他能對妳這樣，妳不怕他對孩子施暴嗎？」

貴婦搖搖頭，臉上的微笑變成了苦笑，襯上了淚滴又更苦。

「我說過了，我們不是一般家庭，應該是說，『他』並不是來自一般家庭，我也想過要離開，只是，我真的有辦法離開嗎？幸好我生的是男孩子，他不會對男孩子怎麼樣，如果是個女孩，我可能早就……」

貴婦搖著頭，像是要把腦子裡的邪念給搖走。

一向能嗅出客人情緒的默默，這時卻沒有靠近，不過芳菱見到桌邊不知何時多了一瓶檸檬水與一疊紙巾，芳菱趕緊替貴婦添水，遞上紙巾。

貴婦總算是哭完了。一旁傳出了笑聲，小弟弟跟大白狗玩得正開心。貴婦看著自己的孩子，情緒總算平穩。

「其實這算我的錯，年輕的時候愛錯了人，懷了小宇之後，才發現對方根本就是有家有室，一開始還懷著豪門夢，以為只要生了個兒子就能擠走正宮，大大方方做我的少奶奶；結果呢？兒子是生了，但他的家人嫌我出身不好，就算我也是生在清清白白的小康家庭，但對他們那種人來說，要的是門當戶對，到外頭能有個稱號，誰誰誰家的千金什麼的，像我這種，就算生了個兒子，也只能保證經濟各方面的富裕，身分證上，小宇還是只能掛父不詳，除非等到哪天他有所成就，或許那個男的家人才會讓他認祖歸宗，昭告天下他是他們家族裡的一員。」

來了！這個外掛開得有點大，但窗子一旦打破，後面還會湧入什麼樣的真相，芳菱等著接招。

「小宇兩歲的時候，那個男人帶他去一個朋友家玩——我說帶『他』當然是不包括我啦！那朋友家裡養的波斯貓生了一窩，說要當成禮物餽贈給幾個貴賓，小宇見到花花就愛得不得了，就把他帶了回來。我沒養過動物，突然來了一隻貓，我還得一邊照顧孩子，覺得很不適應；但漸漸的，我發現，在我難受的時候，只有花花可以陪伴著我，每當那男人對我做出不好的行為，也只有花花會在事後安慰我、舔我的手，我想她是知道的，知道我需要陪伴，知道我很脆弱，需要一分愛。

「大概是三、四年前，那個男人又要對我……妳知道的，花花突然跟發瘋一樣撲上他，用爪子抓他的臉，把那男人氣壞了，抓起了她摔向牆壁，甚至要把她扔下樓，還好我及時擋下來了，牆壁那一記沒對她造成立即的影響，她自己開了窗跑了出去，後來我在垃圾場找到她，帶她去獸醫那兒，發現有內出血，治療了好一陣子。從那次之後，花花見到這個家以外的人就會攻擊，於是每次那男人要來，我都得把她關在另一個房間裡，幸好那傢伙沒事不會去招惹她，不過這次咪咪出現，倒是讓他找到了藉口除掉她……原本我沒想要找溝通的，就是怕萬一溝通這檔事情是真的，會像現在什麼事情都得全盤托出。不過，妳知道嗎，能夠講講也挺好的，謝謝妳願意聽我講這些，不然，承受了這麼多，完全沒有出口。」

貴婦像是多重人格，一個人格被另一個人格所取代一樣，原本還沉浸在自己的哀傷氛圍之中，一下子領悟到，說不定人家才沒有想聽自己講這些呢！

「抱歉抱歉，讓妳承受這些情緒，真是不好意思！」

貴婦又恢復了原本的禮教與恭謙，這樣的轉變其實有點喜劇化，可是這時候的芳菱可笑不出來。

「妳應該……」說出這三個字，芳菱卻不知如何接續，她應該怎麼做呢？報警？驗傷？帶著孩子訴諸媒體？所謂的地獄只有身在地獄的人，可以決定自己的處境，現在芳菱聽到了她的悲苦，但又怎能知道，如果照著她的建議去做，會不會迎來更糟糕的地獄呢？

「妳應該告訴花花，接納咪咪成為這個家的一分子，這樣她就能跟花花一起保護家人。」

貴婦笑著說：「然後我就得保護兩隻貓。」

「不，」芳菱很有自信的告訴貴婦：「這樣小宇就能同時保護兩隻貓，如妳所說，他會順著小宇，也就不會去碰兩隻貓了！」

「也是。」

「我這樣跟她說吧！」

貴婦點點頭。

花花依然沒有回答，然而，芳菱卻可以感受到，咪咪愈來愈靠近花花，而花花並沒有拒絕。

貴婦去廁所為自己哭過後的容顏補了妝。是的，那張看似素顏的臉龐，其實是有化妝的，芳菱實在很想問問她到底是用哪一牌的粉底，可惜現在這個氛圍不太適合。補完妝後，貴婦走向小宇及大白狗，跟他們玩了一會兒，才牽著孩子，到櫃臺結帳，離開。

芳菱會永遠記得，貴婦推開咖啡店大門時，回頭看她的那個眼神，像是告訴她：是啊，妳知道了我的祕密，但我知道妳永遠都不會說出來，而我就算曾經對妳毫不保留的掀開自己的傷口，但這不代表我們是朋友，而我更希望，未來的人生裡，我和妳不會再有任何的交集。

比起動物，人類真是複雜太多太多，也因此芳菱一直認為，所謂的「動物」「溝通」，事實上都是在解決人的問題。

「發生了什麼事？」小孟湊上來，充滿好奇的想聽八卦。

芳菱轉過頭，冷冷看了小孟一眼。「大人的世界小孩子不懂，乖乖談你的戀愛就好。」

小孟聽了芳菱的話，有點不是滋味，連再見都沒講，拿了背包就走。

離開咖啡廳前，芳菱走到咖啡廳的甜點櫃前晃了一晃。

「妳對小孟好一點，他最近戀情受挫。」默默低聲的告訴芳菱。

「受挫？發生什麼事？」這下子芳菱變成那個想聽八卦的傢伙。

於是默默一五一十的，把那天小孟告訴他的事情，轉述給芳菱聽。

「我就說了，她爸是個神經病、控制狂，被我說對了吧！」芳菱倒是有點幸災樂禍。

「可是人家一點都不想放棄，還在繼續努力呢！小孩子這麼努力，我們大人也不能放棄！」默默說完，突然一陣臉紅。

「不放棄什麼？」芳菱張大眼睛問。

「不放棄……」默默尷尬了起來，「人生啊！不放棄人生，妳不放棄溝通，我不放棄這家店，我們都要繼續努力……好啦，妳想點什麼？」

默默想起芳菱來的時候，眼睛一直盯著餐點櫃，順利把話題轉回她一開始的目的。

「那個……你們那潛艇堡啊，有不是海鮮的嗎？」

「有啊，我們有雞胸肉、火雞肉、冷牛肉、還有素食的。」

「雞胸肉……太常吃了她不喜歡，火雞肉也是，冷牛肉……」芳菱喃喃自語了一陣子，才抬頭問了默默：「冷牛肉會不會很鹹啊？」

「還好還好，如果怕太鹹的話，回家可以過一下水……妳是要買給豆豆吃的吧？」

「你真機靈，怎麼知道？」

被芳菱稱讚的默默，又一陣臉紅。

「我幫妳準備，店長請客。」

聽到默默要請客，芳菱一直推辭。但默默十分堅持，反而交代芳菱，務必告訴豆豆，這是他請的。

所謂愛屋及烏，事實上應該是，要討好一個人，就得先討好她身邊的狗。默默很清楚這個原則，所以他決定先收買豆豆，日後說不定可以有什麼幫助。

芳菱轉頭看了外頭，原本的陽光慢慢被烏雲給淹沒，看來等等就要下雨了。

「唉唷，下雨遛狗很煩咧！」

＊＊＊

芳菱回家時，經過便利商店。店外的騎樓在方才的傾盆大雨過後，變得黏濕不堪，呼虎的紙箱小豪宅也被豪雨潑濕了，整隻狗瑟縮在牆角，讓人心疼。

芳菱手上提著默默為豆豆準備的特製冷牛肉三明治，看著縮成一圈的呼虎，雖然呼虎沒有給她任何訊息，她也可以猜出呼虎此時的心思：如果有個地方，可以讓她不再挨餓，不必忍受風吹雨打，那就是幸福了。

芳菱走進便利商店，直接找上程孝京。

「你真的不會讓呼虎進店裡？」芳菱質問。

「我說了，這真是沒辦法啊！」店長又是那副嘴角眼角眉角全部下垂的哭喪臉。

「我帶回家，你真的會負責她的食衣住行洗澡看醫生，我出門你也會幫忙照顧？」芳菱又問。

這回程孝京可興奮了，嘴角眼角眉角全部一起上揚，外加激勵肯定的口吻。

「我保證！妳帶她回家，食衣住行洗澡看醫生，外加她跟豆豆的零食罐頭，我都負責！」

「真的喔！」

「真的！……不過洗澡是小孟要洗，不是我！」

「養狗是十年以上的事，你不要做兩個月就不管了喔？」

「我不會不管！我是她的乾爹，什麼事我都管到底。」

店長只差沒拍胸脯保證而已。其實芳菱有點討厭男人這種開支票的方式，但她了解程孝京，知道他個性敦厚老實。

「牽繩給我吧！雨下這麼大，她全身都濕了。」芳菱伸出手，向程孝京要牽繩。

此時的程孝京不只是高興，而是感動，像是自己的女兒終於嫁到好人家一樣，差點喜極而泣。

「謝謝妳！老天一定會看在眼裡的。」程孝京將牽繩交給芳菱時，這樣跟她說。

「少屁了！我晚上再來搬罐頭。」

芳菱拿過牽繩，走到店外呼虎身邊，摸摸她的頭，替她繫上牽繩。

「呼虎，我有一分好吃的三明治，上樓跟豆豆一起吃吧！」

呼虎用她那雙稍微白內障的大眼，訝異的看著芳菱，知道芳菱要帶她回家，她吃力的起身，搖搖擺擺的隨著芳菱，走向公寓的樓梯。

呼虎一進門，豆豆就興奮的嗅著她。

兩隻狗雖然已經熟識，但呼虎知道自己進了豆豆的地盤，也不敢造次，只敢挑了沙發旁的一個小空間趴下，不敢踏上豆豆平常休息的睡墊；而豆豆也立刻跳到沙發上，宣示自己的老大地位。

芳菱坐在沙發上，讓豆豆親吻著她的臉頰，歡迎她回家。她拿出了默默準備的三明治，分給兩隻狗享用。一個比臉大的潛艇堡，一下子就被分食完畢。

芳菱還想著今天下午的那個貴婦。其實，自己當初沒結成婚，似乎也沒那麼糟，總好過那些連婚都離不了的人。今天的她，雖然日子一點都不富裕，生活也簡單到幾乎是無聊，但她至少身邊還有兩隻狗，開心、難過、生氣、怨懟，不管什麼時候都可以陪著她。

至少至少，不會再想去死了。

七、我不早就跟你說了

呼虎進駐芳菱家一個月了。

這隨遇而安的傢伙，完全沒有適應不良的問題。除了花了一段時間才讓豆豆接納她，讓她進到房間跟她們一起睡，其他的一切一切，她的表現彷彿已經在這家裡住了一輩子一樣：吃飯只吃自己碗裡的東西，絕對不跟豆豆搶；睡覺只睡自己的墊子上，豆豆要是占住了，她就在旁邊等豆豆起來；緊急要上廁所，會自己跑去陽臺的排水孔旁邊，讓芳菱方便清洗；每天早晚跟豆豆玩鬧一場，一起去公園散步，一起去便利商店上班，巔峰時間跟豆豆一起窩在櫃臺下，不必再窩門口的臨時違建了。

有了家的呼虎，腿傷痊癒得也特別快，現在她已經可以跟豆豆在草地上追逐，為了零食甚至還可以急速狂奔一小段，不過可能年紀有點大了，或是這個月讓她胖了，只要多走幾步路，她就會顯得疲憊，不過她還是相當滿意這裡的一切，不管再累，能玩就要玩，能走就要走，生命力十足，說起來，呼虎的表現，還挺勵志的。

問題是，多了一隻狗之後，芳菱覺得好累，非常累。

程孝京遵守承諾，每週按時奉上零食罐頭乾飼料，不但愈買愈高檔，甚至還加碼玩具，說是「乾爹的愛」，但芳菱覺得那根本就是程孝京的罪惡感，以及無法養狗的失落感；小孟也遵守承諾，每兩個禮拜來幫忙洗狗，而且還會帶著Amy一起來，說是她對狗比較熟悉，但誰不知道是小倆口想抓住每一個能夠相處時刻的藉口。

這天下午，芳菱早就累得躺在沙發上夢周公，隱隱約約聽到浴室傳來嬉鬧聲，她知道小孟跟Amy正在幫忙洗狗，只是嬉鬧聲愈來愈大、愈來愈頻繁，芳菱不得不逼自己張開眼，奮力的從沙發上起身，走到浴室察看。

一看不得了！兩人兩犬在浴室大打水仗，人濕狗濕不說，整間浴室濕到連天花板都在滴水。

快來玩，好好玩，媽咪快來一起玩！

全身濕漉漉的豆豆，瘋狂的甩水後，在芳菱身上撲扭，搞得芳菱前身也濕了一大片。

芳菱沒耐性的推開豆豆，「妳不要在我身上滾，濕答答！」

被指責的豆豆，無辜的坐在地上，耳朵往後貼，祈求媽咪的原諒。

芳菱向前摸摸豆豆，畢竟這不是她的錯，該罵的是那兩個把洗狗當約會的年輕人。

「你們兩個是想怎樣？嫌我不夠累嗎？搞成這樣是要整理到什麼時候！」芳菱怒斥兩個年輕人。

「菱菱姊，不好意思，洗狗洗到全身濕，就乾脆玩起水來了，弄成這樣真的很抱歉……我一定會把浴室整理好的！」Amy一臉歉疚，拚命賠罪。

但其實芳菱想罵的是小孟，Amy跳出來滅火，芳菱也不好再責備什麼。

「對啊，芳菱姊，等等妳就去忙妳的，我們來整理就好！」小孟說。

芳菱搖搖頭，無可奈何的走回客廳。見到桌上一箱罐頭，隨口問了：「店長剛剛有來喔，我怎麼都不知道？」

「妳睡到翻過去啊！」小孟一邊回答，一邊拿著毛巾幫狗擦身體，「他說妳最近太忙太累了，要錢不要命，再這樣下去，總有一天會生病。」

其實店長說對了，但芳菱絕對不能承認，她不能讓店長認為自己體力不支，讓自己因此被開除。雖然動物溝通的生意，讓她經濟上逐漸有了起色，但她不想失去便利商店的工作。

兩隻狗擦乾之後，從浴室裡狂奔出來，跟發瘋似的打鬧了一下。原來再討厭洗澡的狗都會「遇水則瘋」，這也是養了狗之後，芳菱才知道的。

芳菱看看外頭，太陽正好，剛洗好的狗這時候帶出去跑跑曬曬太陽，一下子就乾了。她拿起牽繩，準備帶狗去公園散步。

「芳菱姊妳多睡一下啦！我們帶她們去公園就好，不然妳等等還有一個溝通要做。」小孟好意勸芳菱。

但芳菱不領情，「不用，我自己帶就好！」

於是牽著兩隻狗，渾渾噩噩的她和兩小前往公園。

實在是太累了啊！芳菱一到公園草皮，就把豆豆跟呼虎鬆開，讓她們自己去草地活動，而她們倆總是很守規矩，只會在芳菱的視線範圍內活動。以往，芳菱總是會眼睛盯著狗，拉了屎馬上就上前收拾，芳菱覺得養狗撿屎是飼主該具備的基本道德，她最討厭不撿狗屎的飼主了。

可是啊，今天真的超累的，昨天下午接了兩個麻煩的case，接著又去上了一整晚的班，中間只有睡兩個小時，現在的眼皮真的是超－級－重。雖然太陽那麼大，但芳菱坐在公園的椅子上，眼皮還是愈來愈重，神識也愈來愈恍惚……

「小姐那隻黑的是妳的狗嗎？她大便囉！」

一名牽著狗的年輕人，提醒了芳菱。芳菱於是驚醒，四處尋找兩犬的身影，才發現豆豆正在草叢內深蹲，那是狗拉屎的基本動作。芳菱即使依然頭昏腦脹，卻迅速跳起，拿著撿便袋朝著豆豆的方向，如僵屍般前進。

而在她抵達之前，豆豆早就拉完屎，跑到旁邊繼續她的嗅聞遊戲。

公園應該一陣子沒割草了，草長得簡直淹沒了腳踝，豆豆這傢伙老是偏愛在生命力旺盛的地方解放，每次芳菱都得撥著草、張大眼睛，才能順利撿屎。

「幹嘛跑來這裡上啊！不能在明顯一點的地方嗎？」

芳菱忍不住唸她幾句，剛被人從夢裡拉回來的她，專注力一下子很難集中，她蹲在草叢裡，四處察看，怎麼樣都找不到豆豆的屎。

「妳到底拉在哪啦？」

芳菱遍找不著，一抬頭，見到豆豆一臉驚恐，睜大眼看著她。

妳踩到了！

「我踩到了？哪有……哪有……？」

芳菱檢查自己的腳底，根本沒有卡到黃金。於是她搖搖頭讓自己清醒，或許這個訊息只是自己腦子想像的吧！最近實在太累了……

尋覓了一陣子沒有結果，芳菱只好放棄尋找幽暗處的黃金，帶著罪惡感拎著兩隻狗趕緊逃離現場。

回家前，芳菱去了一趟便利商店，一方面買咖啡，一方面跟程孝京道謝。

誰知她才走進店裡沒幾步，就被剛收拾完客座區垃圾的程孝京叫住。

「STOP！」程孝京這可是叫得既凶狠又急促，連兩隻狗都嚇著了。

「幹嘛啦，這麼大聲！」芳菱也忍不住抱怨。

「妳自己看！」程孝京指著她後頭走過的地板。

芳菱一轉頭，被嚇得整個人清醒過來。她踏過的地方，竟然都留下了狗屎印。

芳菱趕緊抬起腳察看，果不其然，鞋子後方沾滿了屎。剛剛恍神沒見到，現在就出現了。那個訊息不是意識不清下的幻想，而是貨真價實來自豆豆的警告，她真的踩到了豆豆剛拉的屎，所以才會遍尋不著啊！

「妳搞什麼啊？自己踩到屎不會先清一下，還來店裡污染環境！」程孝京忍不住指責，一邊去後頭準備拿拖把。

「唉唷，人家怎麼會知道嘛！我來清啦！」芳菱想要向前，代替程孝京去拿拖把。

「妳不准動！」程孝京大喊，「妳真想弄髒整家店啊！給我好好待著，我去拿拖把就好。」

程孝京說完，趕緊往店後頭跑去；芳菱只能呆呆的站在那兒，跟兩隻狗一起在門口罰站。

「妳們喔，知道我踩到，不能提示我一下喔？」芳菱低下頭，唸了豆豆一句。

我不早就跟妳說了嗎？

＊＊＊

今天芳菱走進默默咖啡之後，路徑有點不一樣，她不像往常直接走向自己的老位子，而是先走去了吧臺找默默，讓默默心臟多跳了兩拍。
「妳……有什麼需要？小孟呢？」默默問得有點顫抖。
「他在我家打掃浴室。」
「打掃浴室？當妳助理還要兼任打掃阿姨喔？」
「不是啦，只是……」芳菱停住，因為疲憊讓腦袋揪成一坨漿糊，讓她不知道該從和說起，「好啦不說這個，我今天要最濃的咖啡，超濃，可以把我濃醒的那種！」
芳菱說完，忍不住打了個哈欠，默默完全理解她的意思。
「好的，等等先準備雙倍Expresso給妳！」
「謝謝，還有，我今天不坐老位子，你包廂有空著嗎？」芳菱難得提出包廂座的要求。那個包廂低消要三千元，芳菱平常當然不可能要求要包廂。
「有啊，不過妳怎麼會要包廂？難不成等等會來一整群貓？」
默默滿臉疑惑，上回芳菱用到包廂，是因為來了個白目飼主，報名一隻貓的溝通，結果把她全家一屋子的貓都帶來了，不得已只好開包廂把人貓全關在裡頭，結果貓四處尿尿，害默默花了好一陣子的時間清理除臭。
「不，只有一隻，不過是一隻六十公斤的臺灣高山犬！」芳菱回答。
「六十公斤！不就跟匹小馬一樣！」
芳菱點點頭，默默完全理解了，這麼大一隻狗在店裡，怕是會嚇到不少客人吧！他立刻去打開包廂，準備迎接今日的「貴客」——臺灣高山犬「阿迪」。
阿迪的飼主，是一位科技宅男。說宅不宅，畢竟經濟能力不錯，穿的衣服有點潮，臉上的眼鏡也是萬元起跳，身材不好但不肥不胖，斯斯文文有點內向，算是所謂的「潮宅」，阿迪在他身邊，簡直像個保鏢。

「這麼大隻狗，其實也不一定要帶出門，給我照片就行了。」

飼主帶著阿迪抵達默默咖啡時，芳菱婉轉的說。不過阿迪非常溫馴、聽話，一直跟在宅男身邊，宅男坐下，他就坐下；宅男起身，他就起身，不亂逛，不吠叫，沒有宅男的指示，不會去找其他的狗或人。在他的眼裡，世界只有一人，也就是那位飼養他的主人。

「我知道，但家裡狀況有點變化，我還是把他帶出來好了。」

宅男話一說完，阿迪就像氣球洩了氣，剛才還是一隻俊帥挺立的黃狗，現在卻趴在地上，悶悶不樂。

「妳看他，他這樣已經好久了。每次只要他在我身邊，就是這副悶悶不樂的樣子，跟以前完全不一樣，他之前是一隻很快樂的狗，常常會跳到我身上要我抱，以為自己還是三個月的小朋友。」

宅男的語氣，透露出一絲對過往的懷念。想當然，阿迪是他從小養大的。因為從事科技業，每天都關在家裡，於是就去收容所領養了一隻狗來陪伴。一開始他還以為自己領養到的是成犬，因為那時已經十幾公斤了，結果領回來還拚命長大，獸醫看了才告訴他，阿迪根本是幼犬，以後還會繼續長，長到跟他一樣大隻，還恭喜他米克斯驚喜包抽到最大包，讓他不知如何是好，只能繼續養著。

狗愈大，跟他感情愈好，兩人就跟兄弟一樣，同吃一個便當——通常是被搶去吃，同睡一張床，宅男的一切，都跟阿迪一起分享，為了讓阿迪有好的居住環境，宅男還特別買了透天，讓他有足夠的空間活動；把摩托車換乘吉普車，每週一次帶他去寵物公園奔跑。他們是彼此的一切。

「那是什麼時候開始，他才變成這樣呢？」芳菱忍不住問。既然感情這麼好，狗怎麼會突然憂鬱了？

「自從我交了女朋友，他就慢慢變成這樣了！」宅男看著阿迪，無奈的說。不過，無奈的表情瞬間點燃了火花，愛情的喜悅讓他變得光芒四射。「妳別看我這樣，我女朋友可是個嬌滴滴、很有女人味的女人，她啊，就是全天下男人的夢想，也是我的夢想！」

宅男拿出手機，驕傲的秀出自己跟未婚妻的合照，未婚妻果然是一個巨乳水蛇腰，秀身材毫不扭捏，宛如日本公仔真人版的年輕女子，像個嬌嬌女般，依偎在宅男的懷裡。

但合照裡沒有阿迪，芳菱一點也不想附和宅男，什麼全天下男人的夢想？這男的是中邪了嗎？

「可是，她很怕阿迪，」抓到夢想的光芒，瞬間被澆熄，「她一直覺得阿迪很大隻，好像隨時會撲倒她，當然，我跟她說阿迪很乖、很溫馴，不會對她怎麼樣，她也試過跟阿迪相處，但終究沒辦法克服心裡的障礙，所以，後來她只要來我家，我就得把阿迪關在房間裡。」

聽到這裡，芳菱知道，這又是一起無須溝通的案例。「那你女朋友現在應該很常來，而且每次都待很久吧？」

宅男心虛的點點頭。

「那阿迪就會被關在房間裡很久很久，換作是你，你不會憂鬱嗎？」

「關於這點，我無話可說，可是我也無可奈何啊！有好幾次，我把阿迪放出來，拜託女友試著跟他相處，我在的時候還好好的，結果我一回來，就發現阿迪對著她狂吠，女友嚇得躲在房間哭。妳說，我該怎麼辦？」

這些理由，雖然聽了讓人憤怒，但芳菱看得出宅男已經盡了力，他比誰都還希望阿迪跟心愛的女人可以好好相處，然而，有些人跟狗，就是天生合不來。

「那你現在的問題是……」不知道該怎麼辦，難道溝通師就得知道該怎麼辦嗎？

「就是……我要結婚了，所以，我想要把阿迪送走。」

「送走！？」

聽到這兩個字，芳菱不知道到底是該拿水潑他、還是拿叉子叉他、還是施出獅吼功攻他。才說完自己跟狗的感情多好，結果到頭來居然是要把狗送走！這種人怎麼不下地獄去呢？

「不不不，妳別誤會，我不是要丟掉他，妳先冷靜一下。」

這兩個字把芳菱的腎上腺素逼飆出來，一整天的倦怠感瞬間消失，她還得喝口冰水，才有辦法壓抑自己的怒氣。

宅男等到芳菱冷靜，才接著說：「是這樣，我老婆其實也很愛狗，但她常說，像她那樣的女人，應該養一隻白白淨淨的小狗，每天抱在身邊，襯托她的嬌氣；阿迪太大，又會凶她，跟她不襯。所以我幫她找了一隻馬爾濟斯，本來以為這樣就能幫助她跟阿迪相處。誰知道，她現在又怕阿迪會咬小狗，一直叫我把阿迪送走，不然就不嫁！我是真的沒辦法了，才會拜託我一對夫妻朋友幫我照顧阿迪，那對夫妻也認識阿迪，他們住在花蓮，有一個很大的院子，阿迪去過他們家，很喜歡那裡，也很喜歡那對夫妻。我想說，先讓他去我朋友那兒住個兩年，這兩年之間，我再慢慢的說服我老婆，讓我把阿迪帶回來。」

光聽完前面那部分，芳菱就知道「這女的肯定不會是我的朋友」。當然，人家也沒有要跟她做朋友，不過芳菱就是打從內心不喜歡她。疲憊讓她的火氣升高，耐性降低。

「你就是要我幫你講這個？」

宅男似乎沒發現芳菱的怒意，無奈的點頭。

芳菱看了阿迪一眼。阿迪連頭都沒抬一下，依然眼神憂傷，被憂鬱的氣場給籠罩。

「但我想他已經都知道了吧！」芳菱帶著有點不屑的口吻。

「或許吧，但我想要更確認一下，讓他知道，我不是要拋棄他，我永遠都會愛他，我只是要等時機成熟，才能把他再帶回來，請他等我，不要難過，我一定會帶他回來的。」

宅男說的話裡充滿了誠意，不過芳菱知道，這根本是無法兌現的承諾。萬一老婆永遠無法接受阿迪，他又怎麼會把阿迪接回來呢？現在一隻小狗就逼得宅男得把阿迪送走，哪天生了小孩，是不是又要送走他一次？

人類為什麼會這樣呢？口口聲聲說著愛，卻一直在傷害。阿迪什麼都沒做，就被送走了，然後聲稱愛他的飼主，面對這種情況，竟然束手無策。

芳菱決定不管宅男了，她自己來問阿迪。

他說的話，你都聽到了吧？

憂鬱的阿迪不回應。

阿迪是因爲這件事情難過嗎？

不是。如果我離開爸爸會快樂的話，我會願意離開。

阿迪的回答，讓芳菱相當難過。阿迪是真心愛著宅男，愛到願意犧牲自己的幸福，去成就宅男的快樂。

那你爲什麼會難過呢？

因爲爸爸搞錯了。

搞錯？搞錯什麼？

那個女生是壞人，她根本不是爸爸看到的那個樣子。爸爸不在，她就變得很凶，還會偷爸爸的東西。

偷東西？

阿迪讓芳菱看到一個畫面：宅男的嬌嬌女友在他的房間裡，好像在找什麼資料，阿迪進去大聲吠叫，嬌嬌女友拿起球棍要打他，阿迪躲得快才避過那一記，結果爸爸一回家，嬌嬌女友馬上躲起來痛哭。

接著，芳菱看到阿迪孤獨的被關在房間裡，房門突然打開，嬌嬌女拿 BB 槍朝著門縫裡射，讓阿迪無處可躲，痛得唉聲連連。

天啊，眞是個混蛋！

但是爸爸不相信，我試著警告他，但爸爸總覺得我在亂叫，總是處罰我，可是，她眞的是個壞蛋，還是個會說謊的壞蛋！

芳菱相信，動物不會說謊，他們絕對不會做傷害其他生命的事。不過，被愛情沖昏頭的宅男，會相信這件事情嗎？

「阿迪的身上，是不是出現過奇怪的小傷口？」芳菱嚴峻的質問。

「好像……有一陣子……身上有結痂，那就濕疹啦！狗都會有，後來我給他擦藥就好了。」

「那不是濕疹，是有人拿 BB 彈射他！」

「什麼？」

「有人拿 BB 彈射他，那個人還會拿球棍打他，阿迪試著告訴你這些事，但你根本不聽，因為你覺得，阿迪不管做什麼事，都是他的錯。」

芳菱的口吻，幾乎是在訓斥宅男。宅男張大了嘴，無法置信。

「哪個傢伙敢拿BB彈射阿迪，我一定會跟他拚命！」宅男一副馬上要去為阿迪出口氣的模樣。

疲憊的芳菱聽了，忘了掩飾自己的白眼。「你家除了你、阿迪，還會有誰？」

宅男聽了芳菱的話，先是楞了一下，隨後他的臉一下子垮了下來。「菱菱小姐，妳這樣是在指控我未婚妻囉？」

「我沒有指控，我只是把阿迪說的話告訴你，畢竟你不懂他的語言，總聽得懂我說的人話吧？」

宅男再宅，也是有脾氣的。芳菱說出對他未婚妻不利的話，宅男自然不會對她手下留情。

「溝通師小姐，我知道我未婚妻這樣的女生，讓很多女人都很嫉妒，但妳這樣真是太過分了！我是要妳告訴阿迪，我永遠都愛他，我會把他接回家，妳能不能不要介入我的家務事，乖乖告訴他我說的話就好？」

芳菱聽了，簡直氣到快說不出話來！誰嫉妒那個宛如蛇精的女人啦！這傢伙是真的中邪了嗎？沒事竟會牽拖出這種鬼話？芳菱最痛恨委託人說什麼「妳就乖乖把我的話告訴他就好」，如果溝通只是翻譯，她自然輕鬆許多，偏偏這種處理兩種生命之間的事情，從來都沒有那麼容易。說穿了，叫她不要介入家務事，但他們的問題就是家務事，答案有可能無關嗎？

疲憊的芳菱，怒火差點就要從嘴裡噴射出來，然而默默此時竟然默默的出現在包廂，替她加了一杯冰水，暗示她「冷靜」。

芳菱喝了一口冰水之後，按捺住情緒，故做平靜的跟飼主說：

「好啊，那我說！」

我相信他會接我回來。

真的嗎？你相信那個女的會接受你？

不，他最後會看清那個女的真面目，然後離開他，這樣爸爸就會帶我回家。

芳菱噗哧笑了出來，讓火氣上頭的宅男更加不悅。

「怎樣啦？笑屁！」

「你真的想知道答案嗎？」芳菱問。

「說啊！」

「阿迪說，你會看清那個女的真面目，跟她分開之後，就會去帶他回家了。」

「妳這個女人真是莫名其妙欸！」

宅男相當不悅，當場起身，牽著阿迪準備離開。「祝妳這個騙子早日被人揭穿！」

阿迪簡直是硬扯著被拉出咖啡廳，無奈的眼神看著芳菱，他理解芳菱，也知道芳菱理解他了，因為她才剛經歷跟阿迪一樣的處境。

「世界上就是有這種人，妳不要放在心上。」默默走向芳菱，溫柔的對她說。

「沒關係，我習慣了，我只是為狗難過。」

人真的沒什麼好被安慰的，芳菱都這麼大了，這種被愛情沖昏腦袋的笨蛋，她還沒碰過嗎？

她之前就是啊！

＊＊＊

溫度明明不冷，但芳菱卻包著棉被，抱著衛生紙。果然如程孝京所說，芳菱總算把自己給操壞了。

「我不早就跟妳說了，妳偏偏不聽，為了搶錢連命都不要！」程孝京帶狗散步回來，順便送便當給芳菱。

「沒辦法，人總是要生活嘛！」芳菱說完，馬上倒回沙發上。

「生活，妳生活需要這麼多錢喔？……不過算一算，你一天如果接兩個溝通，一天就能賺……一個月就能賺……還加上我給妳的薪水……欸，妳賺很多欸！妳幹嘛，想把我的店買下來喔？」

「唉唷，我不知道啦……我就……喜歡工作嘛！」芳菱講話已經含糊不清，跟她的神智一樣。

程孝京給豆豆跟呼虎餵了晚餐之後，走到芳菱身邊。

「妳這兩天給我好好休息，我來代妳的班就好。」

「那你不休息喔？」

「我當然會休息，我會找人來幫我忙，誰像妳……」

「謝謝你啦，店長。」

「不過這幾天就沒錢領喔……但我想妳應該也沒那麼需要啦，賺那麼多……好啦，雞湯記得喝，吃了藥趕緊去睡覺，」程孝京走到呼虎跟豆豆面前，「豆豆呼虎，不要煩馬麻喔！早上乾爹再來帶妳們去散步喔！」

程孝京離開後，芳菱渾渾噩噩不知睡了多久，直到一則訊息，將她喚醒。

菱菱小姐妳好，
我是阿迪的爸爸
很抱歉，上次對妳不太禮貌
結果，我婚沒結成
阿迪說的對，她不是好人
另外有男友，只是想騙我的房子跟存款
我也發現了她藏起來的 BB 槍
原來阿迪說的是真的
不過，我又得要麻煩妳
前幾天我去帶阿迪
他在我朋友家過得很好
比在我家還要好
所以他不肯跟我回家
好像在生我的氣
可否拜託妳幫我跟阿迪說
不要再生我的氣了
我會給他比他們更好的生活
我會永遠愛他

可以請他跟我回家嗎？
再次抱歉
麻煩妳了

重病中的芳菱笑了，被愛沖昏頭的人，總是會醒過來。不過醒過來的時候，人家最愛跟他說的話就是——

「我不早就跟你說了嗎？」

八、寵愛的極限

芳菱正和一隻巴哥犬「小八」溝通。

不過小八沒來，飼主說他最近在鬧彆扭，不願意跟她出門，現在芳菱面前坐著的那位表情嚴肅女子，就是小八的飼主。她雙手扠在胸前，兩眼直盯著芳菱，右手的食指跟中指不斷輪流點彈著，一副來監督踢館的模樣。

小孟在一旁正襟危坐。今天他離得特別遠，明顯是因為感受到這兩名女子的殺氣，他一點都不想受波及。

「我跟妳說，我之前也有學過溝通，不過那個老師比較兩光，沒把我的天靈蓋打開，早知道我應該找比較有名的老師才對。」

這是委託人坐下時說的第一句話，意思是要芳菱不要亂來。芳菱聽了立即心生警戒，跟小孟交換了眼神。

「可是……」小孟說：「我看書上寫的，溝通跟天靈蓋沒有關係，重要的是自己有沒有辦法完全敞開心胸，不預設立場，全然接受動物所給予的訊息。這是人人都具有的能力，只要放下自己在人類世界裡高築的心防……」

「我的狗怎麼說？」委託人根本不想聽小孟廢話，很沒禮貌的打斷了他的話。

「等……等我一下。」把芳菱嚇得連話都說不好。

芳菱心想：「連人都怕成這樣，寵物很難不受影響吧？」不出所料，與小八一搭上連線，就感受到滿滿的緊張和壓力。

媽咪說飯飯不可以掉在外面，所以我現在吃飯才會這麼慢……

媽咪說吃太慢就要把我的飯收起來，可是這樣我就會肚子餓……

媽咪說出去散步會把腳弄髒，所以出門一定要穿鞋，還有不可以接近草地……

媽咪說不可以跟其他狗打招呼，所以我沒有狗朋友……

媽咪說我不能叫……

媽咪說……

小八的皮膚炎一直很嚴重，換了好多醫生都看不好，飼主覺得那些醫生都不用心，只想賺錢；後來有個朋友告訴她，小八搞不好是因為情緒問題導致皮膚問題，問她要不要改用芳療來改善，飼主怕那個朋友只是想賺她的錢，所以選擇另一個朋友——也就是芳菱的老闆密林愛玲——的建議，先來找動物溝通師，了解小八是不是有情緒問題。

「我對小八非常好，給他的一切都是最高級的，這種環境下長大，怎麼可能會有情緒問題！」

飼主來溝通的目的，似乎只是要證明朋友的說法是錯的。

可是，芳菱發現小八的確一直處於緊張、壓力、憂鬱的狀態，透過他的回答，芳菱馬上了解，所有的壓力都是來自於他的媽咪。

阿姨，跟妳聊天好好，妳可以不要離開嗎？

可憐的孩子，芳菱第一次遇到，有溝通的對象拜託她不要離開，可見他平常有多麼孤單。

阿姨再多陪你聊聊天好了，小八，你告訴阿姨，你平常都吃什麼呢？

我都吃那個東西啊！

哪個東西？可以給阿姨看嗎？

就是這個啊，我只吃這個……

芳菱感覺到自己的嘴巴裡，有種脆脆的口感，帶點肉的腥味，小八把牠對食物的感受，傳達給了芳菱；芳菱對這種食物非常熟悉，那就是狗飼料，大部分狗飼主都稱之為「乾乾」，可能聽起來比較好入口，每天拿這東西餵狗，罪惡感會比較少吧？

只是，其他的狗給芳菱傳遞狗飼料的口感時，通常都帶著愉悅的心情，畢竟吃飯嘛！哪隻狗不愛吃呢？但是，小八的心情卻是孤獨、難受。

媽咪都只給我吃這個，我其實也想吃媽咪吃的那些……

媽咪吃的東西有很多你不能吃喔，對身體不好

媽咪也這樣說……不過我還有另一樣東西可以吃！

芳菱終於感受到了小八愉悅的心情了！看來那個飼主雖然看起來很嚴苛，還是會買些零食給小八吃，讓狗狗開心，其實這樣也不賴啦！

只是……小八這個零食好怪啊！

芳菱感受著小八傳達給她的零食口感，軟軟的，臭臭的，一粒一粒的圓柱體……嗯，她買過一種天然羊肉小點心給豆豆吃過，會不會是那個？但她記得明明沒那麼臭啊！怎麼他吃的會這麼臭呢？

「不好意思，請問妳平常都買什麼零食給小八吃啊？」

芳菱覺得實在太詭異了，只好直接問飼主。

「零食？我才不買零食！那些零食都不知道是什麼東西做的，吃下去還得了！妳是到底會不會溝通啊？怎麼會覺得我有買零食給小八吃！我連他去外頭人家要請他吃我都不准！」

夭壽！不過問個平常的問題，這女人倒是歇斯底里的罵起人來！可是小八就是說他有零食吃啊！……咦？還是……

「那……」芳菱深吸了一口氣，她實在很不想承認有這種可能性，「小八他……是不是會吃大便？」

「對！」飼主訝異的說，眼中充滿了對芳菱能力的肯定。「他會吃大便，而且怎麼講都講不聽！我一開始以為他都沒大便，還帶他去給醫生看，後來裝監視器才發現他不是沒大便，而是把大便都給吃了！快點，幫我跟她說叫她不要吃，不然我就……」

飼主接下來那一大串懲罰的話，芳菱都沒聽進去，她腦子裡只想著一件事：「媽呀！老娘居然被一隻狗騙去吃屎，而他還覺得很好吃欸……」

小八，可是啊，大便不能吃欸！

爲什麼不能吃？大便有味道，很好吃欸！

小八，有的狗會吃大便，那是因爲他們沒有食物吃，你是有家的孩子，媽咪都買很棒的食物給你吃，所以不要吃大便，這樣嘴巴會臭臭的喔！

爲什麼？我不要只吃那個脆脆的東西，公園裡其他的狗都可以吃好多不同的東西，爲什麼我只能吃一樣東西？

因爲……

對啊，為什麼狗只能吃一樣東西？說是為了健康著想，但那個飼主剛剛明明點了一個巧克力鬆餅還要了雙倍鮮奶油，那些東西又有多健康了？

「那個……小八會吃大便，是因為他除了飼料，沒有其他東西可以吃，其實偶爾可以給他一點零食啊，讓他開心一下，這樣說不定他就……」

「不行！不能吃零食！妳知道零食都是什麼東西做的嗎？我傳一個影片給妳看！」

「現在也有很多手作純天然的零食可以選擇……」

「營養不均衡！」飼主目光如炬，彷彿要燒毀眼前這個名叫陳芳菱的惡靈，「那些把野狗帶回家的人愛給他們的雜種狗吃零食我不管，我家的小八可是有血統鑑定書，非常珍貴，所以一定要好好保持健康，他只能吃美國知名協會鑑定推薦的狗糧，還有法國進口礦泉水，其他統統不能亂餵！」

什麼野狗帶回家，什麼品種鑑定書，什麼法國進口礦泉水！這女人真是無理又狂妄，嚴重踩到芳菱的地雷。

「可是狗不能一直喝礦泉水欸？礦泉水裡礦物質過多，狗喝多了會產生結石，一直說妳家的狗多嬌貴，怎麼連這個都不知道！妳這個媽媽怎麼這樣啊！規定這個、規定那個，妳有想過知道孩子真正要的是什麼嗎？一直要他做妳心目中的好孩子、好寶貝，說不定他想要跟公園裡的狗玩啊！說不定他很羨慕那些妳口中的『野狗』的生活，至少能夠吃零食還能夠在草地上跑，但妳卻不准他做這些讓他快樂的事！」

說出這串話的人是小孟，芳菱跟委託人聽完，都一起呆住了。

小孟說完話，還激動的喘著氣，過了幾秒才回神，發現自己可能說錯話了，於是趕緊起身，走到吧臺，遠離戰區。

「你剛說的那些，是想講給你自己的媽聽的吧？」默默低聲問小孟。

「煩喔！」小孟不耐，坐在吧臺，繼續觀察溝通的情勢。

芳菱清了清喉嚨，打算繼續把溝通的內容說完。

「的確，小八很高興我能跟他聊天，因為他覺得很孤獨、很想交朋友……其實他真的很憂鬱，我建議……」

「你們這些人真奇怪，」飼主氣得臉都皺了起來，「我叫妳跟我的狗說不要再吃大便，結果妳反過來叫我餵他吃零食，還來個情緒失控的年輕人對我大吼大叫……我看是妳根本不會溝通吧！我聽說妳之前被踢爆是個騙子，要不是林愛玲介紹我才不來咧！我幹嘛還浪費時間在這裡……」

說完，飼主拿起包包就走，口裡還叨叨唸著：「這林愛玲推薦這什麼溝通師，根本是個騙子！」

芳菱不甘示弱，起身打算叫她說清楚，只是人才起身，就發現默默店長就一個箭步擋在門口。

「消費不付款，我可是能夠報警處理的！」默默嚴肅的說。他嚴肅起來，其實還滿嚇人的。

飼主一下子有點尷尬，抽出一張一千元紙鈔塞在店長手中。

「這是咖啡跟鬆餅的錢，那個女騙子，我才不會幫她付，要叫警察就叫警察，讓他們把她抓進牢裡關起來！」

飼主瞪著芳菱，說出了這些羞辱她的話之後，隨即轉向默默店長，好意告訴他：

「老闆啊，我看你是個好人，不要再讓這個騙子在你這兒做生意，免得毀了你店的名聲！」

默默店長一聲不吭，默默的開了門，示意她趕緊離去。

整間店裡一片靜默，所有在場的客人，都見到那個飼主如何羞辱芳菱。

芳菱委屈的坐在位子上，哭了起來。

小孟起身，想走過去安慰芳菱，被默默一手壓回去。

默默店長默默的端上了一杯洋甘菊茶，以及一疊紙巾，給芳菱鎮定情緒。

芳菱看著他，用淚眼跟他致謝。

「不會……有需要，我都在！」說完這句話，默默突然有點害羞，趕緊躲進了吧臺後。

小孟看著默默，無奈的翻白眼。

芳菱的手機響起，螢幕顯示「宇宙之最損友林愛玲」。

「怎麼，她走了？」林愛玲的語氣有點挑釁。

「走了，妳知道她跟我說什麼嗎？妳可以不要介紹這種人給我嗎？」芳菱當初還因為愛玲的關係，讓她插隊，沒想到結局這麼受傷。

「唉唷，妳剛復出，需要一點磨練，這種奧客就是磨練，免得妳以為全天下都是小天使。」

愛玲講的話有點賤，很符合她的個人風格。

「妳很可惡欸，她在咖啡廳大聲說我是騙子，還說要叫警察來抓我，妳怎麼會有這種朋友啦！」芳菱還是相當憤怒。

「我就什麼瘋子朋友都有啊！妳也是其中一個……好啦，我補償妳，請妳吃飯，吃烤和牛，好不好？」愛玲在電話的那頭，拚命安撫芳菱。

「叫她去看醫生啦！」

「看什麼醫生？醫生都被她嚇跑了。」愛玲也有點無可奈何。

掛掉電話之後，芳菱竟然還收到了小八的訊息：

阿姨，妳還要跟我說話嗎？

芳菱都忘了，她跟小八的連線還沒斷。

啊，小八，對不起，剛剛在處理事情。

妳在跟媽咪吵架對不對？

小八，對不起，我沒辦法說服你的媽咪。

連線的那一頭，只有哀傷的沉默。

不過，會有人去幫助你的媽咪，這樣或許就能幫助到你。

小八依然無聲，連線逐漸淡去。芳菱心頭湧起一陣哀傷，是來自於自己，她完全能感受到，小八有多麼的絕望。

一名女子，在櫃臺結完帳之後，走向芳菱，在她的桌上放了張字條後才離去。

芳菱不認識那名女子，她有點緊張的打開那張字條，看著裡頭的內容。

不要讓瘋狂的世界打敗妳！

芳菱收起字條，會心一笑。每當她感到受挫，就會收到來自陌生人的幫助和鼓勵。她開始覺得，老天是真的沒有放棄她，才會派這麼多的天使來她身邊，包括豆豆，呼虎、程孝京、小孟、默默、愛玲，以及這些她從未謀面，或許日後也不會再碰面的陌生人們。

＊＊＊

阿姨，我眞的好想出去玩……

阿姨，我好難過，爲什麼我都沒有朋友……

阿姨，我肚子好餓，媽咪又把我的飯飯收起來了……

阿姨，剛剛媽咪對我好好，一直抱著我，可是她剛剛又生氣了……

阿姨……

小八淚眼看著芳菱，然而飼主卻狠狠的把小八拖回家，口中還歇斯底里的吼著：「我對你哪裡不好，你跑去跟人家抱怨？我都給你最好的，你竟然不珍惜！你是有證書的品種犬，不要跟那些下等人混在一起，你不要不知好歹……」

飼主繼續拖著小八，小八的爪子硬抓在地上，地上被拖出了一道道清楚的血痕。

「妳放手！妳這個肖查某，不可以這樣，妳放手！」

芳菱一直喊、一直追，但是飼主都沒聽見，只聽到小八繼續哭喊著——

阿姨，我好餓，我好害怕，救我……

「陳芳菱！陳芳菱！」程孝京看著櫃臺上那個不停蠕動、嘴裡還嘟囔著不知什麼的女子，原本該是憤怒的情緒，頓時變成擔憂，拚命拍打著芳菱，企圖把她喊醒。

「放開他，放開——」

芳菱一張開眼，發現眼前的不是小八，而是店長，這才明瞭剛剛不過是一場夢，而店長怎麼現在來了？芳菱趕緊看錶，三點。

「店長你怎麼來了？這時間不該在家裡睡覺嗎？」芳菱趕緊從櫃臺上爬起來，故作正經。

「睡覺？我就擔心妳晚上沒好好顧店擔心到睡不著，沒想到過來突襲，發現睡著的居然是妳！妳是怎樣，店放給兩隻狗顧，自己就能安心睡了是不是？」

豆豆跟呼虎竟然分頭在店裡不同的角落巡視，而呼虎竟然叼了一塊蛋糕，到客座區拆了包裝袋，開心的吃了起來。

芳菱見狀，只能閉著眼，準備求饒了。

「店長對不起，我只是這幾天太累，才會不小心睡著，我以後絕對不會再犯了，對不起店長……」

芳菱雙手合十，頭低眼垂，誠摯的向店長道歉，就差沒跪地了。

「妳先回去吧？」店長揮了揮手，示意芳菱離開。

「什麼？」

「先回去休息啦！店我來顧，不然讓妳在這兒繼續睡喔？」

程孝京走進櫃臺，準備接手芳菱的工作。芳菱在一旁錯愕著，不知該如何才能求得店長的原諒。

「不是啊，店長，你回去休息啦，我來就好了，我真的可以的！你剛剛把我嚇醒了，我現在精神抖擻得很，絕對不會再打瞌睡了，我說真的！」

芳菱不停掛保證，然而店長面有難色，貌似難以接受。

「前幾天管區來跟我說，有時候會看到妳在店裡打瞌睡，他們有點擔心，畢竟妳是女孩子，就算帶著兩隻狗，這樣精神不濟，萬一發生什麼事情，怕妳反應不過來……還有，我去問了默默的店長，他說妳這幾天一天都會接兩到三個case，妳不是說溝通很累人嗎？一天接三個，晚上還要值夜班，妳不累死才怪！」

程孝京的語氣沒有責備，反而帶著一種父親對子女的擔憂，這反而讓芳菱更過意不去。自己到底是貪圖什麼？明明溝通師的工作，就可以讓她有無虞的生活了，為什麼她還不願意放掉便利商店的工作呢？

「妳先回去吧！好好休息個一晚上，然後妳也思考一下，我前陣子跟妳討論過的事情，如果真的太累，就不要勉強，我再去找個人來做。」

「店長……」

「快回去吧！呼虎吃的那蛋糕，我會從妳的時薪裡扣，督導不周，要錢不要命……」

最後兩句，是程孝京嘴裡轉著的嘀咕，他的態度，就是拒絕再討價還價的冰冷，芳菱也只能無奈的牽著兩條狗，默默的走回家。

回到家，芳菱一頭倒在沙發上。豆豆很順的跳到她身旁，倚著主人討摸；呼虎則因為腳傷，跳不上沙發，只能在旁乾看著，最後乾脆一頭塞進芳菱的胳肢窩，惹得豆豆不悅低鳴。最後，為求公平，芳菱乾脆坐到了地上，讓兩隻狗都能平等撒嬌。

邊摸著狗兒，芳菱思考著便利商店對自己的意義，那裡跟豆豆都是在她人生最低潮的時候，進入她的生命，因為那份工作，她有了規律的作息，有了收入，有了生活，找到了朋友，雖然夜班客人不多，但也算是接觸了世界。她不再是封閉在憂傷星球的小公主，而是能感受到地心引力的真實生命。而那個有點無趣的程孝京，芳菱感覺就像自己從未有過的哥哥，在她想像中，哥哥就是這樣的一個人，在她需要的時候，會出現關懷她、照顧她、偶爾損損她，還有一副難得的好心腸。

她很喜歡自己現在的生活，萬一沒有便利商店的那份工，她還能維持一樣的生活嗎？還是，她就得做回過去的陳芳菱呢？

這是她害怕的地方。

＊＊＊

下午，也就是芳菱的早晨，當芳菱在餐桌邊喝咖啡時，看著自己牆上的小月曆，愣了一會兒。

不知道從什麼時候開始，天氣開始逐漸轉涼，起床的時候，芳菱必須披上毛衣，門窗也總得緊閉，免得寒風吹進家裡。之前她每天都會在月曆上寫上數字，記錄自己重生第幾天，也不知從什麼時候開始，她開始忙到忘了在月曆上做紀錄，取而代之的是自己的手機月曆，上頭滿滿的預約時間、給狗點除蚤藥的日期，還有日常收支紀錄。

看來記錄自己重生多少日這種浪漫的事，還真是閒到發慌的人才幹得出來，一旦生活裡充滿了各式各樣的瑣事，開始與不同的生命有所往來，事件就會成為替日子做標記的錨，每一天就會有所意義。原來，生命的意義來自於日常瑣事，而不是必須實現什麼遠大理想，或是幹了什麼了不起的大事，讓自己出類拔萃才叫有意義。芳菱一直以來都誤會了。

嚶……嚶……嚶……

芳菱轉頭，她知道這是呼虎作夢時說的夢話。

呼虎自從有家之後，大部分的時間都在睡，她也有了自己專屬的大睡墊，有了它之後每次都睡得很熟，而且常常作夢，芳菱猜測夢境應該都頗為激烈，因為呼虎每回作夢，不是四隻腳動個不停，就是翻白眼宛如僵屍般拚命抽動，不然就是一定會說夢話，彷彿被打一樣的尖銳叫聲，一開始還把豆豆嚇得死盯著她看。

芳菱不懂呼虎之前究竟是有什麼遭遇，導致她天天都做這麼激烈的夢境，她嘗試過好幾次跟呼虎溝通，但呼虎從未給過她任何訊息。

芳菱坐在餐桌旁，看著正在睡覺的呼虎，豆豆跑來，用濕潤的鼻子頂了她一下，現在豆豆有什麼想要表達，就會去頂芳菱大腿，提醒她注意。

我要跟妳去。

「不行啦，今天要溝通的是貓，妳去一定會把人家追得四處跑！」

豆豆已經跟芳菱要求過很多次，希望她能帶她去默默咖啡，跟她一起工作。但是芳菱從沒實現過，最常給的回答是「下次再說」。

豆豆知道那是敷衍，不滿的跳上沙發，用銳利的眼神瞪著芳菱。

芳菱拿起包包，打開裝零食的櫃子，準備拿肉乾。

熟睡的呼虎對櫃子打開的聲音非常敏感，即使芳菱根本沒聽到什麼聲音，但呼虎竟然可以從夢境立刻回到現實，興奮的跑到芳菱身邊，等待芳菱發給她「掰掰零食」——也就是芳菱出門時，跟兩隻狗說掰掰時給的零食。

芳菱把零食拿給呼虎，呼虎立刻狼吞虎嚥。

「那個要等我出門再吃啦！我說再見才能吃的啦！」芳菱跟呼虎說。

但是呼虎已經吃完了。

豆豆的零食還在身邊，她瞪著芳菱，等著她出門，才要大快朵頤。

「好啦好啦，我走了，掰掰！」

關上門之後，芳菱偷偷把門打開，看豆豆是不是馬上開始大吃，誰知道豆豆這傢伙，竟然還透過門縫瞪著她。

騙我！

「好啦，要走了。」

＊＊＊

芳菱走進默默咖啡後，迅速把門給關了起來。

寒流來襲，走在路上真是一種折磨。一走進默默，不管心情、肌肉、皮膚，一下子都放鬆了。聖誕節快到了，默默這陣子常做巧克力蛋糕，整家咖啡廳洋溢著巧克力的香甜，讓芳菱覺得好幸福。

芳菱走去吧臺，點了一份雙倍的Espresso。

「最近帶自己的狗來店裡的客人變多了欸！應該是因為妳的關係……其實妳也可以帶妳的狗來啊！……我可以幫妳照顧……我還可以幫她們準備特製的餐點，我最近在練習做寵物鮮食，我剛做了一個派，妳看——」

默默店長難得說那麼多話，因為既然芳菱要在吧臺上喝咖啡，他想趕緊逮住機會，與芳菱「溝通交流」一番。誰知道，芳菱喝完咖啡，竟然趴在吧臺上睡著了。

失望的默默嘆了口氣，假裝清喉嚨的咳了一聲，還叫不醒芳菱，只好動手把她搖醒。

醒來的芳菱，發現自己竟然睡著了，懊惱不已。

「我的天，我真的太累了，竟然這樣都能睡著！」芳菱揉著自己的臉說。

「妳太忙了，得要做一點取捨，否則會累壞的。」默默店長遞上一杯溫水。

「你怎麼跟我們店長說的一樣！」

芳菱喝著溫水時，聽見了咖啡廳大門打開時，搖動風鈴的聲音。芳菱的眼光順著聲音掃了過去——她完全不敢相信自己的眼睛，眼前的情景彷彿電影裡頭慢動作呈現：

一架像是從童話故事裡推出來的寵物推車，用花朵、蕾絲、玻璃鑽等，裝飾得金光閃閃，如夢似幻，裡頭坐著一隻傲氣凌人的白貓，比誰都清楚自己的地位，在她的世界裡，她是眾人之上，就算是飼主，也頂多是排名第一位的奴才。

而那個推著車的奴才，是一個態度恭謙，外表斯文的男人。穿得體面，但神情卻相當疲憊，一直打量著默默咖啡的環境，確認沒人抽菸、大聲喧嘩、沒有空氣污染、沒有狗、沒有貓之後，才敢推著那臺寵物花轎繼續前進。

「妳就是菱……菱菱小姐吧？」男人機靈的找到了芳菱。或許是因為初次見面，男人因為緊張而稍微口吃。

「我是菱菱，不是菱菱菱，你好。」芳菱開了個玩笑，但男人似乎沒感覺。芳菱自討沒趣，於是趕緊引導委託人到自己的老位子。

飼主將花轎停妥，確認一切安穩之後，才稍微放鬆，坐了下來。

「嬛嬛是隻敏感的貓，所以我比較注意細節。」

才剛說完，男人又去探了探貓咪，確認一切安好，然而貓咪卻狠狠的瞪了一眼，沒有半點溫柔。

「叫作嬛嬛，該不會是因為甄嬛吧？」芳菱又開了個玩笑，想舒緩一下緊張的氛圍，但似乎不太成功。

「是，」飼主嚴肅的說，「因為我覺得她有皇后的氣質，所以把她取名為伊莉莎白，但叫起來不太順，所以後來叫她嬛嬛。」

有一點好笑的事情被用嚴肅的方式說出來時，有時會讓人覺得更好笑，像芳菱聽了白貓名字的由來，本應該哈哈大笑，但飼主說話時充滿了疲憊感，讓芳菱只能把那聲「哈哈哈」給吞進肚子裡，於是氣氛就變得更緊張了。

「這樣……算了，我們開始溝通吧？」芳菱的意思是，算了，開什麼玩笑不重要，反正溝通是重點。

「算了？什麼算了？」但飼主就是要追根究柢。

「沒……沒事啦！」

「明明有，什麼算了？」男人就是要嚴肅認真的找出問題的答案。

「就……，」芳菱無奈嘆了口氣：「我剛剛開玩笑，你沒聽懂，所以我想算了，我們來溝通吧！」

「喔，」男人搞清楚之後，點了點頭，「其實我有聽懂，呵呵呵。」

一聲呵呵，把氣氛整個拉到地平線。

「算了……不，是『好了』，好了，我們來溝通吧！」現在芳菱也開始緊張，因為之後的遣辭用字，都得十分小心，才不會不小心戳到敏感的飼主。

嬛嬛，五歲，出生時眼還沒開，生她的母貓就不見了，男人當時的未婚妻見到了，將跟她同胎的一窩小貓帶回家親自餵食，等於是她一把奶大，然後再一一送養，只留下最美的白貓，也就是伊莉莎白嬛嬛。

伊莉莎白嬛嬛從小就在充滿愛的環境長大，當時的未婚妻也就是嬛嬛的媽咪，十分疼愛嬛嬛，什麼都給她最高級的：食物是做過營養研究所搭配出來、以雞肉和魚肉以及有機蔬菜所燉煮出來的貓鮮食，睡床則是真正的鵝絨鋪上有機棉以及羊毛毯縫製而成；大部分的貓終其一生都在家中，然而嬛嬛的媽咪反對這種作法，她於是買了這臺寵物推車加以改造，讓嬛嬛有機會可以看看世界，同時又可以擁有家的安全感。

「那媽咪呢？」芳菱忍不住打斷。

「她走了……」男人的眼眶泛了淚光。

是的，可惜媽咪前年檢查出肺部疾病，送進醫院時已時日無多，最後在醫院離開，唯一的遺憾是無法再見一眼嬛嬛，於是交代未婚夫也就是這個緊張嚴肅的男人……

「你以後一定要待嬛嬛如我待她一般，要愛她到老，用心照顧……」女人在病榻前，抓著她男人的手，用心託付。

「我該怎麼用心照顧？」男人也下定決心，要幫女人完成最後的願望。

「就……把她當公主、當皇后，她是我撿回來的，現在我無法負責她一輩子，答應我，一定要幫我完成這項任務！」

女人過世後，男人非常思念女人，想起女人的託付，他決定將對女人的愛，全部放在嬛嬛身上，既然女人生前是男人心目中的皇后，那嬛嬛就算不是皇后，也是公主了！

聽完這段淒美的愛情故事，芳菱頓時不知如何是好。

「所以……你想溝通什麼事情啊？」

男人彷彿從夢中驚醒，回到人世後，趕緊回答芳菱問題。

「嬛嬛最近變得很怪，不吃飯就算了，還四處亂尿，我抱她還會抓我，」飼主伸出雙手，拉起袖子，一道道的貓抓傷痕，芳菱不敢想像那有多痛。「我想知道她究竟是怎麼了？她以前不會這樣，為什麼現在突然變得這麼凶？」

芳菱看了眼轎內的貓，還是一副睥睨人間的傲嬌樣，或許是她的傲嬌，讓芳菱連線時遭遇了許多困難，不是不理她，就是被斷線，再不然就是破口大罵，最後是芳菱低聲下氣，喊了她一聲「嬛嬛公主」，嬛嬛才勉強跟芳菱聊天。

我是公主，我是全世界最漂亮的貓。

這樣的開場白芳菱其實看多了，很多飼主都會跟他們的寵物說，他們是全世界最漂亮的，寵物們對這種說法也相當買單，覺得自己就是最漂亮的生物，沒有之一。

那嬛嬛公主，妳的把鼻想知道妳最近怎麼了，為什麼不吃飯又亂尿尿，聽說還會咬她耶！

哼，他眞的不知道嗎？

看過電視劇上皇太后發怒的模樣嗎？嬛嬛現在差不多就是那種態度。

我想……應該是不知道吧！不然怎麼會叫我來問你呢？

哼，他怎麼會不知道！讓我去住那種又小又吵的地方，吃的東西也變得很臭，每天都把我扔在又黑又小的地方，一整天都看不見人影，他怎麼可能會不知道呢？

住的地方又小又吵又黑，吃的東西很臭，孤獨沒有人陪……難道嬛嬛是被關在幽暗的籠子不當飼養嗎？但是看看這臺轎子，還有嬛嬛的態度，怎麼看都不像是一隻被虐待的貓啊！

「請問，嬛嬛最近居住的環境有改變嗎？……她好像很討厭現在的地方。」

芳菱問了一個很普通的問題，然而飼主聽了，卻一臉尷尬，回答的樣子，似乎想要掩飾什麼。

「我……是，最近搬了家，比以前小……很多。」

「嬛嬛好像也不滿意她吃的東西，她說……臭臭的？」

芳菱很小心的挑選措辭，深怕刺傷了飼主敏感的心。而飼主一聽到「臭臭的」三個字，果然眉頭一皺，隨後嘆了口氣。

「她吃的東西也換了，沒錯。」

「還有，她說她都待在一個黑黑的地方，沒有人陪……」芳菱的問句愈來愈小聲，因為她發現了，飼主的神情已經不只是緊張，而是失落。

「她有說她想吃什麼嗎？」

他不知道嗎？以前都會給我吃啊……

那是一種奇特的食物，芳菱也說不上來就竟是什麼，白白的、軟Q軟Q、富有水分、有種海味的鮮甜……是海鮮吧！但是什麼海鮮呢？芳菱在自己的食物資料庫裡不斷翻尋，就是找不到這種美味。

「那是干貝！」男人聽了芳菱的形容，苦笑了一聲之後，說出正確答案。原來是這麼高檔的食材，難怪芳菱不知道那是什麼，她自己也沒吃過幾次啊！

但是，在那聲苦笑之後，男人才真正苦了。他低著頭，沉思了許久，才用很微弱的聲音，道出最主要的原因。

「之前世道好，我投資賺了不少錢，吃的住的都是頂級，我們吃上等干貝，嬛嬛也一起吃，她很愛吃，我們都說她是公主命。她媽死了之後，我的運整個背了，投資什麼賠什麼，還遇上騙子，幫人扛債，只好賣了房子租郊區公寓，環境跟之前差很多，我也得出門工作，不然活不下去，工作總不能帶著貓，只能把她留在家裡，她說的那個『又小又黑』的地方，其實是間二十坪的公寓，當然啦，跟之前比起來差很多，而很臭的食物，其實是罐頭，我現在哪有時間煮飯給她吃？那罐頭是很好的金罐，我自己都沒吃那麼好了，她又為什麼要那麼挑，還因此跟我生氣……」

失去心愛的人，已經是一個很大的打擊，又遭逢經濟困境，男人的心情，芳菱再理解不過。可是，動物不了解人類複雜的價值觀，她只知道自己的生活從天堂一下子落到了凡間，而這個凡間，還是愛她的飼主苦撐出來的。

說穿了，真是一個不肖女啊！

嬛嬛，我問了妳的把鼻。

他什麼時候要給我吃那個？

嬛嬛，那個東西……現在把鼻不能給妳吃了。

為什麼？以前媽咪都會給我。

嬛嬛，這些東西把鼻要用很多錢去換才會有，但把鼻現在沒有這麼多錢。

錢？錢是什麼？

芳菱花了點時間跟天龍貓嬛嬛解釋錢的意義，嬛嬛還一度把錢當作跟老鼠蟑螂一樣的獵物，一直堅持要把鼻去打獵，到後來發現人類世界竟然這麼複雜的時候，嬛嬛甚至有點生氣。

你們人類好煩，我想吃那個東西，不能就給我吃嗎？

嬛嬛，把鼻這麼愛妳，已經盡全力給妳最好的東西了，為什麼妳不體諒一下把鼻呢？

因為他答應過我啊！他跟媽咪一起答應我的，以後我就是公主，我喜歡吃什麼，就永遠都有得吃，他答應過我的！

真是一隻任性的貓咪！動物雖然很天真，充滿愛，但有時候也會遇到這種嬌縱慣了、讓人很想秀出拳頭的寵物。

不過，飼主得知了嬛嬛的反應，竟然沒有怪嬛嬛。

「沒錯，是我答應她的，人在風光的時候，誰想到會有落魄的一天？我從小就把嬛嬛當成公主來養，覺得反正動物不出社會，寵成公主也沒關係！沒想到這個苦果，竟然讓我給自己嘗到了。」

飼主說，多年沒有上班，讓他找工作時遇到相當多的困難，不是之前同行的訕笑，就是自己的自尊放不下，最後他乾脆遠離原本的舒適圈，搬回老爸老媽家的老房子，到速食店打工，才能躲過那些得志時拚命吹捧，失意時落井下石的「老朋友」；然而，被年輕人包圍的環境，有了年記的他反應跟不上大家，老被年輕人白眼，他也得要隱忍。

「誰知道，人生活到這把年紀，還得面對這種轉折；不過，為了給嬛嬛一定的生活品質，我真的很盡力，我打算再去兼個差，賺多一點錢，搬離那個老公寓，租好一點的房子，這樣嬛嬛就不會嫌自己被丟在一個又黑又小的地方，妳這樣告訴她好嗎？說把鼻會盡力的，請她忍耐一下！」

看著男人這樣回覆，芳菱心裡不是心疼，而是滿滿的問號：貓搬家不滿新的環境，住久了適應就好了，有必要為她把自己弄得這麼累嗎？男人到底是在堅持什麼呢？

「你為了滿足一隻任性的貓，願意做出這麼多犧牲？」芳菱忍不住問了。

「為了貓？」男人沉默了一會兒才繼續說：「菱菱小姐，我答應過我的未婚妻啊！」

「要錢不要命！」芳菱腦子裡突然出現了程孝京對她說過的那句話，只是，沒有人會要錢不要命，這個選擇的背後，一定有更大的理由，驅使著他們如此賣命。

「但是，你年紀也不小了，繼續這樣勞累自己，萬一身體出了什麼事，誰能照顧嬛嬛？就算能找到人照顧她，她也不可能過著跟現在一樣的生活。寵物就是家人，家人就是同甘共苦，不如讓我告訴她，請她了解你的處境，教她適應新環境吧？」

「妳……能做得到嗎？」

男人似乎不相信，一隻嬌生慣養的貓，能夠接受打三折的生活條件。

「只能試試看囉？」

芳菱兩手一攤，她其實沒說，自己有個大絕招——

所有的寵物，都怕自己沒有家。

嬛嬛啊，聽把鼻說，妳是在很小很小的時候，就被媽咪帶回家照顧的對吧？

我就是公主。

嬛嬛，妳有看過那些沒有家的貓嗎？

有啊，我是公主，跟他們不一樣。

如果媽咪沒有帶妳回家，妳就跟那些沒有家的貓一樣欸！

我是公主，我跟他們不一樣！

妳是公主，那是因爲把鼻讓妳可以當個公主，可是把鼻很累很累，才能讓妳當公主，人很累會生病，媽咪就是生病，所以才離開世界……

我愛媽咪，她離開世界我很難過，也很想她。

可是，萬一把鼻也離開了，誰還能把妳當公主呢？

嬌縱的天龍貓，一下子啞口無言。

把鼻想要繼續讓妳當公主，他可以一直出去工作，讓妳吃公主的東西，過公主的日子，但他要是累壞了，就沒辦法照顧妳了，到時候別說當公主了，妳還有沒有家，都不知道呢！

嬌縱的天龍貓，現在開始發抖了。

我要把鼻……我是公主……

溝通的最後，嬛嬛雖然還堅持自己是公主，只是口吻已經漸漸弱了。芳菱於是告訴男人，請他好好為自己著想。

「你現在給嬛嬛的，已經很好很好了！你應該對自己好一點，嬛嬛的生活，就參考別人怎麼養貓，你就達到他們中等以上的標準就可以了，堅持下去，時間久了，她自然就會適應了。你再觀察個幾天，說不定就能看出變化。重點是，你倒了，貓也會跟著遭殃，所以請務必照顧好自己，千萬不能要錢不要命！」

芳菱沒想過自己竟然也會說出這句話。

男人離開之後，芳菱的偏頭痛又開始了，她又跟默默店長要了杯黑咖啡，順便要了顆止痛藥，誰知道默默店長只送來一杯洋甘菊茶。

「休息一下吧！」

芳菱接過茶，喝了兩口之後，才發現今天哪裡不對。

「奇怪，小孟那傢伙去哪了？」

＊＊＊

夜晚，寒風刺骨，芳菱依舊回到了便利商店，準備值夜班。見到程孝京，兩人之間有一種莫名的尷尬。

「店長……」

芳菱難得用這麼黏膩的口吻呼叫程孝京，程孝京知道必有蹊蹺，立刻聚精會神，嚴肅以待。

「假使我……辭掉便利商店的工作，萬一有一天，我溝通師又做不下去了，我還是可以來找你問工作嗎？」

程孝京一聽，苦笑了一聲。「笨蛋，妳溝通師不會做不下去的！」

芳菱聳聳肩，人生的事，誰說得準呢？

「所以妳決定好了？」店長若無其事一般，繼續忙著店裡的事。

「嗯，要錢不要命，這樣不好！」

「是啊……」

店長的話，被哽咽在了喉頭，接著眼淚就撲簌流下，讓芳菱措手不及，趕緊去熟食區抽紙巾遞上。

「之後要好好努力，以後我不會給妳薪水了，要學會自己照顧自己，記得偶爾要帶豆豆跟呼虎來店裡，乾爹會想念她們……」

「店長，拜託喔，我就住樓上，以後每天早上都會帶狗來買早餐好嗎？」

「好……記得要付六十五塊。」

這就是程孝京，到最後妳會分不清楚他到底是真的多愁善感，還是終究是嗜錢如命的賤骨。

開口提了離職，但芳菱心想，在程孝京找到新的店員之前，她還是得把鐘敲到最後一天。她往休息室方向走去，打算去換裝，卻被程孝京給攔了下來。

「不必了，妳回家休息吧？」

「可是……你還沒找到人啊！」

程孝京揮手示意她離開，芳菱以為他又要代她的班，怕他過於勞累，堅持不肯。兩人拉扯之中，一名男子搬了貨從倉庫走出來。

「小孟？」芳菱實在太訝異了，這傢伙怎麼突然出現在這兒？

「芳菱姊，」小孟見到芳菱，可一點都沒尷尬，「下午店長跟我說妳不幹了，問我要不要來值夜班，我想反正我也沒工作，看妳在這兒做得也挺開心的，所以就來了。」

「我不幹？」
芳菱轉頭看了程孝京，那個剛哭得好像死老婆的程孝京，居然早就把她視為離職員工，找到替代者了。
被發現之後，程孝京一陣尷尬，拚命傻笑揮手假裝沒這回事，同時又敵不過良心的譴責。
只有那白目小孟還沒發現氣氛不對。
「其實店長前兩天就跟我提了，但妳這幾天好累，我就沒先問妳；對了，下午我在這裡受訓，沒去幫忙妳，情況還好吧？」
芳菱這才知道，原來自己早就被取代了，虧她還把這裡當家，捨不得走咧！
「不是……我……我也要顧生意啊！便利商店就是二十四小時都要有人顧，我總得找個備案吧！萬一妳今天說不做就不做，那我不就慘了？」程孝京忙著解釋，想要安撫芳菱。
芳菱就算了解程孝京的處境，但這種默默被取代的傷痛，芳菱實在很難受啊！
「不然這樣好了，」當程孝京做了對不起別人的事情時，就會想辦法提出解決方案，「妳從明天開始，一個月的早餐，我請！妳就每天十點前，來店裡領妳的早餐，不用付錢，我請客，這樣可以了吧？」
而且通常補償方案就是店內的商品。
但這樣也夠可愛了。
只是芳菱也有鼓吹他人再加碼的習慣。
「我現在給狗狗們吃鮮食，肉的部分，你也會負責？」
「呼虎的……我本來就負責！」

「那豆豆呢？」
「我……也負責！」
而且程孝京為了面子，通常會全盤接收。
這個補償方案，就這樣談定了。陳芳菱、程孝京，握手成交。
「那我下午還可以去旁聽吧？」小孟問。
「撐得住再說！」芳菱秒回。

回到家之後，豆豆跟呼虎對於今晚不必去上班，感到有點吃驚。
「以後啊，我們晚上不必待在店裡，可以回家睡覺了。」芳菱邊摸著豆豆邊說，呼虎則依然一臉疑惑的看著她。
有錢才能生活，有工作才能有錢，這是人類定出來的規則，動物們可能終其一生，都不會理解，只是順從著他們所愛的人，為他們所規畫的一切；事實上，他們也無力反擊。
芳菱從冰箱裡，拿出了兩根上次程孝京買來的豬大骨，在水裡汆燙了一下，放涼之後，給兩隻狗啃。程孝京說，這種大骨有助於狗狗潔牙，但芳菱還是有點擔心，怕一下子吃太快噎到、或是碎片割傷了牙齦，當豆豆跟呼虎興奮的啃著，芳菱就在一旁嚴密監視著。
「吃慢一點，不能吞下去喔！肉啃一啃就要給我了。」芳菱在一旁交代，兩隻狗擺明沒在理她。
芳菱走到呼虎身邊，摸了摸她的頭，自從呼虎來到家裡，每天吃好睡飽，增胖了不少。
「呼虎喜歡吃嗎？以前有吃過嗎？」
芳菱常想著，這可憐的傢伙，之前不知道過著什麼樣的日子，還被人家砍傷、遺棄。只是，芳菱雖然這樣問呼虎，心裡頭卻沒有期待任何回覆，畢竟呼虎沒有給過她任何訊息，很多動物都如此，尤其是飼主不常跟他說話的動物，根本不知道原來自己可以給人類訊息。

好吃好吃，好久沒吃。

「什麼？」芳菱訝異的回覆，連正啃得專新的豆豆都抬起頭來。

小狗愛吃，好久沒吃。

呼虎第一次給芳菱訊息，讓她有點不知所措。小狗是誰？為什麼說自己好久沒吃？難道之前的飼主也會給她大骨頭啃嗎？

呼虎到底之前過著什麼樣日子啊？

九、一切都是為你好

自從呼虎給了訊息之後，芳菱總會自己挖時間跟她溝通。

然而，結果總是非常讓人失望——喔不，呼虎還是能溝通的，只是芳菱每次問她問題，所得到的答案總是有點……傻。像是——

呼虎，妳怎麼跑到這裡來啊？

有吃吃，有吃吃，呼虎餓餓。

（跟食物有關。）

呼虎，妳最喜歡媽咪家的哪一點呢？

有吃吃，好好吃，呼虎喜歡。

（跟食物有關。）

呼虎，妳爲什麼會受傷呢？

（這總不可能跟食物有關了吧？）

怕怕，跑跑，媽咪說，快跑快跑……肚子餓餓，飯飯沒吃。

（怎麼還是跟食物有關！）

不過，想想呼虎的答案，芳菱真有點心疼。

果然是被丟掉的吧？飼主平時應該沒怎麼跟她講話，所以表達起來像個小孩子一樣，飼主還狠心叫她快跑，好歹讓她再吃一頓飽的吧！連這個都不給，這年頭狠心的人真的太多太多，毒狗的、丟狗的、吃狗殺狗虐狗……好像只要不是人，就不是條命一樣。想到呼虎剛來的時候滿身傷，之前恐怕過的不是什麼值得回憶的好日子。

芳菱看著呼虎，腦子裡都是憐憫，眼淚都快被逼出來了。然而，瞥了一眼豆豆，只見她不屑的看著呼虎。

呆瓜，只知道吃！

真的，呼虎就是天生的傻萌呆，完全活在當下，有東西就吃，無聊就睡；不像豆豆，聰明獨立又有個性，愛做什麼就做什麼，標準自由派，但她也不算固執，一件事情就算她再想做，像是追貓啦，吃路邊的食物啦……如果芳菱不准，她就絕對不會去做；她的眼中只有芳菱，就算外人想用食物誘惑她，她也不會跟著走，標準忠心又聰明的好狗，芳菱常覺得自己根本就是撿到寶。

不過，最近芳菱似乎太關注呼虎了，惹得豆豆有點不開心，時不時瞪著她看，也不講自己在不滿什麼。面對這種冷戰，芳菱有點擔心，很怕豆豆接下來就要宣示老大地位，給呼虎顏色瞧瞧。於是芳菱趕緊到豆豆身邊安撫她。

「好啦，妳不要生氣，媽咪愛妳們兩個喔！」

豆豆轉過頭來，專注的看著芳菱，然後舔了舔她。動物行為專家會給的解釋可能不太一樣，但芳菱把這動作解釋為「我原諒妳，因為我也好愛妳」。

「去散步吧！」
芳菱拿起胸背，兩犬立刻從原地跳了起來，讓芳菱為她們一一穿上，然後扣上牽繩，往公園前進。
自從時差調整回來之後，芳菱的早晨就幾乎都奉獻給了兩隻狗，帶著她們到公園，看她們追逐、奔跑，似乎只有這個時候，芳菱才能夠放下屬於人的一切煩惱，跟狗兒一樣單純、快樂。
有趣的是，接替她工作的小孟，生活模式幾乎變成了她以前的翻版。每天下班，他就來公園陪芳菱遛狗吃早餐，然後才回家補眠，下午偶爾會到默默咖啡陪芳菱工作——說「偶爾」是因為小孟缺席的次數愈來愈多了。
「芳菱姊，我今天下午又不能去默默咖啡了。」
在公園裡，小孟一臉倦容，邊喝著咖啡邊跟芳菱懺悔。
芳菱沒怪罪他，畢竟她也過過這樣的日子，知道值夜班有多疲憊。
「沒關係，你回家好好睡一覺吧！以後也不要勉強自己，休假再來就好。」芳菱回答。
「不是啦，我不是要睡覺，」小孟解釋，「今天是Amy生日，我要給她一個驚喜。」
「驚喜？」芳菱看著小孟，心裡想著：「真好，我已經多少年沒人給我一個好的驚喜了！」
小孟驕傲的點點頭，「我安排了好久，今天終於要實現了，她一定會喜歡的！」
小孟相當興奮，可惜芳菱並沒有專心聽他說，最近公園最近多了一個帥哥狗友，養了一隻乳牛花色的米克斯「妞妞」，每天都跟她差不多時間到公園遛狗。妞妞跟豆豆像是失散多年的老友一樣，一見面就開始打鬧追逐，契合得不得了。狗能玩在一起，飼主自然就能聊得起來，外加有呼虎這隻「人皆可摸」的國民外交狗，芳菱跟帥哥的搭線機率，當然提升不少。

帥哥鬆開妞妞，讓她跟豆豆在草地上盡情翻滾，芳菱見到他，熱情的揮手打招呼，小孟看了那帥哥一眼，很不識相的跟芳菱說：

「妳不可能是他的菜吧？」

「你又知道！」芳菱最討厭人家這樣唱衰。

「看就知道了吧？」小孟皺著眉，尷尬的說。

帥哥是斯文型，身材非常好，就算遛狗時只是隨意穿搭個T恤牛仔褲，也顯得相當有型，芳菱對於這種質感天生的男人毫無招架之力。

帥哥走向芳菱，親切的問候。

「這是妳弟嗎？」帥哥問。

「我助理。」芳菱說。

小孟無奈的瞪了芳菱一眼。

「哇，妳是做什麼的，竟然還有助理，事業做這麼大？」帥哥摸著呼虎，順口問她。

「也沒有啦……」

芳菱笑得有點害羞，小孟在一旁看了，有點受不了。

「她是動物溝通師，很有名喔，你在網路上都可以估狗得到。」小孟說。

「動物溝通師喔……」帥哥的口吻有點懷疑，但他依然看著芳菱認真的問：「意思是妳可以跟狗說話囉？」

芳菱點點頭，「你要的話，我也可以幫你跟妞妞溝通喔！」趕快藉機找更多的相處機會。

但是，帥哥搖搖頭，拒絕了。

芳菱的笑臉僵在豔陽之下，該不會又是一個覺得溝通師都是騙子的笨蛋吧？

「你不相信喔？」芳菱尷尬的問。

「相信！我相信，」帥哥立即澄清，「只是妞妞要什麼，我都知道，根本不需要別人幫我溝通。」

帥哥看著遠方正在玩耍的豆豆跟妞妞，溫柔的回答。

「所以你也是溝通師？」

帥哥又搖了搖頭，「我跟妞妞朝夕相處，當然知道她想要什麼。雖然她不會說話，但她也會想辦法讓我知道，其實我覺得找溝通師跟自己寵物溝通的人很奇怪……我不是質疑妳的工作喔，只是我認為，一個好的飼主，本來就會知道自己的寵物要什麼，不是嗎？」

好樣的！果真是個有質感的帥哥，一講就講出了芳菱的心裡話。

「我爸媽很愛狗，從我有記憶以來，我家都養著三隻以上的狗，我每天跟狗狗相處，他們開心、難過、肚子餓、想出門，還有所有的情緒，我都知道，這對我而言是再自然不過的事。妳想想，如果我們跟朝夕相處的家人，連他們腦子裡最基本的想法都不知道，這不是一件很可笑、又很悲哀的事情嗎？」

說的沒錯，但常常也是如此，同住一個屋簷下的家人，卻完全不了解彼此。這不僅是可笑、悲哀，更是無解的無奈，這點芳菱再了解不過了。

「你真是厲害，可以出來跟我搶生意了！」芳菱笑著說。

「我不會啦，我只對自己的家人有興趣，沒想要解決其他人的家庭問題。」

帥哥這話可把芳菱給逗笑了，他果然非常了解，因為芳菱現在就是成天在解決家庭糾紛啊！

「所以我也可以溝通囉？」小孟插嘴問。

芳菱轉過頭，臉上掛著大大的、刻意的微笑，對小孟點點頭。小孟懂她的意思，那就是「你別吵」。

「但是溝通師應該不只溝通貓跟狗，什麼動物都可以溝通吧？」

「可以啊，我溝通過烏龜、蜥蜴、甚至是金魚喔……可是金魚腦太小，溝通起來有點困難！」

「那鸚鵡呢？」

「也可以！」

帥哥認真的點頭，像是給芳菱肯定——但不，他只是想給芳菱介紹生意。

「我有個朋友，養了隻很吵的鸚鵡，每天都在嘎嘎叫，朋友來家裡，叫得更大聲，快把他氣死了，說不定可以請妳跟那隻鸚鵡溝通溝通，找出他大叫原因？」

「好啊，但我還是得跟飼主本人溝通一下，才有辦法進行溝通喔！」

「那當然。」

帥哥跟芳菱立刻交換了聯絡方式，芳菱更雀躍了，這難道暗示了芳菱的生活，將會有其他的變化？

一名斯文的外籍男子走來，帥哥的臉上頓時堆滿了甜蜜的笑容。

「我朋友來了，該走囉！那我先聯絡我那養鸚鵡的朋友，再跟妳說。」

帥哥吹了聲口哨，妞妞應聲立刻回到主人身邊，留下錯愕的豆豆，看著突然拋下她的好友，飛奔離開。

而芳菱看著帥哥帶著妞妞，手勾著外籍男子的手臂，親密的離去。剛剛身邊的那些泡泡啊、火花啊……一下子統統不見了，變回一個單純黯淡的女人，身邊蹲著兩隻狗，一隻跟她一樣失落，一隻還是一樣傻呼呼。

芳菱轉身，才想起自己忘了還有一個根本沒什麼幫助的助理。

「你怎麼這麼厲害，竟然看得出來我不是他的菜？」芳菱問小孟，她的意思是，小孟竟然有個很強的同志雷達，自己能和動物溝通，卻不具備這點與人相處的基本能力。
事實上，小孟跟她一樣錯愕，他之所以會這樣說，完全只是為了要幫助自己的好兄弟——也就是暗戀芳菱許久的默默咖啡店長林默默。

＊＊＊

Amy閉著眼睛，在小孟的指引下，一步步往前。
「好了嗎？」Amy緊張的笑著問。
「快到了，再走一小段。」小孟溫柔的牽著Amy，指引著她。
「好緊張喔！」緊張的Amy忍不住張開了眼，卻被小孟用手給遮住。
「不可以張開眼睛！」
「妮妮呢？她在裡頭了嗎？」
「都安排好了，妳放心，她在裡面等妳。」
Amy在小孟的引導下，走到了一塊平坦的空地，停下。
「可以張開眼睛了！」小孟溫柔的在Amy耳邊說。
一張開眼，Amy看到一個她想都沒想過的景象：
一個小小的舞臺上，擺著一架平面鋼琴，舞臺燈光照射在鋼琴上，而Amy的狗妮妮，就乖乖的坐在鋼琴旁，笑著等主人來找她。
Amy呆立在原處，不知該怎麼反應。

「那天妳聽完音樂會，妳說希望有一天也可以在舞臺上彈鋼琴，於是我就透過朋友，借了這個場地……雖然不是像國家音樂廳的那種大舞臺，但偉大的音樂家都是從小舞臺開始，希望妳有一天也可以成為一個偉大的鋼琴家，在世界級的舞臺上演出！」

小孟興奮的介紹完畢，只是Amy似乎有點尷尬。學習鋼琴多年，她一直無法克服上臺的恐懼，只敢在自己的狗狗面前演奏，她曾經跟小孟聊過這一點，沒想到小孟竟然會在她生日這天，搞出這樣的「驚喜」，讓Amy不知如何是好。

「可是我沒有練習……」Amy虛弱的說。

「沒練習沒關係，別把這當成表演，我們自己玩得開心就好，而且妮妮也在那兒，等妳彈琴給她聽，我也在等妳彈琴給我聽！」小孟鼓勵Amy。

Amy顫抖著，但是小孟並沒有發現，他向前去張羅聽眾席椅子的事情了，一邊邀請現場舞臺裝置的大哥們一起來聽。

Amy有點騎虎難下，看著舞臺上的妮妮，想到之前在家裡彈琴給妮妮聽時，她那開心的模樣，心情似乎舒坦了點。

觀眾席響起掌聲，雖然觀眾不多，但掌聲依然熱烈。

Amy只能順著大家的意，慢慢的走上臺。刺眼的舞臺燈光，照在她的身上，她感覺不到那燈光的熱度，卻感覺到自己因為緊張而顫抖的肌肉，她的腳步逐漸僵硬，即使自己依然往前走，卻覺得自己離鋼琴愈來愈遠。

有個濕冷的東西觸碰了她的指尖，Amy低頭一看，那是妮妮。妮妮見Amy上臺，於是走到了她身邊。妮妮咧著嘴笑著，像是告訴她：姊姊，姊姊彈琴給我聽，妮妮喜歡姊姊彈琴喔！

Amy僵硬的肌肉，一下子軟化了下來。她每次練琴時，妮妮都會在她身邊，她一直是Amy最好的聽眾，而她現在也在這兒，在她的身邊，陪著她一起彈奏。

她覺得比較沒那麼害怕了。

Amy走向鋼琴，妮妮興奮的跟著，在Amy的腳邊坐下，熱切的看著Amy。

Amy低頭，告訴妮妮：「我現在要開始了喔！」妮妮笑著，期待著Amy的琴聲。

Amy開始演奏，對她而言，這場演出沒有任何觀眾，她只演奏給妮妮聽，管他什麼舞臺燈光，管他什麼上臺恐懼，妮妮陪著她，她真的比較不怕了。

臺下的小孟，看著舞臺上的Amy，流暢的演奏樂曲。他不知道她彈的是什麼樂章，他沉醉在Amy指尖所彈奏出的每個音符裡，她是如此自信、如此美麗，他好高興自己為她做了這件事，他也好為Amy驕傲，也為自己驕傲。

樂曲結束，臺下觀眾都報以掌聲。

Amy沒有謝幕，她摸了摸妮妮，並且將她抱入懷裡，隨即牽著她下臺。

小孟趕緊上前，準備用最棒的讚美詞，來告訴她表演有多棒。不過，Amy的臉上，卻沒有笑容。

「妳怎麼了？還緊張嗎？不過妳很棒欸！恭喜妳，終於做了人生中第一次公開演出，只要妳繼續堅持下去，一定會在世界的舞臺上發光發熱，成為鋼琴界最閃耀的巨星！」

其實小孟也不知道自己在講什麼，總之就是讚美，但Amy並沒有因為這些讚美而綻放笑顏，反而跟他說：

「我要回家了。」

「什麼？我在寵物餐廳訂了位，我們可以帶妮妮一起去。」

「不用了，我想回家。」

「好吧！那我送你們。」

「不用了，我自己叫車，我跟妮妮自己回去就好。」

小孟不管說什麼，都被 Amy 給打斷，他當然感受到了不尋常。

Amy 牽著妮妮往外走去，小孟急著擋住了她的去路。

「我做錯了什麼嗎？妳說妳想上臺表演，我就實現妳的願望，這不是妳想要的嗎？」小孟因為緊張，口氣有點激動。

「謝謝你，我想回家了！」Amy 不敢看他的眼睛，拉著妮妮就往前走。

「我做這些都是為妳好，妳幹嘛要這樣？」

小孟抓著 Amy 的手，讓她不得不轉身。

Amy 與小孟對上了眼，小孟這才發現，Amy 眼裡盡是淚水，他嚇得手不自主的鬆開了。

Amy 牽著妮妮，迅速離去。

小孟呆在原處。他不懂，他真的不懂。

＊＊＊

芳菱走進默默咖啡廳，又是直衝吧臺。

默默已經不會緊張了，不知道從什麼時候開始，芳菱走進店裡，不是直接走去老位子，而是先到吧臺跟默默聊天。

「今天怎麼這麼早來？」默默問芳菱。

芳菱沒回答，她坐在吧臺椅上，身體扭來扭去，像是在猶豫著該怎麼開始對話。

「你啊，」芳菱說，「跟小孟很好對不對？」

沒想到她竟然這樣問。

「很好？……也還好……但也不能說不好……」變成默默扭來扭去，猶豫著該怎麼回答這問題。

「好啦，你知道他最近怎麼了？電話不接，訊息不回，我半夜去店裡找他，也不說話，到底是怎麼回事也不講，擔心死人了！」

芳菱看來是真的很擔心，默默默默的低著頭，頭又開始扭來扭去，像是掙扎著該不該把事情告訴她。

「你快說喔！」但芳菱彷彿看穿了他。

默默嘆了一口氣，「他跟 Amy 好像有點狀況。」

「有點狀況！發生了什麼事？」芳菱問。

默默的嘴像金魚一樣張闔，兩手在胸前比畫，卻什麼聲音都沒發出，什麼手勢也沒比出來，他根本不知道該怎麼解釋這件對他而言有點複雜的事情，於是最後他說：

「妳去問林愛玲。」

「林愛玲？為什麼？」這下芳菱可真的不懂了，林愛玲跟小孟什麼時候變成知己啦？

「每次睡不著就去便利商店喝酒，這樣就會熟了。」默默面無表情的說。

「為什麼？」但芳菱還是不理解。

一名男子打開店門，朝裡頭緊張兮兮的東張西望著。

「妳的預約好像提前到了！」默默提醒芳菱。

芳菱轉頭，見到了那位神經緊繃的男子。
默默向前問候，確認跟芳菱有約後，引導他到芳菱的老位子上。
這名男子，就是芳菱在公園裡遇到的那位帥哥的朋友。在簡單的自我介紹之後，男子還是緊張的四處張望，這種舉動讓芳菱很不習慣。
「你在緊張什麼啊？」芳菱忍不住問。
男子尷尬了一下，摸了摸頭，「我在想，動物溝通，拿照片就可以，是什麼原理？是不是這家店，有什麼神啊、鬼啊，為什麼我們一定要在這個地方？」
芳菱聽完，簡直就想馬上翻個白眼。但在專業度的考量下，她必須強忍這種大眾性的無知，耐著性子跟他解釋。
「動物溝通跟鬼神無關，選在這裡是因為我習慣了，拿照片是因為我怕你的鸚鵡到了現場，反而因為激動而無法溝通。」
「所以這是科學嗎？」男子看著芳菱，有點質疑的問。
芳菱這才看清楚，男子的黑眼圈相當嚴重，她猜想，那隻沒事愛嘎嘎叫的鸚鵡，應該對飼主的睡眠有不小的影響。
「可以是，也可以用其他的角度去解釋，就看個人的偏好，李先生，您好像不太相信動物溝通，那又為什麼要來呢？」
男子有點意外，似乎沒想到芳菱會如此直來直往。
「我是不太相信，但我已經走投無路了。」
男子拿出了自己的寵物，也就是「阿鸚」的照片——一隻全身布滿黃、紅、綠色羽毛的鸚鵡，圓圓

大大的眼睛看起來傻不溜丟，沒啥煩惱的模樣。

「他啊，吵死了」男子揉著雙眼，彷彿多晚未睡。「吵到我就算了，我鄰居已經來抗議過很多次，他家養狗，每天聽我家阿鸚尖叫，就會崩潰狂吠，搞得整棟樓都不得安寧。有討厭狗的鄰居藉此威脅他，要逼他把狗送走，於是他只好錄影蒐證，證明我家的阿鸚才是狗狂吠的根源。現在警察都上門了，真不知道該怎麼辦才好，鸚鵡又不是我養的……」

「不是你養的，那是誰養的？」芳菱滿頭疑問。

不過男子主動跳過這個問題。

既然對方不想回答，那芳菱就不再逼問了。

芳菱對鸚鵡的習性並不熟悉，經過飼主解釋才知道，原來這小巧美麗的身軀，發出的聲音可以震耳欲聾，尖銳刺耳，讓人無法忍受，因此很多飼養鸚鵡的人，都必須學習如何控制鸚鵡的叫聲，就好像養狗的飼主必須控制狗兒吠叫一樣，真是讓芳菱大開眼界。

「問題是，我有訓練他啊！阿鸚以前很乖的，但這陣子不知道怎麼搞的，每天都叫，叫個不停，處罰也沒用，不叫給他吃好吃的也沒用，總之他就是瘋子一樣一直叫……然後我就毀了！」

男子趴在桌上，假裝昏厥，不過芳菱實在很怕他就這樣睡著了，趕緊把他叫起，給他打氣。

「好了好了，那我問問他，你振作點！」

芳菱拿起了照片，看著照片裡那隻色彩繽紛的美麗生物，讓自己的意識進入他的身軀，雙臂化成彩色的翅膀，雙腿變成有力的爪子……

喔，阿鸚正開心著呢！低聲的哼著歌，嗯，是周杰倫呢！阿鸚的雙腳走路的節奏，還真像一個嘻哈歌手；一個轉折，阿鸚開始引吭高歌，這次是五月天的〈溫柔〉副歌的部分，芳菱老覺得那部分特別難唱，很多人在KTV老唱到破音，但阿鸚表現還不錯呢！可是……

咦，奇怪了，阿鸚怎麼從頭到尾都在走路呢？鳥有翅膀，唱到這段的時候，很適合展翅飛翔啊！但阿鸚怎麼還在嘻哈步？

姊姊，姊姊妳喜歡吧？

喜歡啊！阿鸚你喜歡唱歌？

對，把鼻很愛聽歌，所以我也一起唱，好開心！

啊，原來如此！阿鸚的尖叫……是他快樂的歌聲啊！

「那個……你最近常在家裡聽懷舊老歌嗎？」

芳菱大膽問，男子竟目瞪口呆。

「懷舊……五月天跟周杰倫，有那麼舊嗎？」

不過男子在意的事情，顯然跟芳菱的方向不太一樣。

「隨便啦，重點不是在懷舊，果然是五月天跟周杰倫，阿鸚很愛唱他們的歌！」

男子這下真的是瞠目結舌了，他的反應讓芳菱很驕傲。

「所以……阿鸚是在唱歌？」男子問。

「是的，他在唱歌，很開心，而且音很準，我都聽得懂喔！」芳菱則對阿鸚的歌喉讚不絕口。

「可是，」男子用手揉了揉臉，突然抬起頭瞪著芳菱，「他唱歌對我們來講就是尖叫啊！嘎—嘎—嘎—你懂嗎？沒有音準，沒有旋律，就是嘎—嘎—嘎—」

男子彷彿失去理智，音量無形間也提高了。他模仿著阿鸚的尖叫，惹得其他桌的客人側目。默默店長只是默默看了他一眼，大家都了解失眠如何讓人喪失理智，於是也沒有多加指責。

「可以叫他別再唱了嗎？」男子尖叫完畢，絕望的將臉埋進雙手裡，虛弱的懇求芳菱。

阿鸚爲什麼最近才開始喜歡唱歌呢？

因爲很無聊啊，也想讓把鼻開心，把鼻聽歌好像會比較開心。

以前不會無聊嗎？

以前馬迷會陪我玩，不會無聊，把鼻都不跟我玩，他不開心。

以前……所以現在沒有馬迷了？

馬迷跟把鼻生氣，就飛出去了。

飛出去？

嗯，而且沒有回家。我去找她，也找不到。

芳菱總算見到阿鸚飛翔。原來阿鸚是會飛的！他曾經飛離自己的住所，尋找那位「飛出去就沒有再回來」的馬迷，但卻沒有發現，只好默默飛回來，內心充滿失落與感傷。

寵物常說出飼主不想說的祕密，如果訊息不太重要，像是給芳菱看飼主裸體、上廁所的樣貌，為了避免尷尬，芳菱一般裝作不知道，但是像這種可能是造成寵物行為異常的原因，芳菱就得跟飼主確認，但她也不是社交長才，實在很難以啟齒。

「那個……不好意思……怎麼說呢？其實不關我的事，可是……」芳菱講得吞吞吐吐。

「到底什麼事？」失眠男子也開始沒耐性。

「你前陣子是否經歷過離婚……或是女朋友離開……總之，阿鸚之前有個馬迷對吧？」

男子看著芳菱，失眠又睜大的眼珠子，充滿訝異之外，芳菱實在很怕眼珠子掉出來。

「妳……妳怎麼知道？」

「呃……因為阿鸚說……他說他愛唱歌是因為現在很無聊，看你唱歌覺得很開心，所以才唱歌解悶……他說之前不無聊，因為馬迷會陪他玩。」

男子聽完，臉上除了疲憊之外，更添上了一層憂傷。

這就是芳菱害怕的情況。

「嗯……以前有，有過……阿鸚就是她養的。」

男子拿起水杯，灌下了一大口。現在對他來說，疲憊恐怕已經不是最主要的感受了。

「阿鸚還說……馬迷飛出去，就沒有回來了……」

男子看著芳菱，眼神裡開始浮現警戒，讓芳菱開始害怕。

男子思考了一會兒之後，深吸了一口氣，像是要對芳菱告解。

「我老婆，她跳樓了！」

男子一口氣說完這句，現在換芳菱睜大眼睛了，媽呀這哪是飛出去？分明是跳出去啊！

「不過她沒死，才二樓怎麼會死！」

這句話讓芳菱有點傻眼，男子察覺了自己說錯話，於是繼續說下去：

「是鄰居發現，送她去醫院，雖然是二樓，小腿還是骨折了，也有點腦震盪，住院住了幾天，出院就直接回娘家，說要跟我離婚，就沒再回來了。」

芳菱聽完之後，心裡想著，既然阿鸚是老婆養的，她離開之後，應該有回來把阿鸚要回去吧？但阿鸚現在還跟著把鼻，是男子硬把阿鸚留下了？為什麼呢？

芳菱感受到男子因為妻子離開而遭受的挫折，於是決定不繼續追問，但總覺得，問題沒那麼單純。

「阿鸚在那之後，是不是曾經飛出去過？」芳菱問。

男子已經不再訝異，看來已經相信溝通師的能力，平實的回答芳菱的問題。

「是的，他突然飛走，我可真被他嚇壞了，鳥又不是狗，跑出去還能追，人沒有翅膀，鳥飛走了，只能祈禱他願意回來，那時候我老婆剛走，我實在無法忍受他也一起不見……不過還好，他飛了一大圈之後就回來了，之後，我把他關了一陣子，後來他就沒再飛過了。」

難怪，難怪阿鸚只會走路！

既然不能出去，那我就不必飛啦！把鼻也不希望我飛……

之前被關住的那段期間，阿鸚其實都記得，他接受了自己有雙美麗的翅膀、卻無法展翅飛翔的命運，於是決定讓自己變成只有雙足的生物，終生用可笑的姿態，行走在人間。

但他明明有飛翔的能力。

那如果可以飛，你就不會無聊了，對不對阿鸚？

把鼻不准我飛，他說不准我離開他……

不准阿鸚離開他？

芳菱看著眼前這名疲憊的男子，其實從一開始，她就充滿懷疑：首先，說鸚鵡不是他養的，他卻在老婆離開後，硬把鸚鵡留在身；而芳菱還挺訝異，既然阿鸚不是他養的，當警察找上門時，他第一個反應不是把阿鸚送走，而是找溝通師來幫忙解決問題，說實在，這樣的飼主應該是很愛阿鸚的，怎麼阿鸚形容起來，有種恐怖情人的感覺……。

阿鸚想離開把鼻，去找馬迷嗎？

想啊！但我不會離開把鼻。

因爲把鼻不准你離開嗎？

因爲把鼻很可憐。

很可憐？

把鼻一個人很可憐，阿鸚要愛他，不能不要他。阿鸚唱歌給他聽，要把鼻快樂！

阿鸚無聊，覺得把鼻可憐，所以用唱歌的方式找樂子，順便討好把鼻。其實是個好孩子呢！雖然他的做法適得其反，但不管怎樣，他都是隻愛主人的鸚鵡。不管飼主硬要把他留下的理由是什麼，現在他們倆就相依為命，是一家人，芳菱得找出個方法，讓這家人可以好好相處。

「其實你不必擔心失去阿鸚，因為他已經打定主意要陪你、希望你開開心心，所以才會唱歌給你聽呢！」芳菱跟男子說。

「開心？妳看我現在這樣有開心嗎？拜託告訴他，不要再唱歌了，他老爸我心領了。」

「那你就得想辦法讓自己開心啊！」芳菱說完，發現飼主眼神閃爍，想要裝作沒聽見，於是繼續說：

「阿鸚也覺得很無聊，唱歌也會讓她開心，不然你帶她做點別的事，像是一起出去玩啊，讓他不無聊也開心的事。」

「妳是說遛鳥嗎？其實我也想過，但他之前有飛走的經驗，我實在很怕他不見。」

「但他有飛回來，不是嗎？」

「是啦……可是，萬一他不飛回來呢？萬一他被人抓走呢？我也想過用遛鳥繩，帶他出去走走，但是……總覺得那種東西不可靠，萬一他不見了，可怎麼辦才好？」

芳菱知道了，男子怕的是失去。失去妻子對他造成了陰影，他害怕再失去其他家人——也就是阿鸚——於是就把他關起來，以為這樣就永遠不會失去阿鸚。

「不過，如果你都不去嘗試，讓阿鸚一直繼續大聲唱歌，到頭來，你不也是會失去他嗎？」

男子聽完芳菱的話，沉默不語。

芳菱突然覺得，阿鸚的遭遇對她來說似曾相識。寵物就跟小孩一樣，在家庭遭逢巨變之後，常常變成無聲的受害者。他們承擔的或許不是暴力，但照顧他們的家長心中藏著的失落，以及害怕再度失去的恐懼，形成他們的高壓艙，終有一天，他們得找個方法發洩，或是脫離。

「阿鸚知道自己如果離開你，你會很難過，所以他告訴我，得要一直陪著把鼻，所以你還擔心什麼呢？」

芳菱沒告訴男子，阿鸚覺得把鼻很可憐，心想，應該沒有幾個男人能夠忍受別人說自己很可憐，既然如此，這個訊息就阿鸚跟她自己之到就好。

「如果你同意的話，我就告訴他，把鼻之後會帶他去散步，還會常常跟他玩，請他這樣就別再唱歌了，說不定你的問題，就這樣解決了！」芳菱告訴男子。

男子好久一段時間，都沒有回應。他抬起了頭，看了一下窗外。今天天氣很好，陽光灑在外頭的雞蛋花樹上，是個飛翔的好日子。

「可是，我實在不知道怎麼跟他玩……」

「那又不難，上網找資料、玩久了就知道啦！我幾個月前也不知道怎麼養狗，現在養了兩隻……」

芳菱講完，腦子裡突然飄近一個念頭：是啊，半年之內養了兩隻狗，陳芳菱妳是瘋了嗎？

「好吧！」

男子的回答，把芳菱飄出去的心緒給拉了回來。

「好吧，那我就……試試看吧！我之前總覺得遛鳥很可笑，沒想到我自己也有遛鳥的一天……就算為了我的睡眠吧！」他說。

於是芳菱跟阿鸚談條件，把鼻帶阿鸚去散步，也會陪阿鸚玩，但請阿鸚別再唱歌了，因為鄰居覺得很吵。

阿鸚本來不想放棄這個剛開發出來的興趣，猶豫了一會兒，最後還是因為芳菱告訴他，他「唱歌」的聲音，讓把鼻相當頭痛，而且睡眠不足，他最後是為了把鼻，才放棄了歌唱。

把鼻如果不快樂，我再唱歌給他聽。

芳菱聽了阿鸚的交代，笑了出來，然後轉告男子。

男子也笑了，但他的笑容裡，應該多了不會再害怕失去的安穩。

＊＊＊

芳菱帶著豆豆跟呼虎去便利商店，呼虎見到店長，開心的跑向前去撒嬌，程孝京見到呼虎如此熱情，當然樂不可支，抱著她猛親。

此時，豆豆又用同一種冷眼看著程孝京跟呼虎，但這次她不只是看，還有所行動。豆豆大步的走向程孝京，用頭拚命頂著程孝京的手臂，逼他把手伸向她這邊撫摸她。

「唉唷，妳也要摸摸啊！好啊，都摸摸都摸摸，不要吃醋喔！」

兩隻狗為了他爭風吃醋，程孝京當然覺得虛榮。但看在芳菱眼裡，卻有點在意。

「他們以前會這樣嗎？」芳菱問程孝京。

「妳怎麼問我？妳不應該是最清楚的嗎？」程孝京反問。

芳菱皺著眉頭，那不是嫉妒，而是納悶。

「我記得豆豆之前都不會爭寵的啊！為什麼現在這麼在意？」

「那妳問她啊！妳不是溝通師嗎？還一小時收三千⋯⋯」

店長在意的，永遠是價格問題。

芳菱蹲下，呼虎見狀，馬上棄店長投主人，豆豆見狀，立刻跑向芳菱，呼虎要硬塞進芳菱懷裡，還被豆豆露齒低鳴，呼虎只好後退，回到程孝京懷裡。

芳菱跟程孝京都被豆豆嚇了一跳，一直以來這兩隻狗都相安無事，沒想到豆豆現在居然會為了爭寵而露出凶惡的一面。

芳菱其實還挺開心的。

這時，一對體面的中年夫婦走了進來。程孝京說了「歡迎光臨」，芳菱把兩隻狗帶離門口，避免影響到客人。然而這對夫婦看著程孝京，眼神似乎告訴他，他們不是來買東西，而是別有目的。

「您好，我們是孟以鈞的父母。」

程孝京跟芳菱兩人聽了都嚇了一跳，尤其是程孝京，深怕自己雇用了未成年童工，一直解釋著自己雇用小孟的原因：他說他十八歲啦，說他不用上課啦，說他沒事想賺點錢啦……

「請不用擔心，我們不是來找你們麻煩的，小孟是我的孩子，他今天所做的一切，我都很清楚！」

小孟的母親跟程孝京解釋，雖然她頻頻說「我」的孩子，讓父親瞪了她幾眼。不過這並不關程孝京跟芳菱的事。

小孟母親看著芳菱，開口問：「您應該就是那位什麼……動物溝通師吧？」

這對父母的眼神裡，充滿了質疑，讓芳菱感受到很大的壓力。

「我是，我叫陳芳菱。」

「動物溝通是什麼，我們不清楚，其實我也不太懂，為什麼他好端端的，會突然想在便利商店打工，還有學什麼動物溝通，我們不住在一起，很多事情我不知道。」

小孟的母親用手推了一下父親，要他別扯這些無關的事情。於是父親清了清喉嚨，繼續說道：

「小孟是個好孩子，一直以來，他的表現都很符合我們的期待，你們知道他是學校的資優生，永遠的第一名嗎？不知道為什麼，考完學測準備分發的時候，他突然說自己不知道自己想幹嘛，想要休學一年，想清楚再決定要不要去上課。」

芳菱一直以為，小孟說他自己是資優生是騙人的，沒想到真是如此。一直以來，她只把他當成個屁孩，想不到屁孩也是有資優等級的。

「他不想跟我們一樣從事金融，對生物方面比較有興趣，所以我們一直希望他能上醫學系，當個醫生，誰知道他居然填了獸醫，說是喜歡小動物，現在還搞什麼動物溝通……」

芳菱聽著小孟母親的話，動不動就是「什麼動物溝通」，覺得自己憤怒的開關快要被啟動了。

「總之，」小孟父親接著說：「既然他現在跟你們最親近，你們也算是他的長輩，我們希望你們可以幫我們勸勸他，請他休息這一年之後，務必回到學校報到。」

「醫學系也好，獸醫系也好，現在養寵物的人多，獸醫也挺夯的，他如果喜歡，我們絕對支持，不過我們怕他不回學校，從資優生變成只有中學畢業……」小孟母親相當擔憂，一種深怕自己的孩子不懂事，毀了父母為他所準備的一切。

「總之，我們所做的一切，都是為了他好，希望兩位幫忙，便利商店的工作，明年暑假前就得停止，他得為回學校做準備，讓一切回歸正軌。」

芳菱跟程孝京，像是兩個做錯事的孩子，聽著這對父母親對孩子的期望。

芳菱有點忘了他們到底說了什麼，他們說的話在她耳朵裡，到後來都變成了嗡嗡嗡的雜音，瑣碎繁複，頭頭是道，卻又什麼都不對勁。幸好豆豆跟呼虎後來選擇趴在地上睡覺，芳菱還很怕她們倆對他們凶呢！

等到小孟父母離開之後，程孝京跟芳菱都鬆了一口氣，也都有種「唉，不知道該怎麼說」的無奈。

「所以我們現在做的，都不算是正軌喔？」程孝京問芳菱。

「你算正軌啦！我這種喔，邪魔歪道。」芳菱自嘲。

程孝京跟芳菱都笑了，笑得有點無奈。

「聽說小孟跟 Amy 感情出了點問題。」芳菱說。

「是啊，這幾天怪怪的……不知道他爸媽有沒有發現？」程孝京說。

小學生放學了，愈來愈多孩子湧入便利商店，芳菱於是草草跟程孝京道別，趕緊拉著狗回家，免得小孩戲弄狗，一發不可收拾。

晚上，芳菱煮了鮮食，裡頭除了肉，還加了紅蘿蔔、花椰菜、麥片。什麼都不挑的呼虎，開開心心的吞掉了整碗，倒是豆豆，聞了聞晚餐，抬頭瞪了芳菱一眼——

好多菜，不喜歡。

然後就跑去沙發上窩著。

「妳很不識相欸！這些東西都是對妳身體好，我放這些都是為妳好欸。」

芳菱說到一半，聽到自己說「都是為妳好」時，想起了小孟的父母，還有阿鸚，還有之前傷透她心的前男友，還有離開自己多年的母親……

誰有權力這樣說呢？誰又能保證，自己所聲稱的一切，真的為別人好呢？

芳菱一邊想著，一邊拿起了豆豆不吃的那碗鮮食。

「不吃就不要吃，今晚餓肚子吧！」

十、我愛你，你不需改變自己

林愛玲養了一隻貓。

說是不敢養狗，怕想起哈比，會難受；只是自己住的房子這麼大，只有她自己挺孤單的，所以就在網路上認養了一隻小貓，才六個月大，叫做「天天」。

然後豪宅就爆炸了！應該說，很多家具就自爆了。能破的、能裂的，全都在幾週之內重則成為碎片，輕則布滿抓痕，沒想到這麼小的一隻貓，竟是一個小炸彈，連林愛玲也快要被他給搞炸了，成天追在小貓後頭痛罵，發誓要把他更扔出去；只不過，小貓一抱在手，那個無辜的大眼一看著她，就什麼都融化了。

於是，芳菱被邀請去豪宅吃和牛火鍋，說是為了要彌補上回介紹法鬥小八的瘋狂飼主的過錯，事實上是要芳菱跟她的「天天」說說話；芳菱當然也清楚，自從愛玲告訴她自己養了貓之後，她就料到會有這一天，不過芳菱一直想問愛玲小孟的事，不如就趁這個機會吧！

當芳菱抵達愛玲的「豪宅」，才發現實際情況遠比她聽說的慘烈：什麼豪宅，簡直是鬼屋！

整個房子幾乎沒有一處完整，窗簾、沙發、櫃子、桌椅……除了大理石做的家具以外，幾乎所有的家具都倖免於難。在這宛如核爆現場的房子中間，擺了一張餐桌，上頭放著火鍋，屋主林愛玲彷彿無事般準備著晚餐，這景象真是說不出的詭異。
「妳怎麼還住得下去？」芳菱問愛玲。
「很多事情習慣就好。」
一隻黑貓從愛玲的房間裡衝出來，想必炸彈就是他引爆的。
和牛涮涮鍋熱著，芳菱夾著頂級和牛肉片往裡頭涮，嘴角那貪婪的微笑，洩漏了她對這種頂級美食的欲望。
「欸欸欸，妳看看他，他想說什麼？」愛玲抱起了黑溜溜的「天天」，但芳菱只斜眼瞄了一眼在愛玲手中不停掙扎的小惡魔。
「才六個月，小屁孩一個，嘰哩呱啦，沒辦法溝通啦！」未成年的動物就跟未成年的小孩一樣，他講他的，誰要跟你溝通！
「問一下啦，順便叫她別再搞破壞了！」
天天從愛玲的手中掙脫，立刻飛奔到沙發上，用他的前爪瘋狂的抓著沙發布。
「別抓啦，」愛玲趕緊向前，把天天從沙發上趕走，「這沙發是日本空運來臺的限量版，都被你給毀了！」
芳菱在旁冷眼看著，忍不住笑了。
「誰叫妳要養貓，貓會抓布沙發不是天經地義的事嗎？怕抓就養狗啊！」
「養狗？他要是幼犬，我這組沙發沒已經是碎片了！」愛玲夾起了芳菱剛剛涮的牛肉放在碗裡，不顧芳菱充滿怨念的眼神，邊吃邊說：「所以沒辦法跟他講喔？」

芳菱放下筷子，用貓咪叫聲般的嗲音諷刺的說：「可以啊，他說：『媽咪我還是小朋友，小朋友就會搞破壞，不開心就把東西收好，換成便宜的家具啊！』」

愛玲吞下了牛肉，沒好氣的看著芳菱。

「無聊！」愛玲轉過去看著正在抓沙發的天天，說：「好啊，明天找設計師來訂做好了！」

芳菱苦笑了一下。果然對小貴婦而言，「便宜」的定義跟一般人並不相同。

「妳等等還要遛狗嗎？」愛玲問芳菱，詭譎的笑容後面，藏著讓人興奮的祕密。

「不必，出門前已經都處理好，該拉該撒該吃的都妥當了。」

「那好！」愛玲從椅子上跳起，鑽進了廚房，打開冰箱，拿出了祕密武器——冰凍伏特加。

「情人節快樂！」

愛玲拿著酒，跟芳菱祝賀，只是芳菱見了，皺了眉頭。

「拜託，情人節我們兩個單身女子能幹嘛？只能借酒澆愁了！來，今晚不醉不歸，醉了反正這兒房間很多。」

愛玲轉身從櫃子裡拿出兩個小玻璃杯，興奮的想跟芳菱重溫年輕歲月。她們倆念大學時，最愛窩在宿舍裡偷喝酒，喝完就爬牆出去，對著操場大吼大叫。

可是芳菱見到烈酒，倒是相當害怕。「拜託妳，我明天還要溝通欸！喝這個到時候宿醉，溝通不成妳是要負責？」

芳菱推開了愛玲幫她斟的酒，愛玲又一把推了回去。

「不要掃興喔！說不定喝了感應更強！妳不是常說，人之所以無法跟動物溝通，是因為自己限制了自己的能力嗎？喝了酒，把所有的限制統統打開，不就更能有助溝通？」

「胡說八道！」

嘴巴這樣講，芳菱的身體倒是誠實，拿起了酒杯，跟愛玲的酒杯一碰，一飲而盡。

冰凍的烈酒進到了身體，反倒成了溫熱的暗流，流過了身體每一個器官，芳菱覺得身心順暢，全身放鬆。

「妳怎麼會跟小孟熟的？」芳菱問，她的臉已經紅了。

愛玲冷笑了一下，「以前買酒請妳喝，現在妳不在，我只好買酒請他喝。正好他跟女朋友吵架了，喝了酒就什麼都說了。」

「是為什麼吵架？」芳菱邊問，邊為自己又倒了一杯酒。

於是，愛玲把小孟與Amy衝突的事情，告訴了芳菱。芳菱聽了，其實有點納悶。

「這樣為什麼要吵架？女生有跟他說為什麼不開心嗎？小孟後來有再問她為什麼嗎？」芳菱問。

愛玲聳聳肩，其實她也搞不太懂。

「我也問了，可是他說就是……不知道怎麼再聯絡。」

芳菱跟愛玲雙雙往後躺在椅背上，若有所思的看著好幾萬光年以外那個思緒裡不知名的遠方。

「大概了解這種感覺。」芳菱說。

「我也是。」愛玲回答。

好幾萬光年以外那個思緒裡不知名的遠方，還在陳芳菱的眼前，林愛玲早就回到地球，幫自己再倒了一杯伏特加。

「這就是戀愛的感覺吧？」芳菱說。

愛玲將杯中的酒一飲而盡，冷笑了一聲，不想回應芳菱的問題。一直以來，她們倆聊到關於愛情的話題時，總是陳芳菱講，林愛玲聽。這對閨密，陳芳菱一直都是作夢的那一個，林愛玲的眼睛則永遠看著現實，不時在芳菱身邊提點，避免芳菱因為白日夢作過頭而受傷。

「是說……我們這把年紀，」芳菱把眼神從幾萬光年遠的地方收了回來，看著林愛玲，「還能有這樣的感覺嗎？」

「妳是說談戀愛嗎？」愛玲問。

芳菱點點頭。

「可以吧！如果還能找的到對象的話。」愛玲夾了菜，繼續朝鍋中美食進攻，不像芳菱還在神遊。

「就算有適合的，他們應該也都有對象了吧？」芳菱說。

「就算找到對象，在我們這個年紀，也不可能像年輕人一樣談戀愛了！工作，收入，生活，價值觀……想找到契合的，買樂透都還比較划算。」

「真的好難喔！」

芳菱將杯子裡剩下的酒全部倒進喉嚨裡，又幫自己道了一杯，一口飲進之後，腦子裡突然靈光一線似的，眼神有光，精神百倍。

「不過我跟妳講，男人啊，根本比不上狗！狗還真心真意，妳對他好，他用十倍回報妳！男人，哼，對他再好，也不把妳當一回事，遇到個年輕的，馬上大腦就失效，只用小弟弟思考……真的，我這輩子絕對不再相信男人的話！寧可養狗！我現在養豆豆、養呼虎，之後我就再養，都不要再養男人了！」

愛玲冷靜的盯著芳菱看，芳菱的臉因為烈酒而變得通紅，腦子早因為酒精而變得滾燙火熱，讓她思想和話語變得激動。

「搞不好喜歡妳的人就在身邊，妳只是裝作沒看到。」愛玲說。

「我嗎，我哪有？」芳菱嚇了一跳。
愛玲搖搖頭，什麼都不多說，繼續吃著鍋裡的菜。
「妳幹嘛這樣，話講一半……」芳菱嘟囔著。
芳菱又喝了一杯，愛玲這才注意到芳菱開始狂飲，想要伸手阻止她斟酒之前，芳菱又開口了。
「老在講我的事，妳都不講妳自己！說，妳為什麼突然從香港回來，還整了臉，妳在那到底發生什麼事？」
芳菱一說完，愛玲像是聽到什麼噩耗一樣，顫抖了一下。幾秒鐘後，愛玲才回過神，繼續吃肉，假裝什麼都沒發生。
「妳不要逃避喔，我可是什麼事情都告訴妳了……感情的事吼？一定是……」芳菱似乎沒有發現愛玲臉上表情細微的變化，繼續逼問她的過往。
愛玲依然閉口不談，幫自己添了杯酒，一口乾下。芳菱接過瓶子，想為自己再添一杯，卻被愛玲給制止。
「妳幹嘛啦？不是不醉不歸嗎？」芳菱嗲聲抗議。
「妳已經醉了。」
「妳就是不想告訴我而以！妳從以前就這樣，只聽我傾訴、幫我想辦法、替我解決，都不告訴我妳的事情……把我當成弱者嗎？不覺得我可以幫妳，是吧？」
「妳不要發酒瘋了，趕快坐下來吃飯，不然去旁邊抱貓！」
愛玲說完，看見原本在作亂的天天，竟然趴在沙發上，一動也不動的看著她們倆。
「不要打發我！快告訴我為什麼？是男人對不對？是主管嗎？帥嗎？……還是小鮮肉？……一定是

小鮮肉，所以才要整型，讓自己凍齡，跟年輕美眉競爭！」
「妳在亂講什麼啊！」愛玲開始不耐煩。
「喔，難不成是……」芳菱突然想到了什麼，驚呼了一聲，「女生？」
「不是！」愛玲翻了個白眼，她的忍耐快到極限了。
「吼！」芳菱都要放棄了，「要不然是有婦之夫喔？」
這原本是芳菱放棄猜測前的玩笑話，沒想到愛玲聽到之後，整個人像被下了咒般，完全僵住。
芳菱看了覺得情況不妙，過了一陣子才想到：啊，我該不會是猜對了？
「妳……真的愛上有婦之夫？」芳菱相當詫異。
愛玲沒有回答，低下了頭，默認了這件事。
芳菱覺得自己酒意都醒了。
「妳人好好的，工作棒又有錢，長得又漂亮，為什麼要當人家小三？」
愛玲依然不回答，拿起筷子繼續夾肉涮肉，裝作什麼事都沒發生。
誰知道芳菱竟然向前，伸手將愛玲的筷子拍掉。愛玲沒有還擊，只是靜靜坐在那兒。她知道芳菱為什麼對這個答案如此感冒，因為芳菱就是因為被小三劈腿，人生才會遭逢巨變；也因此愛玲一直不告訴她自己在香港的遭遇，至少現在還不想講。
「妳回答我啊？是什麼樣的女人，才會想去當人小三？妳知道小三專門毀人幸福吧？那個被妳傷害的女人，妳有想過她的處境嗎？」芳菱質問愛玲。她把愛玲當成了那個毀了她幸福的小三替身，為什麼要搶她的未婚夫？為什麼要害她淪落到這番田地？為什麼？
然而，面對芳菱的質問，愛玲並沒有退縮，她起身看著陳芳菱，直視著她說：

「我沒有毀人幸福。那個人後來選擇了他老婆，我為了滿足他的需求而做了這麼多之後，他還是選擇回去她老婆身邊，我毀的，是我的幸福；至於妳，男人跑了就怪小三，妳為什麼不怪那男人，明明劈腿的人是他，是他對妳無情，那個小三只是愛上了一個男人而已！」

芳菱伸手想打愛玲，但手伸到眼前，卻搥不下手，只在原處憤怒的發抖。

「我們今晚都喝得有點多……」愛玲說。

「我沒有！」

愛玲想要扭轉僵滯的氣氛，然而芳菱卻不領情，硬是打斷了愛玲的話，她走到沙發旁，拿起天天身邊的包包，迅速的離開愛玲的豪宅。

愛玲看著被芳菱甩上的門，一臉木然。好不容易找回來的朋友，又這樣離散了。

＊＊＊

今天芳菱要溝通的對象，是一隻玩具紅貴賓。

平常芳菱很喜歡跟貴賓狗溝通，因為他們通常非常有自信，並且相當聰明，只是聰明的狗通常比較敏銳，察覺飼主狀態的能力很強，也容易受到飼主影響。因此大多只要見到飼主，就可以猜到狗狗的問題了。

不過，今天芳菱心情不太好。那天和林愛玲的衝突，讓芳菱沮喪了好幾天。那天酒醒之後，她才反省自己，真是酒喝多了，才會對愛玲講那些直衝的話；可是，她是真的沒有辦法接受愛玲曾經是人家小三的事情啊！天下男人這麼多，她為什麼偏要挑一個已經有主的男人，造成人家家庭失和的感覺很棒嗎？……

芳菱坐在默默咖啡裡，腦子裡想的，都是林愛玲跟自己的事，滿面愁容，偶爾憤怒。

小孟難得能夠一起來溝通，卻見到如此陰晴不定的芳菱，嚇得偷偷跑去了吧臺找默默聊天。

「好可怕！為什麼女人心裡有事都不說，但是臉上都寫著『我有事』，陰陽怪氣的，坐在旁邊都覺得快中邪了！」小孟喝了一口檸檬水，看到默默正在做蛋糕，說：「新產品喔？給我試吃看看！」

誰知道平日挺大方的默默，今天竟然默默把蛋糕移開，不打算跟小孟分享，讓小孟有點詫異。

「不要就不要嘛！你們兩個今天是一起吃錯藥喔？」小孟自討沒趣，繼續喝他的檸檬水。

默默偷看著芳菱，她的不快樂，也成了他的不快樂，就連店裡的音樂，都變得特別感傷。

今天的委託人遲到了，讓本來就不開心的芳菱等了很久，讓忍不住傳訊息給對方，但對方的回答總是「快到了」、「對不起」、「馬上馬上」，不然就是飛奔的貼圖，讓芳菱完全失去耐性。

「到底是要不要來啊？不來就算了，以為我時間多喔！」

就在她打算狠下心，告訴對方遲到太久必須取消的時候，委託人出現了！

是一名纖細窈窕的中年女子，長得不差，應該很受男性歡迎；只不過，她身上的衣著、配件，在她身上似乎有點不搭稱，像是個四十歲的女人，做著二十歲女孩的打扮，手裡還提了隻迷你貴賓。她的確是吸引了大家的眼光……不過不是友善的那種。

委託人抵達之後，立刻慌張的不停致歉。

「對不起對不起，我帶著拉醬叫不到計程車，好不容易找到一個，又給我蛇行鑽縫，拉醬都快吐了，只好趕緊換車，然後又叫不到計程車，才會拖到現在，真是對不起對不起……」

芳菱只在乎她手中寵物袋裡那隻貴賓狗，委託人抱著他不停的鞠躬哈腰，那隻不曉得有沒有兩公斤的小狗，是不是被飼主的動作給震盪到天旋地轉了？

「快坐下吧，我都怕沒時間了！」

芳菱回答得一派無情，逼得委託人得馬上收斂如輻射般外放的慌張情緒，坐到了芳菱對面的位子，打開寵物提袋，把小貴賓狗從袋子裡撈出來。

「這是我家的拉醬！」

委託人介紹拉醬的時候，像極了一個電視節目主持人，正用嗲嗲的女孩音，介紹特別來賓出場。但是拉醬出場時，並沒有閃閃發亮的感覺。芳菱看著他的眼，只感覺到了無奈。

「拉醬有什麼問題呢？」

委託人的臉，像是電視節目裡討寵的嬪妃，噘起了嘴。

「他啊，一直啃自己的屁股！」

女子把拉醬的禮貌帶拉開，芳菱看到時大吃一驚，拉醬的屁股不但毛都沒了，連皮肉都被啃破了。

「這……這要看醫生了吧！」小孟從飼主的後頭出現，把人家嚇了一大跳。

「他是我助理，」芳菱趕緊跟對方解釋，眼神責備著小孟，要他趕緊坐下，「有帶去給醫生看嗎？」

「我看啦！看了好幾個醫生，吃的抹的、擦的、噴的我都用了，但都沒用，拉醬就是會啃屁股，我又不想天天給她戴著伊莉莎白頸圈，怕她會憂鬱。」

女子疼惜的看著自己的愛犬，不過那隻貴賓狗，即使在飼主的關愛之下，依然沒有顯露出無奈以外的情緒。

看來，飼主又有什麼事情沒老實說了，芳菱也只能問當事犬了。

拉醬，這樣咬不會痛嗎？

但拉醬沒有回答，相同的無奈情緒，籠罩著他。

只能換個方向問了。

爲什麼那麼無奈呢？

無奈是什麼？

就是……（怎麼又是詞義解釋啦！是國文測驗嗎？）好像做什麼事情都沒辦法改變的感覺，嗯，是這樣吧？……

拉醬想要改變什麼呢？

喔，嗯，那就是這樣。

拉醬沒直接回答，只抬頭看了看飼主，飼主像個小女孩一樣，開心的逗弄著拉醬，而拉醬只是無奈的看了芳菱一眼。

媽咪？

姊姊。

那是姊姊？

對。

那媽咪呢？

沒有媽咪了，媽咪說她現在是姊姊。

不過眼前的女子，少說也四十歲了吧！當狗媽咪又怎麼了？硬要說自己是姊姊，不服老吧！看她的動作、打扮，還有說話的方式，都有一種錯位感：明明嗓音低沉，講話卻老像小女孩般撒嬌；過厚的妝容掩飾早衰乾燥所產生的細紋，包包上戴著凱蒂貓的粉紅毛毛掛飾；衣著就不說了。

芳菱覺得奇特，也覺得可惜，因為這位女子年紀雖然不小，卻也不是不吸引人，但一切的不合時宜，讓人覺得她想要隱藏什麼，是自己的沒自信，還是經歷過的傷痛？

「怎麼了嗎？有哪裡不對嗎？」芳菱打量著女子這短促的時間裡，女子就已經驚覺芳菱正在評價自己。

「沒事沒事，我在看……妳的掛飾，很特別！」

芳菱趕緊挪開眼神，繼續跟拉醬溝通，更重要的，是要避免跟飼主繼續聊下去。

拉醬想要改變姊姊什麼呢？

我們可以不要這樣對話嗎？

啊？

開業這麼多年，芳菱第一次被狗嗆聲。

姊姊想要知道我爲什麼會咬屁股吧？我都有告訴她啊，但她聽不懂。她不開心，我陪她，但是她就一直哭一直哭也不會理我；她開心，就不需要我陪她了，我整天都被丟在家裡面，有時候還會忘記給我吃飯，我只好自己去別的地方找東西吃，有一個阿姨很疼我，給我好多東西吃，也想讓我留在那裡，但我想到姊姊一個人，所以吃了幾次飯就自己回家了……

「拉醬有離家出走過？」芳菱訝異的問飼主。

「離家……沒有沒有，就是……我喝醉酒，沒抱好，然後她就沒跟上……不是離家出走，他兩天後就自己回來了！」

委託人似乎很害怕人家說她的拉醬離家出走，幫自己解釋了好多好多，就是沒說到他不在的這兩天，她到底有沒有去找她。

芳菱看了小孟一眼，發現他在記錄的同時，露出嫌惡的表情，明顯不滿飼主的說詞，雖然她自己的心裡也燃起了小憤怒，還是用腳提醒了一下小孟，要他收斂一點。

姊姊根本沒發現我不在，我回家之後，是樓下的叔叔把我抱回家，姊姊還問我什麼時候跑走的！

飼主的疏忽，對應拉醬的貼心，拉醬的心裡更不是滋味。芳菱根本不需要多問，就知道拉醬為什麼要咬屁屁，跟大多數啃咬屁屁的狗一樣，這跟本不是生理問題，而是心理問題，所以不管飼主帶他去看多少個獸醫，擦多少的藥，若是沒有找出狗狗的壓力來源，根本無法解決這個問題。

拉醬，妳怎麼知道要跟我講這些事情啊？

因爲我已經跟好多阿姨叔叔聊過天了，我都已經跟他們講了啊！

「老天！」

「怎麼樣怎麼樣？」飼主像個小女孩一樣，慌張的問著她。

「拉醬說，」芳菱準備回答前，先嘆了口氣，「他覺得自己受到冷落，說妳開心會忘了他，難過也沒注意到他想安慰你，有時候妳還會忘了給他吃飯，所以他才會跑去別的地方吃東西，餵他的人本來要養他，但他不忍心放妳一個人，所以才會自己回家。」

「怎麼會！」

飼主哆聲的呼喊，惹得吧臺後方的默默店長打了個冷顫。

「我很愛他欸！我都買最好的飼料，給他最好的東西，送他去最棒的美容，而且我去哪裡都帶著他，妳怎麼可以說我冷落他？」

「不是我說的，是他說的……而且他跟很多溝通師都這樣說過。」

芳菱冷靜的給飼主打槍，飼主在那身少女的裝扮裡，彷彿像是被撥去保護罩一樣，露出靈魂的蒼老。

「我……我是帶給很多溝通師看過，不過……他們都沒妳厲害嘛！你再幫我跟她說，請她不要再啃屁屁啦，這樣他很痛，姊姊心裡也很痛嘛！」

女人說話的方式，已經快惹毛芳菱了。芳菱瞧見默默店長戴上了耳機，決定來個「耳不聽為淨」的逃避。經營咖啡廳真的可以這樣嗎？

拉醬，姊姊到底還做了什麼，讓你緊張到必須啃屁屁啊？

不是姊姊，是叔叔。

叔叔？

對，叔叔，好多叔叔，不同的叔叔！

啊？該不會是……

「請問您的職業是？」芳菱突然戰戰兢兢的問。

「我是美容產品業務。」

「OK，好。」

為什麼有好多叔叔呢？

姊姊很喜歡那些叔叔，對他們很好，一個叔叔來家裡，後來又不來了，姊姊難過，然後又另一個叔叔來家裡，後來又不來了，姊姊又難過……

叔叔是姊姊的男朋友吧？

我不知道什麼是男朋友，那些都是叔叔。叔叔會罵姊姊，罵很大聲，我好生氣，我咬他，還被踢，姊姊罵叔叔，也很大聲，我會怕。

所以，只要姊姊跟叔叔不要罵那麼大聲，你就不會啃屁屁了？

不是。

那是怎樣？

只要姊姊快快樂樂，我就不會啃屁屁了。

但是姊姊跟叔叔談戀愛的時候，應該是很快樂的啊？

姊姊才不快樂，姊姊很怕叔叔不喜歡她。姊姊怕，我也會怕，啃屁屁姊姊就會注意到我，我也不會想到要怕了。

原來，拉醬早就看穿了飼主的內心：一個極度渴望被愛的女人，不停讓自己陷入戀情，又不停的被戀情擊退，即使她不斷努力的尋找，但每一段戀情結束對她所造成的傷害，卻不停在心裡累積創傷。

拉醬，姊姊一直都是這樣的嗎？

才不是，姊姊還是媽咪的時候，每天都很開心，很溫柔，很漂亮，還會煮很好吃、又很漂亮的飯給我，讓我覺得我是全世界最漂亮的狗狗。

那爲什麼媽咪變成現在這樣呢？

因爲把拔不來了，媽咪難過。後來每個叔叔，都讓媽咪難過。

拉醬希望姊姊，變回原來的媽咪？

不是。

那拉醬希望什麼呢？

拉醬希望姊姊知道，拉醬好愛姊姊，世界上一定有跟拉醬一樣愛姊姊的叔叔，姊姊找那樣的叔叔就好了。

那如果姊姊找不到呢？

那還有拉醬啊！

芳菱看著眼前這個外在表現比真實肉體年齡小兩輪的女人，之前的鄙視與嘲諷頓時消失了，取而代之的，是一種同為女人的憐憫。她就跟自己一樣不是嗎？被愛摧殘霸凌，絕望之下的產物，只是她選擇了不斷的追求愛情，又不斷的受傷；而芳菱則是懷疑愛情，同時又期待愛情。

還有林愛玲呢？她也是一樣的吧！只是她曾經是第三者，然而她受的傷，應該沒有比自己跟眼前這個女人輕吧？

愛玲說，自己為了滿足那個男人做了很多，是說為了她整型吧？男人都喜歡年輕、完美的女人，戀愛中的女人最傻，傻到去扭曲自己，好留住對方，但他們真的有在意過這些女人嗎？沒有吧！如果他們在意，就不會讓女人改變自己，那些為了滿足男人而改變自己的女人，最後都受了傷，像是林愛玲，像是自己，或是眼前的這名委託人。

芳菱懂了這個奇特的女子，她不是刻意要讓自己特立獨行，只是希望藉由這些年下的行為模式，去說服自己並沒有衰老。但是，女人難道一定只有在某個年齡以下，才能算是有價值嗎？是不是一定要有人疼愛，才能被稱為是一個女人呢？主流價值觀教導大眾「女人若沒人愛多可悲」，難道像芳菱現在這樣，自給自足單身過著安穩的日子，她就不算是有價值的女人嗎？

而眼前的這位委託人，為了成為男人眼中「有價值的女人」，付出了多少代價，受過了多少傷？

「那個……羅小姐，對吧？」芳菱思索了許久，終於開了口。

「叫我 Joan 就可以了！」

「好的好的，」接下來才是難以啟齒的部分，「Joan，妳覺得，真正的『愛』是什麼？」

Joan 訝異的「啊」了一聲，她沒想到一場動物溝通，會扯到人生哲學。她只能用尷尬的笑，去掩飾自己的疑惑。

「我家拉醬是跟妳說了什麼，會讓妳想到這種問題？」

最難的開了頭之後，芳菱可是相當平靜。「我會這樣問，是因為……妳的拉醬非常愛妳，他愛妳，愛到沒有想過自己想要什麼，只擔心著妳能擁有什麼；他愛妳，愛到想要用他小小的身體，去對抗任何傷害妳的人；他愛妳，愛到就算妳遺忘了他，她還是寧可選擇飢餓、孤獨，也不願離開妳；他愛妳，愛到妳的悲傷就是他的悲傷，妳的快樂就是他的快樂……所以我在想，一個人可以擁有這麼多、這麼堅固的愛，那她自己對『愛』的定義，又會是什麼呢？」

其實，Joan 在芳菱話都沒講完，眼淚就已經飆出眼眶。一個人眼淚潰堤時，就已經面對了自己的脆弱，嘗到了痛，才會流淚。

「拉醬……他還說了什麼？」Joan 邊擦著眼淚，邊哭著。

「他告訴我妳好棒，既漂亮、又溫柔，開心的時候相當美麗，還會煮飯、排盤得漂漂亮亮給他吃，讓他覺得自己是最棒的狗狗，他覺得妳好棒好棒，只有跟他一樣愛妳的男人，才配跟妳在一起，如果沒有這樣的人，那他希望妳知道，他好愛妳，妳值得他這樣無私的愛。」

Joan 聽完，已經完全淚崩。

芳菱看著吧臺後的默默店長，默默店長依然默默的低著頭，專心做著自己的蛋糕，但同時也默默的在吧臺上放了一疊紙巾，芳菱只好起身過去拿。

「一定要把人弄哭才甘願嗎？」默默店長這次不默默了。

「不是我要把他們弄哭，是他們想哭，找不到機會哭罷了！」芳菱拿走了紙巾，「我也很累好嗎？」

回到座位上，芳菱遞給了 Joan 紙巾。擦過淚，喝過水，Joan 臉上的粉紅蘋果妝被眼淚沖刷過後，只剩下真實的面容。其實 Joan 算是個麗質天生的女人，她的老來自於自以為的衰老，而她為什麼會自認為老？想必是那些讓她墜入愛河的男性，或是周遭那些好議論的八卦嘴，讓她覺得自己已經衰老。

「都是我的不對，我對不起他……其實我早就知道，但我不想承認……不想承認是我的錯！那次他離家，是我喝酒醉到沒顧好他，我也沒有去找他，因為我不敢……我只顧著自己的事，沒有照顧他，發現他屁股上的傷口，只能說服自己，那擦擦藥就好了，但我其實知道，他是情緒出了問題，而那是我的錯，而且他都已經八歲了……」

「不，那不是妳的錯。」芳菱打斷了 Joan 的告解，「拉醬從來都不覺得妳有錯，他只希望妳讓自己快樂，能擁有他這麼多愛，妳肯定是個各方面都很棒的人，所以，請妳一定要讓自己快樂，因為妳快樂，愛妳的拉醬，才會快樂！」

Joan把拉醬抱在懷裡猛親，拉醬則伸著舌頭為她舔去淚水。芳菱看著，忍不住也濕了眼眶，這是真正的愛啊！或許連兩隻狗、或是兩個人，都沒法擁有這樣的真愛，而兩個跨物種的生命，居然可以達到這樣的境界。愛這個東西，還真是奧妙啊！

完成了這個充滿愛的案例之後，芳菱整個人變得神清氣爽了起來，倒是小孟，像是被水泥砸到一樣，臉全皺在了一起，腦子都堵住了。

「幹嘛了你？人家開開心心的，你在那邊難過什麼？」芳菱在小孟面前，說話舉止總像個老媽。

「我問妳喔……是不是女生只要養了狗，就會比較在乎狗，不在乎她的男朋友？」小孟發問的時候，神情有點沮喪。

而芳菱卻有點不知所措。這是哪門子的鬼問題？

「好像是……又好像不是……狗真的很好啊！會一直在身邊，又很懂自己的主人；男人……遇到好的應該也會很好吧？但是會比較在乎狗嗎？……為什麼要拿自己跟狗比較呢？」

芳菱回答得零零落落，最後乾脆用問題來回答小孟。

小孟沒有回答芳菱，他現在變成那個揪著臉、不開心的人了。

「你跟Amy的問題不是她的狗，你怎麼不約她出來，好好說清楚呢？」

芳菱以為自己是好意勸說，誰知道小孟似乎不太領情，悶悶不樂的拿了背包，連聲再見也不說，就離開了咖啡廳。

看著小孟離去的身影，芳菱不禁搖頭。她起身主動將方才委託人跟小孟用過的杯子，端去了吧臺給默默。默默笑著接下，同時對芳菱說：「我做了一款新的蛋糕。」

但芳菱似乎沒聽見，不然就是沒在乎。她想著事情。

「怎麼了？又在想什麼？」默默問。

「沒有啦，我是在想……」芳菱話說到一半。

「想什麼？」默默的口氣似乎有點急切。

「為什麼這世界老愛把女人包裝成沒有愛情會死呢？一定都是商人的詭計，其實談戀愛挺麻煩的對不對？女人愛自己比較重要，自己活得開心就好了，你說是不是？」芳菱對默默說。

默默聽完，也只能尷尬的笑著點頭，隨即轉到後方，把他剛剛做好、上頭用新鮮草莓裝飾成一顆紅心的蛋糕，默默的收到冰箱裡去。

＊＊＊

一大早，程孝京就打給芳菱，說便利商店收到一箱她的包裹，於是芳菱遛完狗之後，牽著兩隻狗去拿。

沒想到，說是「一箱」，還真是「好大一箱」，牽著兩條狗根本沒手再搬這東西回去，於是拜託小孟幫忙拆開，看看裡頭內容，裝成兩袋購物袋讓她帶回去。

「兩個購物袋是十二元喔！」程孝京還是在乎錢。

「好啦，囉唆，快拆啦！」

小孟拿著美工刀，準備朝著紙箱的縫隙劃下去，卻被程孝京給阻止。

「萬一是炸彈怎麼辦？」程孝京眼神警戒，看不出是認真還是在做戲。

「白癡喔，誰要炸你的便利商店？」芳菱不耐的說。

「不是要炸我，東西是給妳的，當然是要炸妳，誰知道妳之前惹過什麼人？」

雖然知道程孝京是開玩笑，但芳菱還是賞了他白眼。

而小孟，拿著刀片，懸在半空中。他臉上還是一樣，面無表情，自從他跟Amy出問題之後，他的魂魄就像飛了一樣，表情不是疲倦，就是木然。芳菱跟程孝京看看小孟，互相交換了個眼神，內容大概就是「怎樣？還沒和好？」「是啊，不要理他。」之類的。

「欸，最近真的是……好吧，管他要炸誰，反正要死大家一起死！」程孝京說。

「白癡……」芳菱再度翻了個由衷的白眼。

小孟戰戰兢兢的，用刀片劃過膠帶，掀開紙箱之後，小孟竟然驚呼了一聲。

「啊！」

「怎麼了！」

「是什麼？」芳菱跟程孝京兩人一起急切的問。

小孟把紙箱攤給程孝京跟芳菱看。

「好多肉乾欸，還都自己烘的欸！」

小孟說完，拿起一包肉乾遞給芳菱，三人於是興致勃勃的繼續往那箱子裡撈，除了肉乾，還有兩個便當。就在最底部，芳菱發現了一封短信。

菱菱小姐您好

謝謝妳那天的溝通

雖然溝通的是動物
但我才是那個讓妳覺得麻煩的對象吧？
真是感謝，讓您費心了
回家之後，我花了一整天的時間跟拉醬相處
同時也想了妳跟我說的那些
謝謝妳願意費心開導
我又開始替拉醬做飯了
聽說妳有兩隻狗
我做了一些肉乾，還有兩個狗狗便當
希望妳的寶貝會喜歡
Joan

「唉唷，妳看這便當！是給我跟妳的吧？」

程孝京驚呼，芳菱趕緊探頭看——哇賽！真不是蓋的，這便當的擺盤根本可以上日系生活雜誌了吧？

「不，那是給狗的，你不要碰！」芳菱制止了差點就要開動的程孝京。

「給狗的？給狗的弄這麼漂亮幹嘛？她們唏哩呼嚕就吃光啦，給她們兩片牛排都還實際點！」

芳菱不理會程孝京，搶了便當就塞回袋子裡。

這大概就是作為溝通師最大的成就感吧！不只是改變了動物，而是讓動物跟飼主之間，有更好的生

活與相處。

芳菱拿了一包肉乾，蹲在兩隻狗面前。呼虎見到肉乾，馬上往前撲，但芳菱卻叫程孝京先把呼虎牽走，她要好好跟豆豆相處一下。

「豆豆啊，妳知道，不管有沒有呼虎，媽咪都是很愛很愛妳的喔！」

豆豆拚命舔著芳菱的臉，這是她表達愛的方式。

「媽咪希望妳永遠快快樂樂的，這樣媽咪才會快快樂樂的，妳知道嗎？」

豆豆把頭往前傾，要芳菱撫摸，這也是豆豆表達愛的方式。

芳菱拿出一片 Joan 烘的肉乾，撕成小片，慢慢餵給豆豆。

「媽咪這麼愛妳，妳要跟呼虎好好相處喔！媽咪不會偏心的，所以豆豆不要吃醋喔！」

豆豆搖著尾巴，雖然沒給訊息，但芳菱就當她是接受了。

然而，見食眼開的呼虎，此時衝上來撲往肉乾。

「抓不住抓不住抓不住了！」程孝京大喊。

「呼虎妳慢一點！」芳菱也跟著喊。

嘎嘎嘎嘎嘎！

最後，呼虎是在豆豆露牙作勢要咬他的威迫下，才停下腳步，識相的立刻轉身。

呼虎畢竟在街上混過，知道此時不宜介入，只能坐在一旁，用誠懇的眼神，拜託芳菱賜一點肉乾。

程孝京看不過去，拿了兩片肉乾，到一旁餵呼虎。

「我不才說妳要跟呼虎和平相處嗎？結果妳又這樣……」

她得認我當老大！

「什麼老大不老大，一家人怎麼可以這樣凶？」

她得認我當老大！

芳菱已經不想講了，家裡的事情就回家裡解決吧！於是拉了豆豆、拎了兩袋肉乾，在到程孝京身邊把呼虎牽過來，往門口走去——撞上了碰巧要進門的林愛玲。

芳菱往後退了兩步，讓愛玲先過。她不知道自己幹嘛要這麼做，她上次溝通拉醬時，明明就想通了愛玲的處境啦！為什麼現在還不敢跟她說話呢？

芳菱感覺到一股熱度，那是小孟的眼神，一種「妳們倆到底是怎麼回事？」的眼神。她很討厭這種充滿問號的眼神，牽著狗想要馬上離開，卻見到程孝京出神的看著店外的人行道。

「看什麼？有美女喔？」芳菱問，但程孝京還是面色凝重的看著外頭。

「不是，有個男的在這兒鬼鬼祟祟好幾天了，剛剛又看到他，發現我在看他就走了！」

芳菱往外探，卻沒看到什麼詭異的男人。

「你不要那麼緊張啦！覺得有事，那就去跟管區說一聲，不然你跟里長熟，問他有沒有人可以幫你『解決』這傢伙不就得了！」

芳菱還在開玩笑，但程孝京的表情，一點都不是開玩笑的樣子。

「妳住這兒，這幾天小心點兒，前陣子一個全家人被殺光光的案子，到現在都還找不到人，那地方離這兒不遠，還是提高警覺吧！」

店長不說，芳菱還真忘了那樁滅門血案，當時可是占據了所有媒體的頭條、封面，發生了也快一年了吧！沒想到犯人竟然還沒抓到，大家都快把這事情給遺忘了。

「滅門血案！我怎麼沒聽說？」買完咖啡的林愛玲，要離開時經過他們，順口說了一聲。

「妳那時候還沒回來吧！有一陣子了，我都忘了。」芳菱回答。

沒想到吵架的閨密，竟然是因為這樣而搭上話。然而，這對話也僅止於此。

愛玲拿著咖啡離開，芳菱也趕緊牽著狗，上樓回家去。

回到家，芳菱還四處檢查，有沒有可疑的人闖進屋裡，確認沒事之後，才回到客廳，發現呼虎正在覬覦那兩袋肉乾，隨即被豆豆給驅趕。

不可以沒規矩！

「這麼厲害！如果有壞人，妳保護我嗎，豆豆？」芳菱不想罵豆豆了，乾脆揶揄她一下——不知道對狗有沒有效？

不是應該是妳保護我嗎？

豆豆訝異的看著芳菱。

人家養玩具貴賓都會想替飼主驅敵，芳菱養了兩隻中型犬，有危險指明要主人保護——世間上所有的相遇，都是前債來討，今生來還，養到媽寶的話，也只能認了。

十一、呼虎的身世

早上八點的鬧鐘，把睡眠中的芳菱給驚醒，她趕緊將手機的鬧鐘關掉，然後跟世界上大部分的人一樣，繼續捲上被子睡覺。

如果沒有養狗，芳菱大概會一路睡到十點吧？可惜，她有一隻非常有時間概念的狗，豆豆如果見到鬧鐘響芳菱還沒起床，就會跳上床去，坐在她身邊，然後俯視著正在賴床的主人；如果這樣的注視沒有用，她就會彎下脖子狂舔芳菱的臉，舔到芳菱求饒，起床為他們準備早餐。芳菱一離開，豆豆就會占據芳菱的棉被，窩在上頭聞著主人的氣味，覺得溫暖。

這時候，後腿受過傷的呼虎，並不會有任何動靜。她選擇用另一種神不知、鬼不覺的出現。比如說：芳菱替他們準備早餐的時候，猛一轉身，就會看到呼虎直挺挺的坐在她身後，害芳菱驚呼一聲、差點絆倒。

吃吃，吃吃，吃吃，吃吃……

這幾天芳菱把早餐的飼料改成了鮮食，其實就是買肉回來蒸熟給她們吃。芳菱算過，一隻狗吃高檔飼料一天會超過一百元，一片雞胸肉頂多就八十元，還夠兩隻狗吃一餐，於是，就把她們的早餐改成了現蒸肉，兩犬也樂得開心。而呼虎也就是從那時候起，每天都在廚房等肉的。

吃吃，吃吃，吃吃，吃吃……

「好啦，會給你吃啦……是怎樣，之前被餓怕的嗎？對吃的執念這麼重……」

芳菱把呼虎的早餐，放在她專屬的矮桌子上，呼虎一撲而上，被芳菱給抓住了。芳菱最近給這吃貪吃狗的訓練，是芳菱沒有同意，呼虎絕對不能吃。免得出去散步時，看到被人下毒的雞肉，想都沒想就吞，小命就被貪吃給終結了！

芳菱摸摸呼虎的頭，跟她說「ＯＫ！」呼虎這才往前，開心又急促的吃著屬於自己的雞胸肉。

「豆豆……快出來吃早餐了！」芳菱跟叫小孩起床一樣。

豆豆跟呼虎不同，比起雞胸肉，她更貪戀媽咪睡過的被被，一定要等到體溫消失了，她才肯走到客廳，緩慢而有氣質的吃掉自己的早餐。

總之，兩隻狗截然不同：豆豆像個有偶包的貴婦，呼虎則是以食為天的歐巴桑。

豆豆叫不來，芳菱也就不再搭理，轉身回廚房，去準備自己的早餐。

手機訊息聲響，芳菱拿起來一看。喔？是小孟！

> **現在不要下樓遛狗，等我跟妳說ＯＫ再下來！**

小孟這孩子雖然屁，待人處事還是很有分寸的，這種命令式的句子幾乎沒有出現過，讓芳菱很納悶，究竟發生了什麼事？

怎麼了？

小孟沒有回覆。便利商店現在正是晨間尖峰時段，不禁讓芳菱擔心起來。

放下手機一轉身，豆豆不知道什麼時候，已經走到了她的碗邊，慢慢的享用她的早餐。而呼虎早就吃完，在墊子上悠哉的抓著耳朵。

好了，危機解除。

程孝京來訊，說那是個「危機」。究竟是什麼危機？

豆豆一吃完飯，芳菱馬上拉著兩隻狗下樓，顧不得自己還沒吃早餐。

「發生了什麼事？」芳菱衝進便利商店，然而店裡一如往常，沒有失火也沒有被砸，更沒有人被打。那剛剛為什麼不准她下來。

「芳菱啊，妳最近可得要小心啊！」但是程孝京依然像個大嬸一樣，憂心的走到她身邊。「還記得上回跟妳說，有個男人在附近鬼鬼祟祟的吧？」

記得，但是芳菱根本沒見到他的影子，若不是程孝京一臉正經，她肯定認為程孝京在唬她。

「他剛剛突然跑來，問我們這兒是不是有個動物溝通師！」程孝京自己愈講愈緊張，「還知道妳有養一隻黑狗跟一隻虎斑，不知道存什麼心眼，妳最近可得多小心，狗要牽緊一點，雖然他長得體體面面，還說自己是記者，但誰知道真的假的？……」

「愛玲姊剛剛跟我說，那個人是什麼……伍仁？」下了班的小孟，換下了制服，從後頭的倉庫走出來，告訴了芳菱。「剛剛愛玲姊正好在，偷偷告訴我，叫我千萬不能告訴他妳的下落……那個人是誰啊？」

芳菱一聽，腦子像是被隕石砸到一樣，突然一陣轟隆，讓她呆立。

伍仁，全名伍世仁，他的確是個記者。當初就是他設計芳菱，假扮顧客來做溝通，還串通好幾個朋友一起來作弄她，最後在報紙上用極大的篇幅，報導這位「騙子溝通師」，讓芳菱受創極深，心灰意冷，只能忍痛放棄努力經營的事業，妄想用結婚來撫平傷口，結果受傷更深。

「這麼可惡！可是他一直問妳是不是還在『默默』工作，店長沒跟他說，但他可能會去默默找妳欸！」

芳菱聽了小孟的提醒，恍神的點點頭，牽著兩隻狗準備離開。她現在的生活好不容易步上正軌，難道那傢伙又要來破壞她的平靜人生嗎？

「陳芳菱！」程孝京從後頭拍了芳菱肩膀，把她從恍惚的神識中叫醒，「妳這幾天小心一點，有什麼問題趕緊打給我……小孟啊，這幾天你就辛苦一點，一定要陪著你芳菱姊去咖啡廳工作，半夜如果觀察到什麼異狀，趕緊打給管區，叫警察來把那傢伙趕走！」

芳菱簡單致謝，牽著狗往公園去。小孟緊跟上，擔心伍仁會去公園堵她，於是牽過了狗要幫忙遛，叫芳菱先回去休息。芳菱看著小孟，內心一陣溫暖，此刻的她，心裡確實充滿恐懼，有了小孟跟程孝京這兩個人當後盾，突然安心許多。

回到家，芳菱獨自坐在沙發上，心頭的恐懼一下子被釋放，忍不住哭了起來。
為什麼會有人這麼壞，不停想要毀掉一個跟他無冤仇的人呢？
芳菱不解。

＊＊＊

今天的默默咖啡的默默之中，有股肅殺之氣。
一個穿著運動服的男子，坐在吧臺，他沒有點任何東西，就坐在那兒，跟默默店長對峙。
「陳芳菱等等會來吧？」伍仁問。
「我不知道，而且不關你的事！」默默店長，今天並不默默。他的眼睛裡閃著兩把火炬，彷彿伍仁動一下，就會將他燒毀。
「我聽說她重拾溝通很久了。」伍仁繼續探默默口風。
「跟你說了，不關你的事！」
「你這是幹嘛呢？我不就關心一下而以，我聽說她生意還不錯，收費還比以前高，但很難預約呢！」
伍仁玩弄著手上的菸盒跟打火機，看來店裡不能抽菸這件事，讓菸癮極重的他，有點焦慮。
「我不歡迎有人來探店裡客人的隱私，她的事統統不關你的事！」
面對默默店長的強硬，伍仁用笑想化解緊張氣氛。「店長，你做生意面對客人，態度這麼強硬？不是應該先送杯水，然後問我要喝點什麼嗎？」
「水是自助式，要喝自己倒，想消費要問我 Menu，而不是問我陳芳菱的事！」

伍仁呼了一口氣，舉起雙手，做投降貌。「火氣真是夠大的！你跟她是什麼關係？是情人？還是舊情人？」

「統統不關你的事！」

店長氣沖沖的從吧臺後走出來，彷彿要把他扔出去，見狀伍仁只好跟店長說：「善意提醒，如果你對她有意，最近可能會有點失望啊！」

聽到伍仁這樣說，默默店長突然停下動作。此時，默默店長看到芳菱跟小孟正走向咖啡廳，於是急匆匆走出咖啡廳，阻止他們兩人進來。

「妳今天的約取消吧！這個人又來亂，妳不要跟他正面衝突！」

小孟往店裡探了探，見到伍仁在吧臺上看著Menu，一臉氣憤。「真的來！我去給他點教訓！」

小孟說完，大步往店門口走，卻被默默一把拉住。

「你冷靜點！這傢伙是媒體，你真給他教訓，他就能借題發揮，傷害芳菱。」

聽完默默的話，小孟只能放棄，心裡依然忿忿不平。

吧臺邊的伍仁轉過頭，見到芳菱在門外，一臉微笑的舉起手跟她打招呼，她當然知道伍仁來一定有盤算，但她一點都不想跟逃難一樣，見他就夾著尾巴離開。

「不，我又沒做壞事，他能拿我怎麼樣？」

芳菱往店裡走去，無視默默那隻拉著她手臂的大手，直接走進店裡，安然的坐在她習慣的位子。

伍仁看了看束手無策的默默店長，露出白牙，一臉訕笑的走向芳菱。

伍仁坐在芳菱面前，但芳菱依然低著頭看自己的書，假裝沒見到他。

「對不起，要溝通的話請先預約，我們不收臨時的委託。」小孟搶在伍仁開口前堵住他。

伍仁看著小孟，忍不住笑了出來，「你不是便利商店的店員嗎？」忍不住調侃芳菱，「這是怎樣？妳交了小男朋友啊？」

小孟忍無可忍，「我是她的助理，欸你說話客氣一點，什麼小男友？你們做記者都這樣亂瞎掰的喔？」

面對火藥味十足的小孟，伍仁舉起雙手，一副投降樣。

「你們這些人今天是怎麼，吞了火藥嗎？……好好好，我理解，之前那件事，妳一定覺得我是要來害妳的對吧？可是……拜託，妳也要理解一下，報社有報社的規定，我也只是拿人薪水混口飯吃，上頭要我做什麼、寫什麼，我能不寫嗎？」

伍仁解釋的時候，表情似乎挺誠懇的，然而芳菱依然沒有抬頭，繼續看著手上的書，低頭說：「小孟，你去吧臺那兒，看默默有什麼需要你幫忙的。」

芳菱這樣說，當然是為了支開小孟。小孟一臉不情願，然而芳菱繼續看著書，藉此表達她的堅持，小孟也只能摸摸鼻子，狠瞪了伍仁一眼，對他比了個「I'm watching you」的手勢，走向吧臺，跟默默一起在旁監視著他。

就算小孟不在桌邊，芳菱依然不肯抬頭。她的冷漠竟然讓伍仁有點失落。

「是啦，我知道，小時候不唸書，長大當記者嘛！」伍仁講得像是在自嘲，只是他的眼神裡，寫著心有不甘。「妳以為我小時候沒唸書嗎？我家境雖然不好，但依然很努力的唸書，拿獎學金、考第一志願，我本來可以念當時最紅的臺大法律系，但就是有一個當記者的夢，想要告訴大家全世界正在發生的事，溫暖的事，動人的事，悲慘的事，殘忍的事……我一直以為當了記者，就能改變世界！」

聽到這兒，芳菱冷笑了一聲，「你辦到啦！你改變了我的世界。」

不過芳菱依然沒有抬起頭看伍仁一眼。伍仁無奈的嘆了口氣。

「寫那個報導，我是真的身不由己，但我也不想道歉，陳芳菱小姐，害妳的人不是我，我只是借刀殺人的那把刀……」

「人都有選擇，你可以選擇懦弱的繼續當那把刀，替殺人者殺人；但你也可以選擇正義，不要受到他人的擺布。」

伍仁聽完芳菱的話，反應竟是一陣駭人的冷笑。芳菱這才第一次抬起頭看他，她發現伍仁的笑容依然流裡流氣，但眼神中多了一絲疲憊。

「陳芳菱小姐，」收起詭異的笑容，伍仁看著店門口的那棵雞蛋花樹，神色哀傷的說：「我想妳的人生除了這件事情之外，一定是一帆風順，沒有遭遇過什麼挫折……你試著運用一下妳的想像力，想像一下，當妳的人生遭受困境，妳會依然故我，做自己想做的事，還是會盡一切力量，讓自己從困經中走出來。」

芳菱看著伍仁，她知道他接下來就要說出自己的故事了，而芳菱不知為何相當期待，或許在這個故事裡，她就可以找到原諒他的理由了吧？

「妳以為我不想拒絕、不想離開嗎？我那時候幫一個朋友當信貸保人，結果朋友借了錢跑了，我卻得面對從天上掉下一筆債務。為了還債，我跟未婚妻連婚都不敢結，她很挺我，我們一起四處賺錢，只要有賺錢的機會都不放過，那時候我們倆都在為錢奔波，壓力很大，但我們一定得定時還錢，否則討債的人找上門，後果會更糟。」

伍仁喝了口水，說起欠債的經歷，似乎讓他又回到了隻前的緊繃，他需要暫停一下，做個深呼吸，

緩解自己僵硬的身體。

「妳那件事，總編輯不知哪根筋不對，覺得這種新聞很有『點』，規定我們要追，但沒人想昧著良心、扭曲事實，總編輯氣得想開除大家，最後他祭出獎金，要給照著他意思寫的人，我當時最需要的就是錢，於是我做了，我不但得到了獎金，還保住了工作，甚至獲得了晉升……」

芳菱很能理解缺錢的處境。聽完伍仁的遭遇，她甚至覺得，在極大的經濟壓力逼迫下，她可能也會做出一樣的決定……但是，這些並不足以成為她原諒他的理由。

「所以你債還清了？」她問。

他苦笑著說：「債是還清了，但是我的未婚妻，卻被檢查出子宮頸癌，因為之前忙著賺錢，沒注意到自己身體有異狀，等到發現時已經太晚了。」

「所以她……？」

「去年底過世了。」

伍仁油滑的笑容消失了，取而代之的，是懊悔和感傷。

芳菱看著他，眼神盡是憐憫，但伍仁竟然還可以吞下所有的悲傷，再次給她充滿陽光的笑容。怪的是，以前芳菱都覺得伍仁的笑容很油、很惹人厭，現在反而覺得，不管他笑得再燦爛，那笑容的背後，都是滿滿的悲傷。

伍仁從口袋拿出一張名片，放在芳菱面前。那是一家很知名的網路獨立媒體，專門以報導公正、揭發事實而著稱，算是媒體界裡一股艱苦的清流。

「我把工作辭了，消沉了一陣子，以前的長官見我這樣不行，於是問我要不要跟他到新單位拚拚看，我想我心裡的夢想還沒有熄滅吧？所以就……」

伍仁聳聳肩，因為接下來芳菱就不難猜測了。

芳菱想到，自己的父親曾經告訴過她：「每一個你以為的壞人，都有自己的身不由己。」那時候身為檢察官的父親，因為堅決相信人性本善，當年有檢察官常因為過多的案件而潦草處理、甚至收受賄賂，父親卻在這份工作上，充分發揮自己的土象星座特質，堅持每個案件都不輕易放過，以免將無辜的人定了罪。但也因為父親過分投入於工作，跟芳菱反而像是個陌生人。很多人告訴芳菱，她父親是個偉大的人，但她卻從未感受到他的偉大，對她來說，他只是個在她生命中，永遠缺席、無法溝通的父親。

「那……你這次來找我，是為了什麼呢？」

芳菱問伍仁，她的眼角瞥到了吧臺後的默默，目光嚴厲的磨著他那組託人從瑞典帶回來刀具組，小孟沒盯著伍仁，反倒緊張的看著默默，好像怕他隨時會出手殺人。芳菱覺得有點好笑。

伍仁從包包裡，拿出了一張全家福照片，放在芳菱面前，並且用手，指著照片中的那隻狗。

她嚇了一跳！

那隻狗絕對是呼虎，黑狗或許都長得很類似，但每一隻虎斑花色都不同，很難認錯。芳菱疑惑的看著伍仁。

「這是前陣子滅門血案那家人的全家福照片，全家都被砍死了，就連老奶奶跟外傭都沒放過，現場用血流成河來形容真的毫不誇張，這麼大的案子，檢察官到現在還束手無策。本來大家都認為，這個案子沒有生還者，但我看到這張照片，發現現場並沒有狗的屍體，所以我想，這個案子應該還有一個生還者，就是這隻狗！」

芳菱掩下心中的好奇，質疑：「但這只是一隻狗，就算活下來，能做什麼呢？」

「但妳是溝通師啊！」伍仁看著芳菱，眼神充滿了鼓勵和希望。「這隻狗消失了好一段時間，幾個月前，鄰居說有看到那隻狗回來，還受了傷，但是鄰居一喊她就跑了。結果說也真巧，我本來打聽妳的消息，是想找個機會，跟妳解釋先前的事情，結果竟然看到妳遛著那隻狗——」

「不，你認錯了，這隻狗不是我那隻！」

芳菱打斷了伍仁的話，伍仁原本興致勃勃，一下子被澆了冷水。

「芳菱小姐，妳確定嗎？請妳再看一下，虎斑的花色很獨特，不太可能弄錯的。」

「我說不是就不是，她只是一隻普通的狗，剛剛從可怕的大街上找到溫暖的家，請你不要任意利用她，人類世界所造成的業障，動物並沒有必要承擔。」

「芳菱小姐——」伍仁的口吻近乎懇求。

「你請回吧！我的客人等等要來了，我得準備一下。」

芳菱堅決送客，伍仁只好認了，起身跟芳菱致謝。

「如果妳想清楚了，請隨時打給我！」

芳菱又回到一開始的冷漠，低頭看著她的書，不把伍仁放在眼裡。

伍仁摸摸鼻子離開，離開前，對在吧臺後磨刀的默默店長，以及吧臺前的助理小孟點頭示意。

原本氣沖沖的小孟，竟然還點頭回應他，讓一直默默磨著刀的默默有點不滿。只是，當默默見到芳菱的慌張，嚴厲的眼神突然落成了擔憂。

芳菱拿出伍仁留下的那張照片，猶豫著，該選擇正義，讓呼虎有機會揭發真正的犯人？還是該選擇保護，讓呼虎別再回想那段恐怖的記憶？

＊＊＊

再過幾天就端午了。程孝京的老婆綁了很多粽子，要他分送給親朋好友。於是程孝京乾脆挑了個晚上，在騎樓擺了桌烤肉宴，芳菱、小孟、還有兩隻狗都是宴席佳賓。

「店長，烤肉不是中秋節做的事嗎？端午節跟人家烤什麼肉，熱得要死……」小孟今晚是掌爐的夥計，炎熱的天氣加上火爐的高溫，小孟簡直汗如雨下。

「中秋節也很熱啊，大家還不是烤，你年紀最小就乖乖烤肉別廢話，讓我們大人好好討論事情，還是要我把Amy叫來幫你？」

聽到程孝京提到Amy，小孟頓時變得鬱悶了起來，低著頭乖乖烤肉。

「好了，妳說那記者真的是有事情要找妳，是什麼事？」程孝京緊張的問芳菱。

原本是要讓大家開開心心的場合，此時的氣氛卻變得有點凝重。

芳菱拿出了下午伍仁給她的全家福照片，把呼虎的事情告訴了大家。

程孝京手裡拿著那張全家福照片，低頭沉默不語，突然起身進店裡拿了個打火機，走到人行道上，把照片給燒了。

「欸你幹嘛啦？這是人家的照片欸！」芳菱企圖制止，最後還是來不及，呼虎的全家福變成了灰燼。

「緊張什麼？那列印的啦！我店裡每天都在印，有檔案之後，要印多少有多少！」程孝京回到爐子旁，夾了一堆肉放碗裡，走到呼虎面前。「呼虎啊，過去的事情妳就別再想啦！這兒就是妳的家，我們就是妳的家人，之前的種種，全部統統忘記！」

呼虎根本沒聽懂，她的眼裡只有程孝京眼裡那碗肉，程孝京如慈父般，將肉一口口撥給呼虎吃，豆豆看不過去，於是趕緊湊向前，想要一起分食那一碗肉。

「你也覺得不要給呼虎去回憶那些事情？」芳菱夾了幾片肉到碗裡，兩犬以為又有好吃了，不約而同跑到芳菱身邊，坐下等吃。

「當然不要啊！她只是一隻狗欸。狗就是應該成天吃喝拉撒睡玩撒嬌，每天無憂無慮才對，幹嘛要去回想之前家裡面的事情？……再說，又有多少人會相信狗的證詞？如果沒用的話，就別讓人家去經歷這些，那些人到底有沒有想清楚啊……」程孝京一邊碎碎念著，一邊走回桌子旁邊，繼續享用烤好的食物。

「不過……這只是你們想的，妳有沒有問過呼虎，她自己到底願不願意？」

一名男子的聲音傳出來，引得所有人回過頭去，那竟然是默默店長！

「你什麼時候出現的？」程孝京問。

「人家從一開始就坐在這兒了，這些東西都是他準備的！」小孟一邊烤肉，一邊不耐煩的說。

默默店長，這下子又只能默默的返回原位。

「我覺得林福榮說得對，」一名女子的聲音傳來，是林愛玲，「我們都在表達自己的意見，但真正的當事人，是那隻狗，誰又知道她真正的想法呢？」

芳菱訝異著她什麼時候出現的？畢竟她們倆的尷尬到現在都還沒有真正化解，芳菱看著她拿了飲料走向小孟，猜測是小孟邀請她的。

「林福榮？林福榮是誰？是你嗎？你叫林福榮？」程孝京突然笑了出來。

「叫福榮怎麼了？人家我跟劉德華同名，嫉妒嗎？」默默店長說完低下頭，默默吃著碗裡的食物。

「吼，你們大人很煩欸，淨講這些不重要的事。芳菱姊，妳有問過呼虎，她到底願不願意說出之前的事情呢？」小孟邊烤著香腸邊問，可能是香腸的油滴在了碳火上，一陣大火轟然驟起，把小孟嚇得趕緊拿水潑碳。

芳菱自顧自的吃著碗裡的食物，對大家的話充耳不聞。

林愛玲乾脆走到呼虎面前問：「呼虎，我問妳，妳的媽咪爹地都被殺死了對不對？妳只要說妳看到的東西，就可以幫爹地媽咪報仇。」

「妳幹嘛啦？」芳菱一手把林愛玲拉走。

但是呼虎似乎聽懂了愛玲的話，不停的往後退，開始焦慮的原地打轉，豆豆跑向前去狂舔呼虎的臉，像是要安撫呼虎。

芳菱怕呼虎被嚇跑，於是趕緊牽上了牽繩，把呼虎帶回身邊。

在場的人，都被呼虎的反應給嚇著了。尤其是林愛玲，眼神裡充滿了歉疚。

「不過，如果她願意說，會不會我們也能比較理解呼虎的創傷呢？」默默再度出擊，每次發言必畫重點。

「是啊，你看她剛來的時候，膽小的要死，人家餵他也不敢吃，要不是豆豆幫忙，把她帶出來，搞不好就活活餓死了……」程孝京邊說，邊摸著豆豆的頭，表示獎勵。

「她當初腿上那個傷，是刀傷吧？」陳芳菱問。

「嗯，醫生說像是被人砍傷的，不過街上變態一堆，說不定是神經病沒事拿刀子在路上砍傷的。」小孟說。

芳菱看著呼虎，她從一開始見食眼開的興奮，到林愛玲問她問題時的焦慮，現在變成了憂鬱的趴在她身邊。雖然呼虎至今除了吃以外，沒給過芳菱什麼訊息，但芳菱想，是不是能講的回憶都是可怕的，於是乾脆用吃來掩蓋自己的恐懼呢？她看著豆豆，希望豆豆可以給她一個答案。然而豆豆也趴到了地上，彷彿想要置身事外。

人真是煩惱是非多的生物，難怪會想要養狗，因為他們想法簡單，不會糾結，能夠幫人類忘卻煩憂。但是，這種純真的動物，生活在人類的世界裡，默默的為人類扛起了多少煩惱與壓力？芳菱每次做完溝通，都會問自己一件事：「既然人類帶給他們這麼大的壓力，那他們為什麼還願意跟人類一起生活呢？」

芳菱想，答案可能不只是食物而已。說到底，狗是不是比人更懂得情感呢？

＊＊＊

早上八點，鬧鐘響。芳菱一如往常，把鬧鐘按掉，繼續窩回被子裡。只是，這回吵醒她的不是豆豆，而是一陣急促的電鈴聲。把豆豆跟呼虎都嚇得從墊子上跳起來，狂奔到門口好奇訪客是誰。

「這麼早誰啊？」剛起床的芳菱，用手梳理了一下她的披頭散髮。她原本以為是郵差送掛號信，還先去房間拿了印章，誰知道門一開，站在門口的，是一個讓她完全出乎意料的人。

「早安，陳芳菱，好久不見！」那名男子看著芳菱的邋遢樣，溫柔的微笑說：「還是一樣，早上起不來啊？」

芳菱看著門口這位跟她年紀相仿的男子，她曾經對他相當熟悉，那是一段屬於芳菱年輕時的記憶。

當時芳菱剛出社會，每到週末，家裡就會出現一位自稱是父親學生的年輕男子，來陪父親喝茶、下棋，有時還會一起帶著父親的狗一起去爬山。芳菱曾經相當嫉妒他，嫉妒他能夠跟父親接近，而自己身為他的親生女兒，卻完全無法與他建立血緣以外的任何連結。然而，這名男子依然在她當時的人生中占有很重要的一席之地，因為他在這個家莫名的存在，反倒給了她一個像哥哥一樣的倚靠。他會騎著摩托車載她四處跑，有需要的時候，願意為她跑腿，還能忍受她的任性。

至於他是怎麼消失在他們的生命裡的，芳菱其實說不太清楚。那時芳菱剛結束動物溝通的學習，打算以溝通師為業，她以為這個男人會支持她的決定，沒想到他竟然告訴芳菱：

「妳真的以為這種旁門左道，能夠解決妳的問題？」

他們倆第一次真正的大吵了一架，芳菱好幾天都對他視而不見，他似乎也沒心彌補，就這樣，你不聯絡我，我也不聯絡你的情況持續著。直到有一天，他也沒再出現在家中，芳菱也沒問自己的父親，究竟他那寶貝乾兒子為什麼沒再出現。原本因為他而有了一點生命力的家，又恢復成原本的死寂，原本無法溝通的父女，依然無法溝通，父女倆寧可選擇跟家裡那條老狗傾訴，也不願意跟對方多說上幾句。

而那名男子，就是——

「李志成！」

芳菱根本無視於天性警戒的豆豆在一旁不停狂吠，惹得呼虎都快加入狂吠的陣營，她只是楞在那兒，無法理解一個早已消失在她生命裡的男人，會什麼會在這詭異的時刻，出現在自己的家門口？

「我可以進去嗎？妳的兩隻狗似乎不太歡迎我。」

李志成這一說，芳菱才終於回過神，把豆豆跟呼虎趕進客廳裡，並且斥責她們不准再叫。但就算是溝通師，狗也可以不理會她給的指令，豆豆繼續吠叫，一直到李志成坐在沙發上之後，豆豆才好奇的向前去，徹頭徹尾「檢查」李志成。

「妳的狗在給我搜身啊！」

他似笑非笑伸手要撫摸豆豆，令人訝異的，一向對陌生人有戒心的豆豆，竟然願意接受志成的撫摸，沒幾下的工夫，就轉身露了肚皮給人家。

「你稍等我一下，我去……」

芳菱指了一下房間的方向，他了解她應該是剛起床還沒有梳洗，對她點點頭之後，繼續摸著豆豆，芳菱也就放心的走進浴室。

進了浴室，看到鏡子裡蓬頭垢面的自己，芳菱一臉懊惱。她實在想不透這傢伙怎麼會突然出現，久別重逢，她給人家的印象居然是這副德性……等等，他現在應該是檢察官吧？該不會是……

芳菱以最快的速度完成梳洗更衣，當她再度回到客廳時，兩隻狗都已經對李志成翻肚輸誠，看得芳菱心裡有點不是滋味。

「這隻……」志成看著呼虎，「應該就是柯家養的那一隻吧？」

一聽到志成這樣說，芳菱的心裡想著：「果然！」無事不登三寶殿，失聯這麼久的人，如果突然出現，肯定有他的目的。而李志成的目的，應該就是跟前幾天伍仁的目的一樣，想要說服她，讓呼虎出來作證。

「妳怎麼知道我住這兒的？」芳菱完全迴避李志成的問題。

「林愛玲告訴我的。」

「林愛玲？」

「是她帶我到門口，還叫我千萬別說是她帶我來的！」

李志成邊說，兩隻手邊摸著兩隻狗，豆豆跟呼虎似乎都非常享受這個男人的按摩服務。

芳菱心裡頭火冒三丈，但又不想在這久別重逢的傢伙前失態，只好走進廚房，幫自己弄杯咖啡。「人家叫你不要講，你還不是講了。」芳菱對志成說，然而她心裡想的，是林愛玲這女人到底在搞什麼？難不成是要報復那天晚上的事情？

「也沒什麼不好講的吧？之前我拜託伍仁幫我探聽妳的消息，結果他說妳給他吃了頓排頭，不得已我只好聯絡以前的同學，妳知道，就林愛玲之前的『乾哥哥』，他告訴我林愛玲的聯絡方式，我才能夠透過她，找到妳的行蹤。」

李志成這傢伙最大的優點就是誠實，這同時也是他最大的缺點。解釋了這麼一大堆，芳菱拿著咖啡，斜倚在廚房門框，相當不以為然的看著志成。

「居然是你叫伍仁來找我的？」芳菱的口氣帶有怒意。

但李志成似乎不在意，繼續摸狗，同時點頭。

「其實他是個很好的記者，對於真相的追求相當堅持。柯家的案子我一直束手無策，若不是他提醒我，我恐怕永遠想不到這條線索……其實他真的不是妳想像的那樣。」

李志成替伍仁說話，並沒有讓芳菱比較開心，十年沒聯絡，一見面就說教，難不成他以為她還是當年那個小妹妹，他是那個說什麼都對的大哥哥？

芳菱在角落的沙發坐下。

「豆豆，呼虎，過來！」

正在享受參訪者按摩的豆豆跟呼虎，聽到芳菱的指令，楞了一下。

我在按摩欸，妳要幹嘛？

發現媽咪是認真的，只好忍痛放棄按摩服務，不甘願的走到芳菱身邊，靜靜的趴下。

「所以那個滅門血案是你負責的？這麼重要的案子，想必你現在的身分地位也不低吧？你這樣來找狗幫忙好嗎？」這招明褒暗貶，是芳菱執業練就的功夫，很多人只能聽得進好話，於是芳菱只好用這個方式，一來表達自己的不滿，再者，常常飼主就能聽出話中話，暗自收下她的勸告。

只不過，李志成一下子就聽出芳菱的意思，他沒有不高興，還是一副正義好青年的姿態，什麼話都說明白。

「原來妳還在氣我。」

志成低著頭說，那表情芳菱看不太清楚，不知道到底是尷尬，還是懊悔。

過沒多久，志成抬起頭來，臉上還是掛著那熟悉又溫柔的微笑，那個微笑，曾經讓芳菱安心，覺得能夠倚靠，而這個感覺，多年不見後的今日依舊。

「其實我從沒反對過妳從事動物溝通，也不認為那是騙人的，我當時這樣說，只是想告訴妳……」志成停頓了一下，似乎是在思考著該不該把話說出來，過了幾秒鐘，他決定繼續，「如果妳想了解妳爸，應該是去找他說話，而不是去問你家的老狗啊！」

聽完他的話，芳菱的心裡一怔。

當年她與父親同住一個屋簷下，卻鮮少照面說話，然而，父女倆卻什麼話都肯跟那隻老狗多多說。為了要知道父親到底在想什麼，芳菱於是才想學動物溝通，好親口問問多多。誰知道，學成之後她問多多，爸爸到底都跟他說了些什麼，而多多竟然回答她：

如果妳想了解爸爸，應該是去找他說話，而不是來問我啊！

就跟志成所說的一模一樣。

芳菱低著頭，想著往事。沒想到，兜了一大圈，自己就跟這幾年來所溝通的飼主一樣，答案就在自己身上，而她卻從沒看清楚。

「所以你要呼虎當你的證人？」芳菱問。

「我沒辦法讓她上法庭，成為一位正式的證人，不過，我希望能在妳的協助之下，從她身上獲得一些線索，讓我有個新的偵察方向。」志成清楚的說明，將兩人的距離給拉開來。公事公辦的時候，志成就不是芳菱所認識的那個大哥哥了。

芳菱看著呼虎，看著她大大圓圓，因為輕微白內障而顯得灰藍的眼睛，她對著芳菱，咧著嘴笑著，她很珍惜來到這裡之後的每一天，過去不管發生了什麼事，對她而言都已經過去了，現在的她很幸福。

「我不知道！」芳菱說。

「什麼？」志成顯然有點訝異。

「我不知道要不要讓她回想那段記憶，她來我家也快一年了，從原本的緊張、害怕，到現在對環境的認同與幸福，除果她真的是那個悲劇家庭所養的狗，那她肯定是非常努力，才有辦法走出那個陰影。為了達到人類所認同的目的，就要她回到當時的那個情境，你覺得公平嗎？」芳菱解釋的時候，豆豆一邊用質疑的眼神瞪著志成，彷彿她也不認同這件事。

走開走開走開走開……

志成顯得相當無奈，或許他也能理解芳菱的立場，然而，他是如此急切的想要揪出兇手，讓真相大白於社會。

「好吧！」志成掏出了名片，遞給了芳菱，「妳再想想吧！如果後來改變心意，打個電話給我，好嗎？」

說完，志成拎起手提包，準備離開。

此時，芳菱發出了一聲冷笑。

「就這樣？」芳菱的問句留住了他。「你消失這麼多年，然後突然出現在我家門前，結果公事講完就要走了？你這個人難道除了工作以外，就沒有其他事情可以說了嗎？」

志成尷尬的看著芳菱，「我比較……我不知道能夠說什麼？」

「說什麼？什麼都可以說啊！最近過的如何、結婚了沒、有沒有生小孩、住哪兒在哪兒上班、最近看了什麼電影、聽了什麼音樂……平常人聊天就是聊這些，不是只有工作，七早八早來把人家吵醒，然後說沒兩句又要離開……你這個人到底是怎麼一回事？為什麼你……」

芳菱想說的是「為什麼你跟我爸愈來愈像？」但最後還是把這句話給吞了回去。他感覺這簡直像是一個魔咒，從他的父親，一直到父親的學生李志成，他們都種了一種無法跟人傾吐、溝通的毒，把自己幽禁在一個封閉的世界裡，用工作來填滿，說服自己其實一點也不孤單。

「其實我知道……」志成虛弱的說，彷彿不想讓芳菱聽見。

但是芳菱聽見了。「你知道什麼？」

志成不像先前談公事一樣大方，反而低著頭，像是無法面對自己的私事。

「我知道妳這些年，發生了什麼事……我一直都知道，可是我……」志成似乎不知道該怎麼繼續下去，他選擇了逃避，往門口走去，準備離開。

「對不起！」志成經過芳菱時，低聲說了這句話。

「對不起什麼？」芳菱追問。

但他裝作沒聽見。芳菱只好按住家門，不讓志成離開。

「你說對不起，對不起什麼？」芳菱又問。

志成轉過頭看著她，那個眼神，跟稍早前那種自信的眼神截然不同，取而代之的是歉疚、懊悔，以及不捨。

「對不起，明明知道妳的情況，卻一直沒跟妳聯絡……」

芳菱注視著他，她知道自己不能怪他，因為她自己也是。雖然她總說李志成「消失」，但她其實一直有他的電話號碼，有時也會在社群媒體上發現他的帳號，但她總是刻意忽略，自動把這個曾經對她重要的人給消失了。說穿了，她一直在等這一天，等李志成主動找上她，來敲她的門，而當這一天到來，她反倒不知道怎麼面對。

他們倆注視著對方的眼睛，一秒鐘彷彿一世紀，雙方都差點跌入了對方的眼眸之中。幸好他們都及時拉住了自己，一起從這眼神的綑綁中釋放開來，低下頭去。李志成也順勢打開大門，離開了陳芳菱家。

志成離開後，芳菱整個人像是虛脫般，癱坐在沙發上。豆豆見狀趕緊湊過來窩在她身邊，呼虎則坐在芳菱面前，用圓圓的雙眼，充滿疑惑的看著芳菱。

芳菱伸手摸了摸呼虎的頭，回想剛剛發生的一切，眼淚竟然不知不覺流了下來。她癱在沙發上痛哭，把這些日子以來所壓抑的情緒，全部透過淚水給他哭出來。豆豆見狀，馬上向前去舔著芳菱，安撫著她。然而呼虎卻在一旁呻吟著——

哭哭，哭哭，媽咪哭哭……

呼虎的訊息，把芳菱給嚇到了。這是她第一次給出吃以外的訊息。伴隨著奇特的行為反應，芳菱趕緊擦乾眼淚，抓緊機會繼續問下去。

「呼虎，妳怎麼了？媽咪哭哭……媽咪為什麼哭哭？」

呼虎傳達給芳菱的訊息，帶著一個清晰的影像：一個印尼女孩哭著，要呼虎趕快離開，一名男子抓著印尼女孩，呼虎撲上去要阻止，卻被男子手上的刀給砍傷，讓呼虎哀號之後往後退，男子還要繼續往前殺她，印尼女孩卻向前擋住了另一刀，要呼虎快跑，呼虎看著哭泣的女孩，不停的原地跺步呻吟著，最後為了活命，只好從門縫溜走，在清晨無人的巷弄裡，拐著腳拚命的往前衝。

殘酷的影像訊息，把芳菱給嚇壞了，她趕緊靠近呼虎。

「呼虎想念媽咪？」

媽咪哭哭，難過難過，小狗跑跑，快跑，飯飯沒吃完，快跑……

「呼虎想要救媽咪？」

媽咪天堂，小狗難過難過，媽咪再見。

「呼虎還記得殺死媽咪的男人，長什麼樣子嗎？」

男人壞壞，小狗痛痛，咬咬，咬咬。

「呼虎，妳想要抓到那個殺死媽咪的男人嗎？」

男人壞壞，小狗咬咬。

「呼虎，妳願意告訴叔叔，是誰殺了媽咪，讓叔叔去把壞人抓起來嗎？」

男人壞壞，小狗咬咬，叔叔抓壞人，咬咬。

呼虎表達的方式，依然跟小孩一樣零散，或許因為情緒反應，之後的訊息愈來愈混亂，於是芳菱只好喊停。但至少可以確定，呼虎對於媽咪的死去，內心相當難過，而她所謂的「媽咪」，可能是那位印尼女孩，也就是說，是柯家的幫傭。

這段回憶，對呼虎的影響必定很大，而她選擇在這時候給出訊息，用意是什麼呢？

＊＊＊

便利商店裡，林愛玲手上拿著咖啡，隔著玻璃，見到李志成下樓。他沒有立刻離開，反而先把手提包放在地上，用雙手揉了揉臉頰，一陣子之後，才又拿起手提包，朝停車場走去。

李志成沒有發現林愛玲，他以為愛玲在送他到門口之後就離開了。其實愛玲一直在樓下便利商店等著。她想知道，把芳菱期盼已久的舊愛送回她身邊，是否會有助她們倆彌平裂痕。

看來是不會。

「那男的是誰啊？」

小孟突然出現在愛玲身邊，愛玲這才從思緒中走出來。

「檢察官。」愛玲回答。

「檢察官！所以是來找呼虎的喔？」小孟有點緊張。

但愛玲相當平靜。

「他也是芳菱的舊愛。」愛玲說完，拿著咖啡，走出便利商店。

「舊愛……？」小孟自言自語，他發現情況有點不妙。

＊＊＊

早上，默默咖啡裡幾乎沒有客人。小孟坐在吧臺邊，喝著默默招待的黑糖拿鐵，臉上卻是一臉愁容。

因為他面前的那位，也就是身在吧臺內的男子——林默默先生——正一臉失神，如行屍走肉般的，磨著他的瑞典刀具。

「你說那個人，是芳菱的舊愛？」默默問。

「嗯，是愛玲姊告訴我的。」小孟回答。

默默抬起頭來，他忘了放下手中的刀，而他的眼裡充滿殺氣。

「你說，那人是林愛玲帶去的？」默默對小孟說。

小孟嚇得從吧臺椅上跳下來。「對……我猜的啦！她今天早上超早來的，說什麼帶一個朋友來找芳菱姊，我就猜是她帶他去的。」

默默聽了，深吸了一口氣，繼續回到吧臺後，默默的磨他的刀。

小孟戰戰兢兢的去吧臺椅旁，拿了自己的包包。「我要走了，我已經提醒你了，要回家睡覺了。」

小孟拿著包包，轉身準備離開，卻好像想了什麼，轉過頭來跟默默加了一句：「欸，你再繼續默默下去，喜歡的人就要變別人的了！」

說完，小孟立刻轉身離開。

默默默默的站在吧臺後。他發現自己的手指滲出了血絲，一直低頭磨著刀，刀什麼時候利到切了他的手指都不知道。默默趕緊拿了一張紙巾幫自己止血，他想，可能真的不能再繼續這樣默默下去了。

十二、呼虎的證詞

那天過後，李志成就沒再跟芳菱聯絡。

然而，事情卻沒有因此而船過水無痕，呼虎給的那則訊息，對芳菱的衝擊過於強大，不但這幾天芳菱作夢會夢見，她也發現，呼虎睡覺時又開始作噩夢了。伴隨著「嚶嚶嚶」的叫聲，四隻腳不停甩動，像是在路上狂奔，動作激烈到芳菱不敢碰她，怕突然驚醒會遭她一陣咬，只能在一旁不停喊著她的名字，直到她醒過來，發現自己身在安全舒適的家中，才又安穩的繼續睡去。

天氣愈來愈熱，兩犬散步的時間也因此縮短，她們也討厭這種炙人的陽光，上完廁所之後，就想趕快回家；尤其是呼虎，到芳菱家沒幾個月，就胖了快五公斤，在太陽底下行走，對她而言相當吃力。

芳菱帶著兩犬，在公園裡找了個樹蔭下的椅子坐了下來，拿出冰水倒在碗裡，讓兩犬輪流舔飲。這幾天，芳菱好好的思考了讓呼虎作證這件事。呼虎或許不會想要對仇家展開報復，但是，光她的哭泣，就能引出她痛苦的回憶，或許，一場對呼虎過去的正式溝通，讓呼虎把最傷痛的回憶說出來，對呼虎內心創傷的平復，會有所幫助。

回到家之後，芳菱馬上開了冷氣。見兩犬都安躺之後，她到櫃子上，找出了李志成的名片，用手機撥了電話給他。

「妳打來了！」

李志成的手機裡，一定有輸入芳菱的手機號碼。他知道打來的人是她，從興奮的口氣聽來，應該也期盼已久。

「我問你，那戶人家家裡，幫傭是不是一個印尼女孩？」他一接起電話，芳菱就省略了所有的客套，問題單刀直入。

「女孩……是個印尼女傭，還沒有年輕到女孩的程度。」

「個子很嬌小，會講一點中文？」

「沒錯……妳怎麼知道？」

「她是死在庭院外的狗屋附近嗎？」

「我們發現她的屍體是在室內，但的確，狗屋周圍有不少血跡……妳怎麼突然問這些？」李志成翻閱著檔案照片，跟芳菱所說的話作比對。

「最後一個問題，你知道他們家的狗叫什麼名字嗎？」

「名字？這還真是出了我們所調查的範圍……不過鄰居都叫她小狗，好像沒有特別的名字。」

芳菱把電話放下，不管電話的另一頭，李志成正不停的問著問題。芳菱疼惜的看著呼虎，嘆了一口氣。「來吧！我們來做溝通吧！」

她菱回答得相當沉重，然而另一端的志成，可是相當振奮。

「妳做好決定了？」

芳菱看著呼虎，散完步正睡著回籠覺。芳菱也不知道，究竟怎麼樣對她才是最好的決定，但既然身為飼主，她為呼虎所做的每一個決定，她都得要負起責任。

「是的，我做好決定了！」

＊＊＊

呼虎的溝通，並不是在默默咖啡進行，而是在隱密的自家。

幾天前，芳菱告知了程孝京跟小孟她的決定，小孟雖然不捨，卻沒表達反對的意見，但程孝京相當不諒解，這幾天去便利商店，都只當她一般客人，沒什麼特別的互動，讓芳菱有點難受。

默默大概是唯一聽完芳菱述說完整理由的人，也了解芳菱心裡的掙扎，他沒有鼓勵芳菱，但提醒了她，若是不讓呼虎把那件事情說出來，那段回憶說不定反而會糾纏呼虎一輩子；而不管對呼虎會不會造成影響，如果芳菱不去做這件事，肯定會糾結在她的腦海，揮之不去。

「有時候，心裡的事得說出來，勇敢面對他，我們才能被釋放。」那天芳菱去默默，默默店長這樣跟她說。

「可是，程孝京很生我的氣欸！現在都不理我。」

「他掌控欲那麼強，妳沒聽他的，他當然不開心，不過他是個好人啦！只要最後呼虎能夠幸福快樂，終究會跟你和解的，妳就不必太擔心了！」

默默始終沒有提到李志成，即使這個人一直掛在他的腦袋正中央。他知道，這個緊要關頭，如果硬是拿這傢伙出來鬧，反而會遭受芳菱的反感，不如先默默支持她，讓她感受到安全感，之後再出手也不遲。

芳菱看著默默店長，露出佩服的笑容。

「你好厲害喔！不但會煮咖啡、做蛋糕，還會讀心術，現在還會心理分析。」

突如其來的恭維，讓默默店長一下子臉紅語塞。（成功啦！默默心想。）

「這……也不是……就開店……就會……」實際上，默默是這樣講的。

「也是啦，成天偷聽這些人在店裡聊心事，久了也會聽出個心得來！」

「偷聽……」

怎麼本來捧上天的恭維，變成了一種小偷行為？默默一下子又默默了。

自從答應李志成之後，芳菱每次看著呼虎，都會覺得相當抱歉，因為自己幫她做了這個重大的決定，而她根本沒辦法百分之百肯定，呼虎是不是真正想要說。只是，就算芳菱每天都告訴她：

「過幾天妳就要告訴媽咪，有關於妳過去的事情囉，妳準備好了嗎？」

但呼虎的答案永遠依舊是——

好啊，餓餓，吃吃，有好吃的嗎？

呼虎依然是一隻天真無憂的小狗，看得芳菱更是心疼，買了一堆零食放在家裡，呼虎想要就餵；反倒是豆豆，看到那隻傻呼虎不停吃零食，心裡很不是滋味。

笨狗！

貪吃！

很胖！

醜！

「好啦，妳不要生氣，妳是媽咪最好的朋友喔！媽咪最愛妳了。」芳菱總是這樣跟豆豆說，但豆豆似乎不買單。

其實日子就跟以往沒什麼兩樣，兩隻狗一樣吃喝拉撒睡，早晚各散步一次，雖然程孝京表面裝作不理陳芳菱，但私底下還是透過小孟去送一些給狗的零食啊什麼的，所有的擔憂都只有在人類的腦子裡進行，對於狗兒們來說，日子還是一樣，日昇日落，有得吃有得玩，還有人疼愛，這樣就滿足了。

芳菱家的門鈴響起，他們約好的時間是下午兩點半，李志成提前了十分鐘，守時一直是李志成的習慣，沒想到十年了，他還是一樣堅持著。

不過這次李志成沒有空手來，不僅帶了許多給狗的零食，也帶了給芳菱的點心，還全是高檔貨。

「不知道妳們喜不喜歡，我對狗沒什麼研究，隨便進了一家看起起來還不錯的寵物用品店，聽店家說是手工的比較天然，所以就買了一些。」

「你還真是會挑貨，買的都是高級品，就連甜點也挑得好。」

芳菱泡了一壺茶，來配志成帶來的馬卡龍。

「這我也不懂，是拜託我們辦公室實習生妹妹買的。」

這個李志成，分明就是芳菱父親的翻版，不懂生活享受，只知道努力工作。

「你幾點得回辦公室？」芳菱問。

「我今天下午請假，不急著回去。」

「請假？」芳菱吃了一驚，沒想到他這種工作狂會請假！

「萬一同事問起我去哪兒了，我總不能說，我來跟狗取證詞吧？想了想，乾脆請假說自己要休息算了。」

「不過，既然沒人相信狗的證詞，那又為何要採證呢？」

「她可以給我一個指示，讓我知道從哪裡下手，終究我都是得自己去找出證據的，畢竟……沒人會相信狗說的話！」

「沒人會相信狗說的話」這句話一直縈繞在芳菱的腦海裡，多少人不願意相信動物溝通，純粹只是不相信狗也有表達的能力，甚至認為，狗的智商過低，就算能表達，也不能認真看待。但對於芳菱來說，人的認知可以受到外界的干擾如金錢、權力等因素而調整，但動物看到的，永遠是最真實的。如果說是證詞，狗的可信度，絕對比人的可信度還要高。

「那我們開始吧！你想知道哪些事？」

「請妳幫我問問她，請她大概描述一下案發的經過。」

芳菱聽了李志成的問題，忍不住苦笑，果然是人的溝通方式，要狗陳述「案發經過」。芳菱決定照著自己的步調來問。

「你有他們一家人的照片嗎？」

志成拿出了一張全家福照片，也就是伍仁先前拿給她的同一張，志成指著這張照片上的人物一一介紹：女主人、男主人、男主人的母親、大兒子、二女兒。

「沒有外傭的照片？」芳菱問。

志成轉身，從包包裡拿出了一張照片，照片裡的印尼籍女子，五官細緻清秀，看得出來是個善良努力的好女孩，因為雇主的關係而死於非命，只能怪給命運了。

呼虎，這個人是妳之前的媽咪嗎？

芳菱把印尼外傭的相貌，傳給了呼虎，呼虎馬上有了激動的反應。

媽咪，媽咪！

可以告訴我，媽咪對小狗有多好嗎？

呼虎傳給了芳菱影像，她剛被帶回那個家的時候，就被男主人拴在院子裡的狗屋旁，既孤單又害怕，晚上不停的哀號，男主人破口大罵，拿了一條繩子，把呼虎的嘴給綁了起來。男主人回房間之後，印尼女孩躡手躡腳的走了出來，解開呼虎嘴上的繩子，將她抱進懷裡，走進房間。從此以後，白天呼虎就得回到狗屋旁，只有晚上睡覺時，才能回到媽咪的懷裡。

那個家裡，除了媽咪以外，其他人對妳好嗎？

芳菱看到了呼虎的回憶裡，柯家的人在他眼前走來走去，甚少彎下腰來摸她、哄她。

他們都不跟妳講話嗎？

會啊，要小狗汪汪叫，要小狗不能汪汪叫。

要妳汪汪叫，又不要妳汪汪叫，那是什麼意思呢？什麼時候要妳汪汪叫？

呼虎傳給了芳菱一個影像，一名男子開門走了進來，先伸手摸了呼虎，她感覺頭上除了溫暖的大手以外，還有幾顆跟石頭一樣冰冰硬硬的物品，看了他的手，才發現他手上戴滿了金戒指。小狗那時覺得很有趣。男人走了進去，家裡一陣混亂，一個女人的慘叫聲傳出來，男主人押著男人到了庭院，跟那男人吵了一架，把他趕了出去，然後轉身責怪小狗，怎麼該叫的時候不叫，還出腳踢了她。

呼虎討厭那個家的人，比較喜歡那個大手叔叔嗎？

芳菱看到了一段曾經出現過的回憶：印尼女孩要呼虎趕快跑，一隻大手伸出來，將女孩給抓了進去。

小狗討厭！咬咬！

然而那隻大手上，乾乾淨淨，沒有任何金戒指。

呼虎，那個大手叔叔，抓住了媽咪嗎？

咬咬！咬咬！

呼虎並沒有回答，但她給了一段影像：呼虎衝上前去，咬了那男人抓著印尼女孩的那隻手。也就是這時候，他拿刀子砍傷了呼虎的後腿，讓呼虎不得不放開緊咬的齒顎，痛得往後退。

芳菱看不清楚那名男子的臉，模糊的影像，讓芳菱只能猜得出髮型——那是一頭微鬈、略長的頭髮。但這麼久了，要改變髮型是很簡單的，這對嫌疑犯的指認，似乎沒什麼幫助。

「你身上會有嫌疑人的照片嗎？」芳菱問志成。

「如何，有線索了？」志成神經緊繃著。

「先給我看一下照片，我才能夠確定。」

志成不太理解，但還是轉身從公事包裡，拿出了一個資料夾，裡面翻出了幾張照片。

「目前我們是朝著土地糾紛的方向去調查，父親柯裕明因為在東部開發土地，跟當地的幫派有過一點紛爭，我們懷疑是幫派的復仇，只是沒有任何證據顯示該幫派涉案。」

志成給芳菱看了幾張男性的照片，都是五官凶惡的大哥，不是光頭就是山本頭，沒人留個微鬈的半長髮。

「這些人之中，有哪些之前是留長髮的？」芳菱問。

「長髮？」志成笑了，「這些大哥不會花時間在髮型上的，我相信他們一直都是保持這個髮型。」

「搞不好有人比較愛漂亮嘛！」芳菱說著，口氣有一點嬌縱，她彷彿回到了十年前那個小妹妹的時代。

志成也發現了，微笑看著她，沒有反駁。

「呼虎給我看了兩個人的影像，感覺好像是同一個人……總之，其中一個手上戴滿了金戒指，另一個，也就是行凶的人，留著快到肩膀的半長髮。你調查的對象裡，有哪些人符合這個特色？」芳菱問。

「金戒指？」志成疑惑了一會兒，「這些人我都見過，他們就算有帶戒指，也頂多戴個一只，手上也沒有戒痕……」

「呼虎咬了兇手的左手！」芳菱說，「而且是用力的咬，他的手上應該會有被咬的傷痕。」

志成搖搖頭，「那就不可能是這些人了，他們的手都沒有傷。」

最明顯的線索兜不上，就只能繼續問了。只是，該怎麼問呢？芳菱一直希望呼虎回憶得愈少愈好，然而到了這一步，終究得繼續挖。

呼虎，妳還記得……之前的媽咪死掉那天發生的事情嗎？

芳菱感覺到呼虎身體的顫抖。

小狗餓餓，媽咪吃飯飯，媽咪大叫，小狗快跑，快跑，媽咪大叫……

呼虎，妳慢慢告訴媽咪，那時候妳在幹嘛呢？

於是，芳菱開始感受到當時的情境：呼虎原本在女傭的房間裡熟睡著，房間外有聲音，呼虎聽到之後，疑惑的抬起頭來，女傭也因此醒來了。

爭吵聲愈來愈大，還伴隨著尖叫，女傭愈來愈緊張，於是走出房門外察看，呼虎跟在後頭，以為天亮了，摸著女傭要吃早餐，但她看著外，明明還是黑夜。就在呼虎滿腦子疑惑的同時，一名男子突然衝下樓來，手上拿著沾滿血的刀子。

女傭見到那男人，放生尖叫，呼虎也開始大聲吠叫。男人於是拿著刀子朝她們走去，女傭嚇得往外頭跑，呼虎跟上。呼虎的速度比女傭快多了，跑倒了門口，卻聽到女傭的尖叫。呼虎轉頭一看，發現女傭被抓住了，於是衝向前咬了那男人的手。男人痛得大叫，放掉女傭的同時，那刀的手砍向了呼虎的大腿。幸好呼虎躲避得及，刀只砍到了皮肉，沒有砍斷。她痛得一邊哀號一邊後退，卻發現女傭又被男人給抓住。

「小狗快跑，小狗快跑！」

女傭的嘴裡，一直重覆著同一句話。原本呼虎還在猶豫踩步，直到男人拿起刀，朝著女傭的背上砍下，呼虎才嚇得一直後退，退到微啟的門縫旁，轉身鑽出門縫，在夜裡的大街上，帶著受傷的後肢，瘋狂往前奔跑。

媽咪痛痛，小狗痛痛，媽咪哭哭，小狗快跑，快跑快跑……

一樣驚心動魄的景象與感受，在上回芳菱痛哭之後，今天又再感受了一次。芳菱向前把呻吟的呼虎抱在懷裡，呼虎像是找到溫暖般，鑽進了芳菱的懷抱，而豆豆也走向前來，這次不像是爭寵，而像是安撫一樣，舔著呼虎的臉頰。

「妳有得到什麼消息嗎？」雖然有點破壞氣氛，但李志成還是忍不住問了。

於是她將整件事陳述給李志成聽，那種身歷其境的恐怖，芳菱陳述時，流下了恐懼的眼淚。

「依照呼虎給的訊息，假設之前去柯家探訪時起了衝突的人，就是殺人兇手，又不是跟柯裕明有土地糾紛的仇家，那還會有誰呢？……」

李志成思考著，轉身再從公事包裡拿出了兩張照片，分別是一男一女。

「這個女的，是柯裕明的情婦，這個男人，是他情婦的老公——這人的髮型，比較符合妳的敘述，他們案發之前有過爭執，所以我們也懷疑他有涉案可能。」

芳菱看看照片中的男人，雖然留著長髮，但其實相貌斯文，一點也不像那個鬈髮男，身材比較高大魁梧。

「頭髮微鬈的壯男？」李志成聽了芳菱描述，拚命在公事包裡翻索，「我真的沒印象有這個人，這肯定就是我之前完全忽略的缺口了！」

李志成突然停下手邊的動作，嘆了一口氣，轉身看著芳菱。

「可否問問她，案發前幾天，發生了什麼讓她印象深刻的事情？」

其實芳菱覺得這個問題應該不會有結果，只是在這個節骨眼，能試的都得試試，反正芳菱也想要知道，呼虎之前到底過著什麼樣的生活。於是芳菱把豆豆趕回了她的墊子，繼續跟呼虎溝通。

呼虎，那妳還記得，那之前的幾天，家裡有什麼跟以前不一樣的嗎？

呼虎沉默了一陣子，像是在努力回想，好回答芳菱問題。

姊姊回家，姊姊痛痛，摸摸小狗，姊姊哭哭……

呼虎的回答，幾乎都要搭配影像，才有辦法理解。

芳菱看到了一名身材瘦小、戴著口罩跟鴨舌帽的女子，拖著行李走進家門，小狗一開始還認不出她，對著她狂吠，被男主人踢了一腳。等到她發現原來是家裡的姊姊回來了，才衝上去要討摸，又被男主人給驅趕，呼虎難過的窩回狗屋。

沒想到晚上，姊姊竟然跑進了外傭的房裡，說要跟小狗相處，才抱著小狗，坐在客廳裡，一邊對她唱歌，撫摸著她。小狗看著姊姊的眼睛，姊姊在哭，小狗覺得很難過。

姊姊生氣，大叫，小狗怕怕，媽咪抱抱……

影像又轉變成另一個時空，姊姊狂吼著衝下樓，摔了手機，然後抱著頭拚命狂吼，男主人跟女主人全都圍了上去，小狗看到這番景象，相當害怕，趕緊躲到外傭的懷裡，外傭恐懼的抱著小狗……

「柯家的二女兒，之前發生了什麼事？」

聽芳菱這樣一問，李志成突然一驚。他知道二女兒在案發前幾個月突然搬回家住，聽說是跟男友分手了。

「當時我也懷疑過情殺，找過她前男友，不過他有不在場證明，他住在東部的阿姨家，那個阿姨平常會到海邊餵食流浪狗，正好那幾天她身體不適，都是由他代替她去餵食……妳這樣說我想起來了，他的左手的確有受傷，不過他說是因為流浪狗不認識他才被咬的，所以案發那天阿姨才陪著她一起去了海邊，這些都是阿姨親口說的。」

志成說完，芳菱總覺得這件事有點熟悉。愛媽生病，男子代替她餵食流浪狗，還在東部海岸……

芳菱想到了！當初她想死跑去東北角海岸準備跳海時，遇到豆豆，豆豆曾經問她：

這幾天愛媽沒來，是她要妳來餵我們嗎？

「阿姨餵食的地方，是靠哪裡的東部海岸啊？」芳菱問。

「這……這我就沒問了。」李志成一臉尷尬，這畢竟不是什麼查案會問到的問題。

「那……你身上該不會有那個阿姨的照片吧？」

李志成看著芳菱，彷彿認為芳菱是在鬧他的，然而芳菱眼神堅定，讓志成確認她真的沒在開玩笑之後，只好轉身再從公事包裡，拿出另一疊資料。

「阿姨阿姨阿姨……」志成邊找，口中邊唸著。

芳菱看著他，覺得有點可愛。

「找到了！」志成像是在大海中撈到針一樣興奮，趕緊把照片拿給芳菱，「當時我們調查時，陪同的員警有拍了照，照片中的女性就是阿姨，旁邊這個男人，就是柯家二女兒的前男友。」

芳菱接過照片，仔細的看了一會兒，腦子裡順便推算著：滅門血案是發生在她去東北角的前幾天，如果阿姨餵食的範圍，正好有包括當時豆豆流浪的區域，那麼案發當天，她就會見過二女兒的前男友；如果豆豆沒見過，那麼，那個前男友的阿姨，就是為了包庇而說謊了。

「我不確定我的推論對不對，但我試試看！」芳菱跟志成說完，隨即喊了：「豆豆妳來！」

這下子志成不解了。

「豆豆，妳也要幫忙媽咪喔！」芳菱親切的跟豆豆說，豆豆一開始是給了疑惑的白眼，後來舔了舔芳菱，表示同意。

豆豆我問妳，這個女人，是之前餵妳的愛媽嗎？

芳菱把愛媽的長相傳達給了豆豆。

是啊，怎樣？

芳菱心裡歡呼一聲太好了！

妳之前說，愛媽好幾天沒去餵你們，那這個人，有幫愛媽去餵過你們嗎？

芳菱把柯家二女兒的前男友長相，傳達給了豆豆。但豆豆根本沒接收。

哪有人來代替她餵我們！我們餓了好幾天，都快餓死了！我以爲妳要來餵我們咧！

Bingo！

「那個男人根本沒去餵過狗！他的阿姨之前餵食的區域，正好是豆豆流浪的區域，我遇見豆豆的時候，她跟我說過，愛媽好幾天沒去了，而豆豆剛剛說，愛媽沒去餵他們，也根本沒人代替她去餵狗，所以愛媽說謊，二女兒的前男友，當天的不在場證明是假的！」

聽完芳菱的陳述，李志成目瞪口呆。他忘了問芳菱為什麼會自己跑去東北角海岸，還在那裡遇到豆豆，他訝異的是，天底下竟然有這麼湊巧的事情，本來要問當事狗，結果竟然是另一隻狗，提供了重要的破案線索。

「冥冥中自有定數，這句話你聽過吧？」芳菱跟志成說。

志成只是溫柔的對芳菱笑。

「但我們還是要問過呼虎，畢竟只有她在現場，見過那個男人，如果她也確定是他，那就……」芳菱跟志成說。其實她現在有點得意，得意起來，就變成了當年那小女孩的樣子。

於是芳菱再度聚精會神，努力的把這個男人的臉印在自己的腦海裡，然後傳送給呼虎。

呼虎突然跳了起來，瘋狂吠叫，並且慌張的原地轉圈。

咬咬，咬咬，壞人咬咬！

芳菱跟志成都被這景象給嚇呆了。芳菱趕緊向前抱緊了呼虎，呼虎好一陣子才平靜下來；隨後，豆豆也湊向前去，跟芳菱討摸。

「妳也好棒喔，豆豆，謝謝你！」芳菱跟豆豆說。然後轉頭對懷裡的呼虎溫柔的說：「呼虎妳辛苦了，以後我們不怕怕囉！」

李志成走到了芳菱跟兩犬旁邊，跟芳菱一起摸著兩隻狗。

「這樣算有幫到你吧？」芳菱問。

志成點點頭。

「既然這樣，我就得再重新詢問二女兒的前男友跟他的阿姨，不過要怎麼證明他的不在場證明是假的，我得再去找線索，我總不能跟他們說，之前阿姨餵的狗說，她生病的時候根本沒人去餵他們吧！」

志成微笑著說，芳菱聽完也笑了。兩人抬起頭，兩雙眼睛再度交會，芳菱覺得全身無力，彷彿要融化進志成的眼神中。

志成的嘴唇，在這時候，貼上了芳菱的嘴唇。

一陣天旋地轉。芳菱已經好久沒有這樣的感覺！她原本放在兩隻狗身上的手臂，纏繞上了志成的脖子，而她也感覺到，志成的手臂，環繞著自己的身體。

這個時候，豆豆竟然發了脾氣，開始猛烈的吠叫。

不准咬媽咪！不准咬媽咪！

芳菱立刻停下動作，推開志成，轉身安撫豆豆。

「他沒有在咬我，妳不要亂叫，他真的沒有在咬我！」芳菱慌張的跟豆豆說。但豆豆並不領情，繼續生氣的對志成狂吠。

明明就有咬媽咪，我有看到，不准咬媽咪！

芳菱只好不停的跟志成賠罪，志成表示沒有關係，回到了沙發旁，開始收拾東西。

「你……你要走囉？」芳菱問。

「嗯，雖然得到線索，但我還有很多事情得做呢！」志成告訴芳菱。

芳菱的眼神，透露出了失落。「我以為……你不是說今天請假。」芳菱一邊說，一邊看著豆豆，她似乎以為芳菱的哀傷是因為她，坐在那兒一臉懺悔。

「對……但其實還有很多事，既然還有一點時間，那就回去處理好了。」志成的表情有點尷尬，似乎是為了要逃離什麼，而不是真的有必要馬上離開。他想逃離什麼呢？是豆豆、芳菱，還是方才的那個吻？

「好吧！去吧！去把壞人揪出來！」芳菱強忍內心失落，故做勵志，鼓勵著志成。

「謝謝。」

志成拿起公事包，摸了一下呼虎，隨後看了一眼芳菱，那個眼神裡，芳菱找不到半絲方才存留的溫柔，只有疑惑、懊惱。

這個眼神，再度傷了芳菱的心。

志成離開後，豆豆還坐在芳菱面前，繼續懺悔著。

眞的嘛，他剛剛眞的在咬妳嘛！

芳菱摸著豆豆的臉，親吻了她臉頰，隨後將她抱入懷裡。

「別怕，不是妳的錯！」

＊＊＊

溝通結束後，芳菱牽著豆豆跟呼虎，去公園散步。

兩隻狗跟以往一樣，在草地上嗅嗅聞聞，碰見認識的狗朋友，就一起打鬧追逐，剛剛那些痛苦的回憶，像是絲毫不存在呼虎的記憶裡。

芳菱坐在椅子上，失魂落魄的，還想著剛剛發生的事。

有人坐了她身旁的位子，芳菱轉頭一看，是林愛玲。

愛玲看著正在跟其他狗開心追逐的呼虎跟豆豆，說：「她們倆這麼開心，看來那溝通應該沒造成什麼影響。」

「狗都是活在當下的，不像我們人，老是被往事給絆住。」芳菱回答。

「妳會怪我把李志成帶去妳那兒嗎？」愛玲問。

芳菱搖搖頭，「就算要怪，也不會怪妳，妳只是幫了他，讓他有機會可以破案而以。」說著、想著是剛剛那個吻，以及吻過後冷漠的李志成。要怪也要怪自己，幹嘛要接受他的吻，幹嘛像個小女孩一樣，再度墜入了他的魅力中。

「我希望妳能快樂，」愛玲說，「他來找我的時候，我只想著一件事：一直以來，妳都還在想他，如果他能再次出現，至少可以確認，你們是不是真的可以在一起。」

芳菱聽完，忍不住苦笑著說：「確認了，真的不行，完完全全的不行！我真的像個笨蛋一樣……」她一臉悲苦的搖著頭，否定自己的感情智商。

愛玲看著這樣的芳菱，眼中也對她透露著不捨。

「在愛情面前，哪個女人不是傻的？總好過我之前，以為自己的愛最大，笨到去為那個男人去挨刀、去整型、去當人小三，以為自己只要有他的愛就夠了，誰知道，他的愛終究也有結束的一天……我真的不是願意當人小三，也不是想要毀人家庭……」愛玲說著，不自覺開始哽咽，倔強的性格讓她忍住了淚水。

芳菱打住了她的話，對她搖搖頭，表示沒關係。她向前擁抱了這個難得流淚的閨密，這個擁抱代表了她們倆的和解。真正的好朋友，都是經歷過很多次的爭吵，很多次的分裂，最終無論如何，也都會再度聚首。

呼虎跟豆豆突然停止玩樂，死盯著大樹後方看，隨即一前一後的往大樹方向奔去。

「豆豆！呼虎！」芳菱大喊，起身大步追過去，愛玲緊跟在後。

才跑沒幾步，芳菱就看到兩隻狗開心的撲上那個鬼祟的人，仔細一看，原來是程孝京。

「乖喔，乖喔，乾爹也想妳們，好想妳們喔！媽咪壞壞讓妳們想過去的事情，乾爹秀秀喔……」

程孝京開心的蹲在地上，撫摸著兩隻狗，見到芳菱走來，馬上站直，假裝剛才的事情沒有發生。

「店長，原來是你啊！嚇死我，我以為是什麼壞人盯上我們咧！」芳菱鬆了口氣。

「怕壞人盯上還讓她做這些事！」程孝京怒斥。

「你發什麼脾氣啦！」

「發什麼脾氣關妳屁事？跟妳講的妳都不聽！不當妳老闆就忘了我是她們的乾爹了？」程孝京質問著芳菱，芳菱也無可奈何。

「好啦好啦，是我不對，但是你看呼虎現在不是好好的嗎？還有你躲在這裡是在幹嘛？」芳菱問。

「好好的，幸好好好的，否則就釘死你！」程孝京拿起身旁的一個購物袋，交給芳菱，「我剛剛買了點牛肉，要安慰這兩隻可憐的狗兒，妳回去煮給她們吃……妳千萬不准給我偷吃，什麼開心起來拿來煮火鍋慶功，我是不會允許的！」

芳菱接過那只購物袋，接過的那隻手卻被沉重的內容物給往下拉，仔細一看，說是「一點」牛肉，可不只有「一點」，根本可以讓兩隻狗吃上一個禮拜了！

「店長，你真是太有心了，這個乾爹當之無愧，比我這個媽咪更好，甚至比她們之前的飼主更棒！」

芳菱知道程孝京最喜歡人家褒獎他，所以盡說些捧他得好話，程孝京聽了也挺得意。

「知道就好，我得走了，以後別再讓她們受到這種折磨了！」他蹲下來，摸著兩隻狗，跟她們說：「快去玩啊！之前的事情統統忘光光啊！以後有乾爹罩妳們，保證不愁吃穿啦！」

說完，程孝京又板回了一張臉，疾步離去。

「他真是個好人！」林愛玲說。

「是啊，雖然有點囉唆，有點龜毛，但是對比自己弱小的生命，都會付出照顧，比起那些養了狗又不好好對待的人，他比他們偉大多了！」芳菱感慨。

芳菱感覺手上購物袋的重量愈來愈沉，原來兩隻狗已經盯上了那袋牛肉，呼虎甚至都快爬進袋子裡了！

吃吃，吃吃……

我也要吃！

兩隻狗一起傳給芳菱想吃的訊息，芳菱就能放心確認，她們都沒有因為那段回憶而受到任何影響。

「好啦，我們回家吧！煮乾爹的肉給妳們吃！」芳菱彎下腰，幫她們扣上牽繩，往家裡的方向走。

「啊，不對，應該是『乾爹買的肉』，『乾爹的肉』多可怕啊！一定很油，好處是不用除毛，呵呵，呵呵……」

芳菱牽著兩隻狗，往家的方向走去。愛玲看著她們的背影，突然內心一陣溫暖，雙腳也不由自主的跟了上去。

十三、真相

默默咖啡的店長林默默，今天一大早就來到便利商店，坐在客座區裡，桌上放著他自己帶來、用日本包袱布巾包裹著的一大包東西，除了望著外頭，什麼事也沒做。

程孝京看著他，臉上浮現一抹嫌惡。「這傢伙，連個東西也不買，就一直坐在那兒，自己也開店的，怎麼這麼不識相！」程孝京在小孟旁邊碎碎念，也不敢向前直接跟默默表達。

小孟忙著給客人結帳，不耐的回答：「你就讓人家坐嘛！平常那些阿公阿嬤買個養樂多就坐一下午，你是有嫌人家喔？」

「這你就不懂了！阿公阿嬤不能趕，趕了麻煩更大，以後每個阿公阿嬤想到就來唸幾句，會煩死你知不知道！」程孝京邊跟小孟說，邊給客人結帳。

但小孟才不在意那些阿公阿嬤，他知道默默來的目的。

沒多久，陳芳菱就牽著兩隻狗走進店裡。

「來吃早餐啦？」程孝京招呼著芳菱。

芳菱點點頭，朝著熱食區走去。然而，就在她挑選茶葉蛋的時候，默默默默的出現在她身邊。

「今天不要買早餐了！我親手做了一些小東西，一起去公園吃早餐吧！」

默默把那個包袱捧在芳菱面前，緊張的微笑著；芳菱一臉訝異，她想起出門前忘了梳頭。

程孝京跟小孟，默默的看著默默跟芳菱，牽著兩隻狗，走出了便利商店，朝著公園的方向走去。

「唉唷？這傢伙採取行動了！」程孝京說。

「策畫很久了，我看他昨天可能沒睡。」小孟說。

程孝京依然一臉不滿，「要野餐也可以來我店裡買嘛！自己做了餐點，來我這兒堵人，當我這兒是哪？車站大廳啊！」說完，繼續替客人結帳。

小孟看著他猛搖頭，對店長的小氣完全束手無策。

公園裡，默默先拿出來的，是給兩隻狗的便當。

「我的天！人吃的也沒那麼好吧？」

芳菱一手搶過狗狗的便當，兩隻狗立刻從默默面前，轉移陣的到了芳菱面前，只是芳菱根本不在乎兩隻狗的口水，已經滴得滿地都是。

「鹹派、肉凍……這什麼？肉布丁？炒飯……欸，林默默，你這樣是在害我欸！她們吃完這個便當，回家還要不要吃飼料啊？」

「那就不要吃飼料啦！我以後天天煮給她們吃。」

默默說完，拿過了芳菱手上的便當，放在地上，兩隻狗卻坐在原地，完全不敢動作。

「怎麼了？她們怎麼不吃？」默默問。

芳菱笑了笑，伸手摸了兩犬的頭。

「好啦，妳們好乖，可以吃囉！」

芳菱伸回手之後，兩隻狗立刻興奮的低下頭開吃。

「哇塞，妳們好乖喔！」默默伸手想去摸兩犬，卻被芳菱制止。

「狗在吃飯，不要去吵她們。」芳菱說。

默默點頭表示了解，接著拿出了屬於他們的餐點：有三明治、煎蛋卷、鹹派、小肉腸、優格水果沙拉，當然也沒忘記香濃的咖啡。

「林默默，我要讚賞你！」芳菱看著餐點，興奮的大喊，隨即伸手拿了一個煎蛋卷放進嘴裡，露出日本美食節目裡會出現那種吃了美食之後、欲仙欲死的表情。

而默默手裡拿著餐具，「謝謝，那個……其實我有準備……」

芳菱見到默默手捧的餐具，有點不好意思的接過，「對不起，我忍不住……不過好吃的東西，用手拿比較好吃！」芳菱順手又拿了一塊三明治，塞進嘴裡。

默默看了，也跟著她用手拿東西吃，兩個人開始用手搶食，笑個不停。

「欸，你不是住得挺遠的，怎麼會跑來這兒？」芳菱問。

「遠喔……還好啦，搭五站公車就到啦，不會很遠啦！」默默看著芳菱，又拿了一塊水果吃，對著芳菱微笑。

芳菱心裡暖暖的，她感謝默默的努力，以及他一直以來的守候。她早就猜到默默的心意了，在林愛玲告訴她，搞不好有人喜歡她的時候，她就知道那個人是默默。她似乎一直都在期待默默出手的那一天，畢竟她在感情方面，是個被動的人。今天的天氣很好，這個季節竟然還有不會燙到螫人的陽光，芳菱很開心是在這一天。

然而，穿著制服的小孟，這時候卻像逃命一樣，朝他們倆飛奔而來。

「芳菱姊——」小孟手裡拿著手機，交給芳菱，上氣不接下氣，努力的吐出幾個字：「你……你們看這個！」

手機上是新聞頻道的直播——

柯家滅門血案今天有重大突破，檢方經過長時間的蒐證與調查，發現柯家二女兒的前男友張經平涉有重嫌，檢方前天將張嫌拘提到案，經過整整兩天的偵訊，張嫌終於坦承犯案，詳情稍後檢察官李志成將會召開記者會說明。

畫面裡，記者稍做說明之後，芳菱就見到李志成上臺接受記者們訪問。媒體前的志成，表面上還是一樣的平靜，沉穩的說明案情——

「我們在一個月前接獲線報，指出張經平有可能涉有重嫌，於是檢警聯手朝著情殺的方向調查，發現張經平之前因為在海外經商不順利，開始情緒不穩，屢屢對柯家二女兒柯志貞暴力相向，柯女不堪暴行只好偷溜回臺灣父母家，張經平發現之後，即開始騷擾柯家人，柯家人不予理會，引發他行凶的動機。張經平被逮捕後坦承犯案，但指出殺人並非原意，只是精神耗弱導致情緒失控，才會失手釀成大禍，其他細節我們還在調查中……」

「有人說您為了查這個案子，跑去找了動物溝通師，對柯家之前所養的狗進行採證，請問真的有這件事嗎？」一名女記者提出問題，芳菱納悶為什麼她會知道這件事。

但螢幕上的李志成，露出不可置信的表情。

「這位記者小姐，您的說法也太荒謬了吧！這種不科學的事情，平常大家消遣消遣還可以，檢警查案是很嚴肅的——」

「所以你們在現場有找到柯家之前所養的狗嗎？」女記者繼續魯莽的打斷志成的話。

志成的笑容消失了，他的臉嚴肅到讓人看不出來究竟是擔憂，還是不開心。

「沒有，我們沒有找到任何狗！」

志成的回答，斬釘截鐵。

芳菱看著電視，一語不發。

小孟相當不平，憤怒的說：「他在說什麼啊！他明明就是——」

「他非這樣說不可！」芳菱打斷了小孟的話，雖然替他辯解，但卻掩不住失落，「況且他要是說了呼虎的下落，接下來我們才麻煩，他這樣做，是在保護我們。」

經過芳菱解釋，小孟雖然理解，但他似乎還是不能接受李志成所說的內容。

默默拿過了手機，還給小孟。「不管他了！都過去的事了，我們的任務已經達成，過我們的日子比較重要！」默默說完，有點不捨的看著芳菱。

其實，他偷偷的握住了芳菱的手，芳菱感覺到了，默默的手一直默默的給予她力量，於是她也緊握著，看著他，微笑裡帶著溫柔，還有感謝。

***

大夥兒的日子還是繼續過著。

芳菱還是跟不同的動物溝通，跟不同的飼主搏鬥，處理千奇百怪的家庭糾紛。不同的是，現在她偶爾會帶著呼虎跟豆豆來店裡，溝通完之後，就會在店裡等默默關店，然後默默再跟她一起慢慢散步回家。兩隻狗也很愛默默，只能說要抓住兩隻狗的心，就得先抓住她們的胃，而默默簡直是一把抓的高手。

林愛玲終於為豪宅換上了防貓抓的家具，由於一次做太多，外加她對設計上的要求也高，索性跟設計師合作，經營起寵物專用設計家具，美感與實用兼具，現在她終於不再是無業的貴婦，恢復了往日職業女強人的身分。

自從發現芳菱跟默默戀情慢慢的在進展，小孟就沒再跟著芳菱，省得自己成了人家的電燈泡，但最大的原因是，暑假又到了，他一年的假期即將結束。其實他還沒想清楚自己到底要什麼，但他還是決定先回學校去，因為他跟父母親說好了，他乖乖回大學唸書，條件是他要搬到外面自己住，父母為此私下爭吵了好久，最後還是接受了，但小孟得要自己負擔一部分的生活費。因此，小孟拜託程孝京讓他換班，程孝京當然接受。

只是，大夜班人難找，程孝京恐怕得自己當班一陣子。

這天，芳菱在默默咖啡，剛結束一個麻煩的溝通委託案：委託人的貓明明重病，需要住院，但飼主卻堅持要問貓咪意願，然而芳菱卻堅持，醫療的問題必須尊重醫師的專業，畢竟人不喜歡住院，寵物也不會喜歡，飼主必須承擔起責任，替寵物下決定，而不是問寵物的意願。經過一番折騰，飼主總算是接受了芳菱的建議，而芳菱已經說得口乾舌燥、滿身大汗了。

飼主離開後，默默向前幫芳菱斟滿水杯。兩個人相視一笑，所有的心意，都藏在這個眼神裡。

叮叮！

咖啡廳門被打開了，默默店長轉身，見到進門的客人，血液頓時凝結。

是李志成。

媽的！他來幹嘛！默默心中咒罵。

但表面上，默默還是維持著默默的平靜，以幾乎沒人聽得到的聲音說了聲：「歡迎光臨。」

然後默默看了一眼芳菱，她的表情比他還要吃驚。他選擇默默的退下，在一旁觀察。

李志成很自然的走到了芳菱面前，用同樣溫暖的微笑，跟芳菱打招呼。一個多月前的那個吻，突然出現在芳菱的腦海裡，芳菱甩著頭，想把臉頰上的泛紅甩去。

「你怎麼來了？」芳菱故作冷漠的問。

志成感受到芳菱的抗拒，自己也有點尷尬，「其實我一直想來找妳，一方面是告訴妳事情的真相，另一方面……我猜妳看了記者會，可能會無法理解……」

「不，我懂，」芳菱打斷了李志成的話，「我了解你的立場。」

志成點頭。他似乎期待著芳菱多說點什麼，然而芳菱卻只是低著頭，有點坐立不安。志成看著芳菱，眼裡充滿了愧疚。

「所以，到底是什麼狀況？」芳菱忍不住問了志成，「你不是要告訴我發生了什麼事？」

志成這才從低落的情緒裡醒來，回復成工作時的精神。

「張經平其實之前就是個情緒起伏很大的人，惹了許多麻煩，認識了柯志貞，鼓勵他就醫，讓他情緒問題降低不少，兩人也因此成為情侶。本來都還滿穩定的，甚至論及婚嫁，柯志貞的爸爸柯裕明甚至利用政商關係，協助張經平在東南亞做生意，但是金融海嘯過後，所有的情況都改變了，柯裕名也覺得不應該一直幫下去，希望張經平能靠自己的能力，把生意做起來，於是停止對他的協助。張經平本來就不是會做生意的人，準岳父的協助沒了之後，生意愈來愈糟；加上人在東南亞，原本的固定會看醫生也很久沒回診，之前的情緒問題又開始浮現，借酒澆愁之後，對柯志貞開始動手，柯志貞承受不住，就偷偷跑回臺灣娘家。

「結果張經平生意垮了，怪罪柯志貞沒陪他一起走過，也恨柯裕明不幫助他，偷偷回到了臺灣，想給柯家一點教訓。妳說之前有個戴滿金戒指的人曾經去過柯家，起了點衝突，那的確就是張經平，當時他去找柯家談判，希望可以說服柯志貞回到身邊，然而柯家的態度非常傲慢，激怒了他，才會想要半夜去嚇嚇他們，其實他並沒有打算要殺柯志貞，更沒想過要殺死他們全家，只是他們的反應太激烈，他被激得情緒失控，於是才犯下大錯。」

志成說明的時候，默默也端來了咖啡。走回吧臺的時候，默默的耳朵還不停向著他們，像是也想聽一點內容。

「所以，他阿姨做了偽證囉？她也要判刑嗎？」芳菱問。

「他阿姨之前就生病，前陣子過世了。阿姨死後，他真的接下了她餵食流浪狗的任務，已經餵了好幾個月，那邊的狗都跟他很熟的樣子。前陣子有人放毒，有好幾隻狗被毒死了，我們到的時候，他正在幫那些死去的狗收屍，還拜託我們幫忙打電話給寵物禮儀公司，不要讓他們暴屍荒野，跟我們想像中的滅門血案兇手，相差非常大。」

芳菱聽了，有點訝異，也有點心痛。「怎麼……怎麼會這樣？」

志成苦笑了一笑，喝了口咖啡，說：「我記得老師說過：『所有你以為很壞的人，都有各自的身不由己。』他總是告訴我，不要把所有的犯人，都想成十惡不赦的大壞蛋，要去瞭解他們，才不會讓他們所犯下的錯誤，變成我們的錯誤。」

志成口中的「老師」，指的就是芳菱的父親。芳菱突然覺得，志成簡直就是她父親的翻版，連喝咖啡的樣子都像極了父親。

「所以他認罪了，就那麼簡單？」她問。

「是啊，我們折騰了那麼久，結果人一找到，他就認罪了。他說，我們第一次去找他的時候，他就想要認罪，是他阿姨想保護他，才沒有開口。阿姨死後，他也沒勇氣去自首。他一直等著我們出現，他心裡的大石頭，才能放下。」志成說。

兩人沉默了一陣子。「壞人」抓到了，但情況似乎不如想像中的那樣值得高興。

「他被抓走了，那些海邊的流浪狗怎麼辦？」芳菱問。

「妳放心，他有拜託我，去聯絡其他的愛媽愛爸，把他身上所有的現金都給了他們，請他們接下餵狗的任務，還交代哪幾隻要帶去結紮……說真的，若不是有這些證據，加上他自己承認，我真的很難相信，他會是那個砍死五條人命的兇手。」志成苦笑，因為兇手讓他所見到的人世荒謬。

「所有你以為很壞的人，都有各自的身不由己。」芳菱自言自語著。當初伍仁在這裡跟芳菱告解時，芳菱也想到這句話。沒想到跟她幾乎溝通絕緣的父親，影響她如此深遠。

「對了，」志成喚醒了沉浸在思緒裡的芳菱，「前陣子我去了一趟花蓮，探望了老師。」

芳菱看著他，那眼神有點冰冷，彷彿自己心裡的某部分即將被揭穿。

「療養院的人說，妳有好一陣子都沒去了，找個時間去看看他吧！雖然他沒辦法表達，也沒辦法反應，但他如果還有意識，應該會很期待妳去看他！」

志成勸她，然而她只是自己低著頭，避免與他眼神交會。

她沉默了一會，問：「他有期待你去看他嗎？」
他思索了好半晌，「我不知道，他還是一樣，張大眼睛，盯著天花板……」
志成的手機再度響起，如往常一般，志成講完之後，隨即開始收拾，準備離去。
「我得走了！」志成說，「我們還會碰面吧？」
志成讓句子結束在一個問號，然而，芳菱並沒有回答。
志成於是走到吧臺結了帳，默默自然不會對他太友善，只是志成並不在意，他還是關注著芳菱，一直到自己走出默默咖啡大門為止。
志成離開後，芳菱還是陷在那股憂鬱之中。默默拿了一整個芒果蛋糕到芳菱面前。
「有人說，女人難過的時候，最需要甜點，激發妳的腦內啡，讓妳忘卻煩惱。」默默說。
看著那塊塗滿白淨鮮奶油、綴著澄黃芒果、卻跟她的臉一樣大的蛋糕，芳菱笑了，也哭了。她拿起叉子，大口吃著蛋糕，默默笑著看她，方才的悲苦，就先放在一邊吧！

***

進入夏天之後，原本每天晚上睡覺都要窩在芳菱身邊的豆豆，選擇了比較通風的寵物飛行床，跟呼虎一起睡到打呼，讓芳菱感慨狗也會有現實的時候。
「早知道不買給妳們了！有了好床，忘了親娘。」
是親的嗎？芳菱這樣想。不過雖然人生不出狗，她們的關係，其實也很像親子關係。
深夜，芳菱在床上翻來覆去，難以成眠，一閉起眼睛，之前那些煩人的事都浮上眼前：殺人兇手、呼虎的可怕遭遇、海邊餵狗的兇手、哭著幫狗收屍的兇手、臥床不起的父親、李志成……

芳菱躍起身，豆豆跟呼虎一起被嚇醒。

「我睡不著，要去樓下買東西，妳們要跟著去嗎？」芳菱問兩犬。

當然是要的。說到要出門，只要不是颳風下雨淹大水放鞭炮，狗都一定願意的。

芳菱牽著兩隻狗，來到了便利商店，剩沒幾天就要脫離大夜班人生的小孟，見到她們一家三口，既訝異又興奮。

「妳們一定是知道我快換班了，趕著來看我的喔？」小孟摸著兩犬，開心的說。

「才不是，睡不著才會來找你，不然我就在睡覺啦！」

芳菱拿了幾樣點心，還有啤酒，去櫃臺結帳。小孟刷完了條碼，竟然很大器的自己掏腰包付帳。

「這麼好！你中發票喔？」芳菱問。

「妳以前也常常請我啊！我只是第一次請妳而已。」小孟回答。

她看著小孟，笑容像說他是個乖孩子般獎勵他。她打開點心，跟小孟分享。

「怎麼，決定要當獸醫了？」芳菱問。

小孟聳聳肩，不表示意見。

「你跟 Amy 現在是怎樣？」她決定問小孟。深夜最適合問這種尷尬的問題了。

小孟再度聳聳肩，看來他還是沒跟 Amy 聯絡。

「其實……我前兩天有在路上碰到她。」小孟說。

「是喔？然後咧？」

「然後我就躲起來了。」小孟說的有點心虛，他知道芳菱一定會指責他。但是她沒有。她只是笑了笑，彷彿自己也是個過來人。

「你知道嗎？如果你繼續這樣逃避下去，你跟她之間就會不了了之；如果你沒那麼喜歡她還好，但我想你應該還滿真心的，那她就會變成一個很小很小的種子，埋在你的心裡面，你以為她已經不見了，事實上，她只是在等一個時機，或許是十年，或許是二十年，總之等到時機一到，那顆種子就會炸開來……然後你就會更難過。」

芳菱說這番話時，像是給小朋友說童話故事般，動作手勢豐富，簡直可以當個什麼水果姊姊。不過小孟是個成年人了，他當然知道芳菱在講什麼。

「妳在說妳跟那個檢察官喔？」小孟說。

「對！」芳菱也承認得很乾脆。

「不過妳跟默默現在那麼好，妳還會喔？」

這下子換芳菱聳聳肩，不置可否。

「找個機會，把事情給說開了吧！你們那件事其實沒有那麼困難，說不定她在等妳呢？」

小孟聳聳肩，不置可否。

「對了芳菱姊，妳記得很久以前，我問過妳為什麼要學動物溝通嗎？」小孟問。

芳菱點頭。

「妳一直沒回答我欸！現在可以說了嗎？」

芳菱突然張大了眼睛，沒想到這件事她從沒跟小孟說過。不過也是，這件事她很少跟人提，除了林愛玲、李志成以外，她應該誰都沒說過。

那個她不敢面對的自己，現在應該要勇敢面對了。

「我跟我爸，關係一直都不太好。我爸不是一個愛講話的人，比起跟我講話，他更喜歡在辦公室加班。久而久之，我們也不太跟彼此說話了，但是我發現，我爸常常跟我家的狗多多說話。有次我半夜睡不著，發現我爸竟然在跟多多說話，所以我想，多多應該很了解我爸，只要我學會跟他溝通，我就能了解我爸在想什麼了！」

說到這兒，小孟已經懂了。聰明的他也馬上回應：「不過他應該會叫妳直接去問妳爸吧？」

芳菱苦笑，「沒錯，我學會了溝通，問了他我爸的事，結果他就是這樣跟我說。」

「唉唷，跟爸爸媽媽講話哪有那麼容易，狗就是不了解當人的苦處！」小孟說中了芳菱的心思，想必也是從與父母溝通困難的處境中，所體會到的辛苦。

「所以啊，我就這樣一直拖著，結果有一天，我爸突然中風，倒下之後，衰退速度遠比我想像中的快，現在他在療養院，插管臥床，每天醒來就是盯著天花板，對外界完全沒有反應，也不知道他到底還有沒有思想……」

小孟第一次聽到芳菱談自己的家人。他還年輕，身旁還沒有那種父母年邁病痛的同儕，聽到芳菱說自己臥床的父親，他突然有點害怕，害怕自己的父母，是不是有一天也會變成那個樣子。

「不過，妳都能跟動物溝通了，是不是也可以用同樣的方式，跟妳爸溝通呢？」

小孟異想天開的問題，讓芳菱想了一下，但隨即反駁——

「事情不能這樣搞的啦！」

「為什麼？」

「動物溝通，是要雙方都願意敞開心房，才能夠進行意識的交流。如果他不願意，我擅自去溝通，等於是想要侵入他的意識，是一件非常危險的事！」芳菱解釋。

「但搞不好他非常想要跟人溝通啊，只是他無法做到，妳想想，就像靈魂被困在無法動彈的軀殼一樣，這不是很痛苦嗎？」小孟邊說，邊覺得毛骨悚然，他看過類似的恐怖電影，覺得這樣的狀況，比死更可怕。

芳菱沉默不語。

自從她母親離開以來，父親就變成她生命中最沉重的部分。她當然希望可以跟父親溝通，這樣她就能知道，為什麼當初不讓她知道母親的消息；也可以知道，為什麼這些年來，他寧可跟狗說話，也不跟自己的女兒說話。芳菱對父親，有太多的為什麼，多到她已經不敢問，怕一提問，就像是打破了一扇窗，之後的潮水拚命湧入，讓一切崩解潰堤。

兩隻狗趴在之前熟悉的客座區，已經睡著了。她們現在也跟著芳菱的作息，變成了晚上睡覺的家犬，雖然她們其實白天也是在睡覺。芳菱喝完了手中的啤酒，丟到了資源回收桶之後，走到小孟面前。

「我能拜託你一件事嗎？」

「什麼事？」

「明天我有事得出一趟遠門，可以幫我照顧兩隻狗嗎？」

「當然沒問題！妳要去哪？」小孟問。

芳菱沒有回答小孟的問題。她只是突然覺得，心裡面有顆埋得很深的種子，必須要在爆開之前，去把它挖出來。

而現在或許是時候了！

***

早晨。

芳菱下樓時，並沒有帶狗，只把鑰匙交給了小孟，買了杯咖啡，什麼都沒說，程孝京不管問什麼，她也笑而不答，就跳上了計程車，直奔車站。

她訂了一大早去花蓮的火車。

在前往花蓮的火車上，芳菱的腦袋一片幾乎空白，沒想著父親，也沒想著豆豆跟呼虎，反倒想著的，是之前老家的那隻多多，他聽了一輩子父親跟她的苦水，一直到芳菱終於學會溝通，終於與他連上線時，那種奇特的感覺。

多多彷彿等待了她很久很久，終於等到她進入了他的心房，他的感受不是興奮，而是一種溫暖，一種被理解的溫暖，像是個一直照顧她的長者，終於等到了子孫與他促膝長談，那種緩慢、持續的溫柔。

那時她才發現，原來多多聽了一輩子他們說的話，他其實也很希望，有人能聽聽他說的話。

溝通完沒多久，多多就在睡夢中離世了。人家說狗死的時候，眼睛都是半闔的，只有在睡夢中過世，才有幸能夠闔眼。她猜想，多多應該是終於等到了家人的理解，才能夠放心離開吧？

到了療養院，護士見到芳菱有點訝異，因為她已經太久沒有現身，護士用冷淡的態度指責她這個居然拖到現在才來探視的親生女兒，說了幾聲「現代人都很忙啦」「反正沒看到就不難過了」這種諷刺的話，芳菱都只是默默聽著，直到護士帶她到了父親房間，芳菱見到父親，卻驚訝的佇立在門口，無法動彈。

父親因為長期臥床，四肢肌肉都已經萎縮，長期鼻胃管餵食，讓他原本不高大的身材，變得更加瘦骨嶙峋，睜大了雙眼，像是盯著天花板，但沒人知道他究竟是不是「盯」，因為那雙如同驚恐般的雙眼，對於任何一切，都毫無反應。

「你們好好相處一下，有問題再問我。」

護士離開了，留下芳菱跟父親兩人獨處。就算是現在父親這樣的狀態，芳菱依舊感覺尷尬。就算這一年經歷了這麼多，她依然不知道該跟父親說些什麼，她只能坐在床邊，哀傷的看著父親，就連一聲「爸」，芳菱都不知道該怎麼喊出口。

芳菱想起了小孟的建議。

於是她緩緩的走向前，將自己的臉移動到父親的臉孔上方，看進父親那兩扇開得過大的靈魂之窗，深深的看進去，像是要進入他的軀殼，依附他的靈魂，讀取他的思緒，感受他的知覺。

然而，父親的雙眼，像是盛著兩個大黑洞，很深，很深，芳菱看著，盯著，期盼能讀取一些訊息，就算是一點點都好。

但是，沒有，什麼都沒有。

芳菱忍不住趴在了父親床邊哭泣。

哭泣中，芳菱看到了父親那被充滿老人斑的皮膚包裹著，如同骷髏般的手。她想起小學的時候，父親送她去學校，就是用這隻手牽著她；那隻手在她的記憶裡，飽滿又充滿力量，而現在，竟然只成了一把人皮包著的骨頭。

芳菱伸出手，去握著父親的手。

好一會兒，她轉過頭看了父親的臉。

她發現，父親的眼角，流下了眼淚。

十四、第三百六十五天

芳菱在便利商店裡吃著早餐。小孟離開大夜班之後，程孝京一個人扛起大夜班的工作，辛苦得連跟芳菱說屁話的力氣都沒了。早上顛峰時間已過，人潮總算變少了，店長難得走到了陳芳菱身邊，拉了張椅子坐下。

芳菱訝異的看著他。

「店長，我從沒見過你坐在客座區欸！」

程孝京揉揉臉，疲憊到沒辦法有表情。

「管他，累死了，反正沒人！」店長身體朝芳菱的方向靠去，對她說：「大夜班真的很難找，妳要不要再回來接啊？」

芳菱不屑的從鼻字發出「嗤」一聲。

「怎樣，不需要我的時候，連知會都沒有，就找人來替我；現在需要我，又覺得我那些累啊病啊都沒關係！」

「也不是啦，就真的快受不了了，而且還有一個棘手的問題，就是我白天的工讀生都沒走，我沒辦法把小孟換到日班，現在他可能會失業，當初答應他要幫忙換的，結果現在……」

店長說完，臉上的疲態更甚，芳菱則一臉輕鬆。

「小孟的事你別擔心，他已經去默默那兒幫忙了！」芳菱邊說，邊皺著眉頭看手機。

「什麼？怎麼一聲不吭就去了！害我還在那兒替他擔心。」疲憊的店長，激動的說。不過因為疲憊，激動也沒法太過激。

「你當初找他來替我也是一聲不吭啊！好啦，反正事情總是要解決，趕緊張貼徵人布告，找到人比較重要！」

芳菱回話的時候，還是愁苦的看著手機。程孝京見狀，湊過去想看手機螢幕內容。芳菱趕緊將手機收在胸口。

「幹嘛？」

「看妳在看什麼，說話都不專心！」

「我哪有不專心，就是……」芳菱看了眼手機，決定把內容拿出來跟程孝京討論，「有個女生說她最近經濟有點困難，但是有重要的事必須問她家的狗，問我能不能給她賒帳——」

「當然不行！」程孝京聽到這兒立刻回答，「我要跟妳說幾次，不準心軟！這天底下就有太多人想要占便宜，妳給她賒，她溝通完回家就忘了，這種專門利用他人善意的人很多，千萬別相信她！」

程孝京就是這樣，明明就有一顆豆腐心，遇到不同意的事，就拿出那張刀子口，其實，心最軟的就是他。

芳菱不理會他，但也決心暫時不理會那個女孩。今天她要帶豆豆去醫院打預防針，順便做健康檢查。

「唉唷，這麼快，都一年囉？」程孝京蹲到豆豆身旁，撫摸得她的頭。但豆豆連頭都沒抬。

「其實還沒啦！不過我跟默默過幾天要帶她們去度假，所以先帶她去檢查。」芳菱回答。

程孝京聽完，眉開眼笑的看著芳菱，說：「看來妳跟默默進行得挺好的！所以說嘛，『賽馬失翁，焉知非福』，讓不好的男人跟小三去也就算了，反正後頭有更好的再等妳。」

聽程孝京這麼說，芳菱有點訝異，「店長……原來你知道喔？」

「怎麼可能不知道，對面那戶馬桶塞住了我都知道！」

芳菱看著程孝京，一臉感激，感激他明知她的傷心事，卻從不挑明說，避免二次傷害；也感激他願意在她生命的谷底幫助她，給她起死回生的機會。

「謝謝。」芳菱甜甜的說。

程孝京揮手說了聲「沒什麼」，臉都紅到了耳根。

「不過店長……」芳菱說。

「什麼事？」

「是『塞翁失馬』，不是『賽馬失翁』。」

程孝京的笑容凝結，耳根又更紅了。

「沒差啦！反正有聽懂就好。」

＊＊＊

深夜，失眠的林愛玲再度走進便利商店，朝著陳列酒品的方向走去。拿著酒到櫃臺結帳時，訝異顧店的是程孝京。

「我說啊，你們大夜換人的頻率也太高了！」

「妳以為我願意啊！不然妳一天到晚失眠，要不要來接？」

「才不！我現在有事業，忙得很！」

「現在妳也不能引誘我的店員跟妳喝酒了！」

愛玲遞給程孝京一張千元大鈔，程孝京嚴肅的收下，遞給她發票跟零錢。兩人之間，彷彿有股較勁的意味。

不過，他們的眼神，各自都被遠方不同的事情給吸引了。

「我先去忙！」兩人異口同聲跟對方這樣說，說完朝著各自目標的地方邁進。

程孝京見到的剛走進店裡的Amy。看她不知所措的表情，應該是不知道小孟已經離職了。

「妳是來找小孟的吧？這孩子怎麼都沒跟妳說呢！他現在不做大夜班了，開學之後得開始去上課，所以改去默默咖啡廳打工了。」

Amy有點訝異，有點失落。小聲的跟程孝京答謝，準備離去。

「欸！」程孝京叫住了她。

Amy轉過頭，不知為什麼，她表情相當哀傷。

「小孟啊……是個好孩子，但就……年輕男孩子嘛，有時候不知道該怎麼反應，妳們女生比較成熟，一些事情別放在心上，說開了就沒事了啊！」

程孝京替小孟說話，Amy似乎也有聽進心裡，跟程孝京微微笑，轉身離去。

而林愛玲見到的，是李志成。

她見到李志成在馬路的另一頭，朝著芳菱住的公寓看，加上來回不停跺步，愛玲想，他應該是猶豫著，該不該去找芳菱。

林愛玲拿著酒，朝李志成走去。李志成見到她，一臉被抓包的尷尬。

「陪我喝一杯！」愛玲拿著酒，朝著公園走去。李志成很聽話的，跟著她後頭走。

林愛玲在公園的找了一張椅子坐下，李志成很自然的坐到她身邊。見到愛玲從明牌包李拿出了兩個玻璃杯，志成忍不住笑了。

「什麼樣的人，會在自己的包包裡，擺兩個玻璃杯？」志成說。

「隨時隨地都想優雅的喝酒的人。」愛玲回答。她拿出開瓶器，把剛買的紅酒瓶塞打開了，給自己跟李志成各倒了一杯。沒有碰杯，自己就喝了起來。

「芳菱有對象了。」愛玲直截了當的告訴志成。

李志成聽了，呆滯了一會兒，才強顏歡笑回答：「那很好啊！經歷了這麼多，有個人陪伴她，也是應該的。」

愛玲斜著眼，帶著評判的眼光，看著李志成。李志成見了，不敢直視愛玲的眼睛。

「是默默咖啡的店長，他喜歡芳菱很久了，之前他都把機會讓給了他以為比較適合芳菱的人，結果到頭來，他才是最適合她的人。」愛玲說完，又喝了一口，「你別再來找她了吧！」

志成低著頭，沉默不語，他將杯中的酒一飲而盡，酒的苦澀讓他弄皺了眉頭。

「當初我帶你去找芳菱，是我以為你還愛她，但我現在搞懂了，你根本沒愛過她。」

聽完愛玲的話，志成冷冷的看著愛玲，想要反駁，卻又不知從何下手。

「妳這樣說太武斷了。」最後志成只這樣回答。
「是嗎？」愛玲又替兩人各倒了一杯酒，喝了一口後繼續說：「那我更武斷一點，你其實根本沒愛過任何人，你只愛你自己。」
「林愛玲小姐，我來這裡，不是來接受妳的批評，我跟妳也不算多熟，請我喝幾杯酒，就以為能夠這樣批評我嗎？」
李志成也有點上火，但林愛玲並沒有打算放過他。
「你明知道芳菱跟她爸爸感情不好，不幫他們和解，卻老在她家當她爸爸的乖兒子，讓芳菱心裡不是滋味，還一直在她面前擺出什麼都懂的模樣，她做的事如果你有一點不同意，就開始說教，一副代替父職的姿態；明明一直有她的消息，卻不主動聯絡她，看著她受苦、難過、孤獨，用工作當成藉口，把尷尬當成理由，事實卻只有一個：你根本不愛她！你只愛自己，只在乎自己的感受。你在她家樓下幹嘛？又有工作要找她？還是單純不敢面對她？」愛玲一番話，講得志成不敢應答，看著她從包包裡拿出了菸盒，替自己點了一根菸，吸了一口，撫平心裡的怒意。「我們是不熟，但我從以前就不喜歡你，我帶你去找芳菱，因為她一直期待著你，只有你能解開她心裡的那個結，現在你幫她解開了，就別再去把那結給綁上了！」
愛玲說完之後，兩人一聲不吭的坐在那兒喝酒喝了好久，李志成跟愛玲要了根菸，一起在公園裡抽了起來。一名夜跑的歐巴桑不滿的走向他們，警告他們公園裡禁菸，這裡都是運動跟遛狗的人，吸二手菸有礙健康等等，叭啦叭啦講了一堆，愛玲本來還置之不理，但李志成正義使者的使命感，讓他立刻熄掉了菸，並且跟歐巴桑道歉。歐巴桑離開後，原本不說話的兩人，因為都覺得荒謬，笑了出來。

「妳說的沒錯，我的確不是什麼好男人，我的感情世界，並不像我的職業一樣光明磊落，我傷害了所有交往過的女人，但我也無可奈何；但是，我的心裡有過芳菱，她甚至到現在都沒離開過；不敢接近她，是因為不想傷害她……我不值得像她那樣好的女人。」

志成說完，林愛玲忍不住大笑。

「『我不值得像她那樣好的女人！』這句話真是我聽過最爛的藉口，李志成，你真的是爛透了！還好陳芳菱有林默默，你真的是……以後別去找她了！」

雖然愛玲是責備，但或許是酒精的關係，李志成聽完竟然也笑了出來。

「妳別光講我，妳了解那麼多，看來妳也不是什麼好女人！」志成說。

愛玲點頭，神情哀傷，像是自言自語般說道：「是啊，我不是，我真的不是什麼好女人！」

一瓶紅酒，竟然就在指責與荒謬的笑聲中被喝完了。兩人都有了醉意，愛玲將酒瓶拿去垃圾桶丟掉時，竟然還因為高跟鞋不穩而失去重心，幸好李志成在一旁攙扶著，林愛玲才不至於跌倒。

「謝謝你啊，爛男人。」愛玲說。

「不客氣，壞女人。」志成回答。

酒後，志成也無法開車，他叫了代駕，並且堅持送林愛玲一程。

「你知道嗎？其實我媽一直希望把我訓練成一個大家閨秀，沒想到我就天生反骨叛逆，只要我們同在一個屋簷下，就沒有和平的一刻。」有點醉意的愛玲，在車裡自顧自的說起自己的過往。

「我怎麼一點都不驚訝。」沒想到李志成有在聽。

「你知道，我跟她說過最經典的一句話是什麼嗎？」愛玲表情相當興奮。

「不知道，是什麼？」志成這樣說，其實他只是知道愛玲想說而以。

「我是林愛玲，不是林志玲！」愛玲說完之後大笑，志成也跟著笑，看著愛玲，他覺得她是個悲傷的女人。

「到了！」

車子停在愛玲所住的豪宅前，志成並沒有為豪宅而發出訝異的讚嘆，愛玲突然覺得溫暖。

「謝啦，爛男人！」愛玲說。

「再見了，壞女人！」志成說。

關上車門，愛玲看著志成的車遠離。她突然有種被釋放的感覺，沒想到這麼久以來，只有今天，她感覺自己做了真正的自己。

＊＊＊

Amy抵達默默咖啡時，店裡的氣氛怪怪的：店內沒有燈光，似乎也沒有客人，然而門卻半開著。Amy戰戰兢兢的推開門，向裡頭喊了聲：「有人嗎？」

小孟聞聲，從吧臺下方站了起來。

「今天沒開——」

小孟話沒講完，他沒料到會是Amy。

許久不見，再碰面時小孟內心依然有點興奮。之前兩人的尷尬似乎在這一刻完全消失，他很開心

Amy 來了，從她的表情看來，她應該也有一樣的想法。

小孟招呼 Amy 坐下，一邊準備咖啡給她喝。

「這幾天店休，默默跟芳菱姊去度假了，我是來替他澆花的。」小孟說。

「默默終於跟芳菱姊在一起囉？」許久沒出現的 Amy，顯然跟不上進度。

「是啊，這陣子發生了好多事，不過還好，發生的都是好事！」小孟開心的說。能夠再跟 Amy 獨處，小孟今天的心情簡直有點過嗨。

「聽說你要回學校上學了。」Amy 問。

「是啊，總不能讓自己的人生卡在這兒吧！」小孟聳聳肩，他習慣用聳肩來表達自己的未知狀態：不知道、不曉得、不然還能怎麼辦。「妳呢？這陣子怎麼樣？」

Amy 臉上的笑容消失了，她似乎對於自己該講得事情有點遲疑，需要鼓起一番勇氣，才能好好說明。這讓小孟有點緊張。

「最近妮妮去醫院檢查，我們在幫她辦一些文件，因為她要去美國。」Amy 突然說了這些沒頭沒腦的話，讓小孟皺了眉頭。

「去美國？她為什麼要去美國？妳要把她送養喔？」

「不是，因為……因為我也要去美國！」

Amy 似乎用了很大的力氣，才說出這句話。此話一出，讓小孟的表情僵了，他不懂 Amy 的意思。

「妳去美國……去美國玩嗎？」

「不是……我要搬去美國了。」

這一刻，小孟真的希望自己聽不懂 Amy 的話，但殘酷的是，他真的聽懂了，Amy 告訴他，她要搬去美國了，意思就是，他們以後也許不會再見面了，就算聯絡，他們也會有各自的生活，然後逐漸聯繫變少，最後完全失去消息。

「我爸爸一直希望我去美國進修鋼琴演奏，他一直覺得我可以成為一個演奏家，但是我對舞臺的恐懼，讓這件事情一直沒辦法發生。那天你讓我上臺，那是我第一次在別人面前演奏，讓我發現，其實我可以做得到這件事，只要有妮妮陪我，我可以一步一步來。我把這件事情告訴我爸爸，我們討論之後，決定去美國試試看。」

Amy說著，小孟看著她的眼睛，看到她眼神深處的期待和恐懼。他很想在她身邊陪伴她，但現實上是不可能的，他必須留在這裡，面對自己的人生；而Amy必須去美國，追逐自己的夢想。他們未來的路，會走往不同的方向，互相陪伴的那段日子，已經在他們倆尷尬避不見面之中，畫下句點。

「不過，我只是去試試看，如果適應不良，最後還是要回來的——」Amy說。

「當然不能回來！」小孟的口氣有點強烈，因為他可是費盡力氣才逼自己說出這句話的，「當然不能現在就抱著失敗的期待，既然去了，就要努力，就要成功，妳一定會成功的！不要讓任何人、任何事阻撓妳，妮妮都陪妳過去了，狗要送回來很不容易，所以妳一定要為了妳自己、為了妮妮堅持下去！」

小孟激動的說著，眼眶竟然不爭氣的泛淚了。他低頭擦乾眼淚，Amy把手帕遞給他，小孟一看，那手帕其實是他的。

「這是我們認識的那一天，你借給我的。我本來不想還，每天帶在身上……」Amy不知道還能怎麼接下去。

是的，這手帕還給你，應該是最好的結果吧？但是還給你之後，就代表我們要各自過自己的人生了，未來我們都不會是彼此的牽絆，只會是彼此的回憶。

「所以那天妳生氣，是因為妳怕發現自己其實有勇氣上臺，這樣就必須去考慮要不要去美國了？」

Amy點點頭，說：「跟你在一起很快樂，但如果去美國，就……」

小孟勉強自己微笑，讓自己充滿正能量。「不要想到我！妳去美國之後，一定也會發生讓妳快樂的事，找到讓妳快樂的人。不要想到我，真的！」即使如此，小孟還是一樣淚流滿面。

一般來說分手，哭的總是女孩子，然而這一對，哭的卻是男孩子，女孩子呢，是在之前就已經為這件事哭過了。

兩人對坐，卻無言以對。為了避免這樣的尷尬，小孟起身走向咖啡店外的庭園澆花。他用水把自己淋了濕，他想，這樣一來，就不會有人發現我流淚了。

Amy走出咖啡廳，站在小孟身邊，「我要走了。」

小孟轉身，盡了全力給了她笑容，「我會在臉書、IG、推特上追蹤妳的！」

「謝謝你！因為你，我才能變成現在的自己。」

Amy說完，向前擁抱了小孟，小孟也扔下灑水器，緊緊擁抱著Amy。

早知道，就早一點去找妳啦！至少我們可以有多一點的相處時間……但是，現在一切都太遲了！也只能用這個擁抱，來總結我們短命的戀曲。——小孟擁抱Amy時，湧上心頭的懺悔。

＊＊＊

民宿裡，豆豆跟呼虎焦慮的在房間裡走來走去。

豆豆：爲什麼要來這裡？我好餓，什麼時候可以吃東西？

呼虎：吃吃，吃吃……我想大便……

「我們出來玩，明天我們要去海邊，豆豆妳剛剛才在車上吐了一堆，不要馬上吃東西；呼虎妳一路都在吃零食，晚餐不要吃了，大便去廁所的尿布墊上大，可是妳今天不是大過三次了嗎？」

豆豆：又是海邊？我不要去海邊！我要去公園，我跟那個公園很熟，我喜歡那裡。

芳菱忘了豆豆就是在海邊流浪的，難怪她會排斥海邊。

呼虎：我想大便……

呼虎走到了餐桌下，不知所措的來回踱步之後，決定在那裡解決她的狗生問題。芳菱見狀，只嘆了口氣，然後默默起身，等待呼虎方便完之後，把黃金清理乾淨。

默默滿身濕的走了進來，他臉上一樣疲憊。

「都清乾淨了？」芳菱問。

「我盡量啦！不過嘔吐物都滲到縫裡面去了，我看還是去給人洗一下好了。」

默默剛清理完豆豆吐在車裡的嘔吐物，走進屋裡，第一件事竟然還是去摸狗。

今天一大早，他們一行人跟狗，開開心心的開著芳菱的車，一起南下到墾丁。一路上都好好的，偏偏豆豆就在他們抵達時，默默停好車的那剎那，嘔吐物如同噴射一般，吐在了後座。滿車嘔吐物的味道，比起現在民宿裡的屎味，還真不知道哪一種比較好。

「養了狗，就是要跟屎尿為伍，沒想到現在還多一樣嘔吐物，奇怪了，當初載她回來的時候就沒事啊！為什麼現在竟然吐成這樣？」芳菱洗完手，從浴室走出來時，這樣的抱怨著。

「沒關係啦！這都是正常的，明天多鋪幾張尿布墊就好了。」默默邊說，邊摸著豆豆跟呼虎。現在這兩隻狗看默默的神情，跟看到偶像一樣，充滿愛的盯著他，讓芳菱有點吃醋。

「討厭，以後出門不帶妳們出來了！」芳菱坐到了默默身邊，雖說兩犬把默默當偶像，但芳菱依然是她們的神，見到芳菱坐下，兩犬不約而同轉移撒嬌目標，窩到芳菱身邊。

「肚子餓嗎？」默默問。

芳菱搖搖頭。

「那直接吃甜點好了！」默默說。

「甜點？」

就在芳菱訝異不解的同時，默默已經起身，走到了廚房。

客廳的燈突然熄滅，默默手捧著一個草莓蛋糕，上頭點燃著一根問號的蠟燭，邊唱著生日快樂歌，走向芳菱。

「生日快樂！」

默默說完，親吻了芳菱。然而芳菱只是張大眼睛，一臉不可思議的看著那根蠟燭。

「你怎麼了？身體不舒服嗎？」默默見芳菱狀況不對。

但芳菱很快的搖了搖頭。

「已經一年了嗎？」芳菱問。

「呃……是喔，妳今天生日，又多了一歲。」

然而，芳菱想的是，一年前的今天，她所做的事。

「我……我可以跟你坦承一件事嗎？」芳菱問默默。

雖然默默有點緊張，但他還是點了點頭。

「一年前的今天，我本來打算去跳海。」

「什麼？！」默默聽了，簡直不敢相信。

「是真的，一年前的今天，我被人家拋棄，銀行裡的存款所剩無幾，唯一的家人在療養院沒有意識，唯一的朋友在香港失去了聯絡……當然，那時候我沒想到還有你，我覺得我的人生一無所有，於是開車到東北角，準備了結自己。結果是遇到了豆豆，讓我打消了跳海的念頭，還帶她回家；為了賺錢，去便利商店打工，為了賺錢，所以重接溝通委託，然後才找回了你們，有了現在……真沒想到，竟然已經一年了！這一年真的是……跟作夢一樣！該不會這真的是一場夢吧？」

芳菱說話的時候，並沒有注意到自己流下了眼淚。豆豆走到了身邊，舔掉了她臉頰上的淚水。

芳菱抱緊了豆豆，跟她說：「我的寶貝豆豆，謝謝妳，妳是媽咪救命恩狗！」

豆豆：妳才不會死咧，妳會死我就不會找妳了！

默默靠近芳菱，幫她擦掉了眼淚。

「不，這不是夢，因為夢裡不會有狗在車上嘔吐，也不會有狗在飯廳拉屎，更不需要我們去清……」默默說著，他和芳菱都笑了，「這不是夢，妳走過來了！這是妳新的人生，妳很棒！」

芳菱倒在默默的懷裡，輕聲的告訴他：「謝謝，現在的我，覺得很幸福。」

默默默默的在芳菱的額頭上輕吻，然後說：「快吹蠟燭吧！」

當他們倆回到蛋糕身邊時，發現事情有點不妙：蠟燭已經熄滅，豆豆盯著呼虎，呼虎盯著蛋糕。

「呼虎，妳一直看著蛋糕流口水，口水都滴在蛋糕上了啦！」芳菱怒喊。

＊＊＊

四天的假期，沒想到回家的路上，竟下了大雨。芳菱跟默默花了更多的時間在塞車上，回到家的時候，已經深夜。

「妳帶狗上去，我先把伴手禮拿給店長！」

芳菱交代完默默，就拿著要給程孝京的禮物，朝便利商店奔去。

然而，店裡櫃臺站著的，卻是一個不認識的年輕女孩。

「歡迎光臨！」女孩留著長髮，皮膚白晰，有著薄薄的嘴唇，大大的眼睛，正是那種男生最喜歡的典型。

這樣的女孩，怎麼會來上大夜班？

「妳是新來的？店長呢？」芳菱問。或許是因為太驚訝，口氣有點直衝。

然而女孩似乎不在意，她微笑著回答芳菱：「我是前天上工的，店長回去休息了，您有什麼事嗎？」

雖然芳菱對於店長用人的標準覺得過於草率，這樣漂亮的女孩職大夜班，萬一出了什麼事怎麼辦？但是，這店畢竟不是她的，程孝京要怎麼用人，芳菱也不方便下指導棋。總之，芳菱也只能把她原本準備好的伴手禮交給女孩。

「麻煩妳幫我拿給他，就說……就說是樓上給的！」芳菱說。

「樓上……妳是陳芳菱，那個溝通師？」女孩問。

「妳……妳怎麼知道？」

「我前陣子有拜託妳幫我跟我的狗溝通，但是我錢不夠，還拜託妳賒帳，結果……」

結果芳菱就封鎖了她。

這下子可糗大了。

「那個……我這兩天比較忙，所以才沒有回覆，我沒有……」

我沒有封鎖妳——才怪！

「妳沒有要拒絕我嗎？那太好了！我真的很需要妳，我聽說你幫忙了柯家的案子，希望妳也可以幫我……」

「什麼？誰跟妳講這些的？」芳菱太訝異了！這不是個祕密嗎？為什麼一個不認識的女生，竟然會知道？

「是一個檢察官，是他推薦我來找妳的，他叫做……」

「李志成？」

「沒錯！」

女孩興奮的點著頭，芳菱的頭則像隕石砸到了腦袋。李志成這傢伙到底在搞什麼？為什麼要把這件事告訴別人，還叫人家來找她呢？

「菱菱小姐，」女孩拿出了一張照片，遞給了芳菱，「真的拜託妳，警察跟媒體都說我爸殺了我媽，但他們很相愛，這根本不可能發生，現在只有我的狗可以告訴我，到底發生了什麼事，菱菱小姐，拜託妳，我現在在便利商店工作，溝通的錢我會慢慢還給妳，就麻煩妳幫忙了！」

芳菱接過了照片，那是一隻黑色的米克斯，跟豆豆一樣，有著尖尖的耳朵，但她的臉蛋，卻比豆豆細緻，像是一位埃及美豔公主的臉，眼神柔美，讓人憐惜。

「她叫妹妹，事情發生後，就被好心人送去私人狗場，等我賺到了錢，我就會搬出去，接她回來，但我真的想問問她，究竟發生了什麼事，菱菱小姐，妳可以幫我嗎？」

女孩泫然欲泣，芳菱也不是鐵石心腸，只是這件事總是有點詭異，為什麼李志成要告訴她？為什麼她會來便利商店上大夜班？芳菱說不出哪裡不對，但總之，她的直覺告訴她，這事情有點不對勁。

但現在，芳菱只能接下照片。

「現在很晚了，我先回去，改天……等有精神一點，再來討論這件事吧！」

芳菱說完，急忙走出便利商店。便利商店曾經是她覺得最安全、最溫暖的地方之一，沒想到也有一天，她會急著想要逃離。

回到家之後，默默正在餵兩犬吃飯，見到芳菱慌張的表情，馬上向前迎去。

「怎麼了？」默默拿了衛生紙，幫芳菱擦了額頭，她才發現，自己竟然滿頭大汗。

「沒事，店長不在，我交給新的大夜，」芳菱甩甩頭，假裝沒事，「好熱！」

「冷氣剛開，妳確定沒事？」

芳菱走到豆豆身邊，豆豆抬起頭來，狐疑的看著她。

「沒事。」芳菱看著豆豆的眼睛，嘴裡這樣說。

默默打開行李箱，開始把箱裡的東西拿出來整理。芳菱看了，從默默的背後擁抱了他。

「你好好喔，我怎麼現在才發現你這麼好？」

「那是因為妳現在才把眼睛打開！」

默默轉過身來，將芳菱擁入懷裡。

「昨日種種，譬如昨日死，那些讓妳不開心的過去，從現在開始，統統忘記！我們要快快樂樂的，過我們之後的人生，好嗎？」

默默跟懷裡的芳菱說，而芳菱抬起了頭，看著默默回答：「好。」

芳菱向前，吻了默默，兩人深深的吻，完全無視一旁觀賞的兩犬。

當他們從吻中甦醒，才發現這兩位觀眾。

豆豆：我知道，他沒有咬妳。

呼虎：吃吃，吃吃……肚子餓餓……

「我想，我們應該很難有隱私。」芳菱說。

「沒關係，記得叫她們不要隨便去外面講就好了。」默默交代。

默默又吻了芳菱。

芳菱突然想到，口袋裡那張黑狗「妹妹」的照片。到底妹妹會看到什麼呢？

「妳在想什麼？」默默問。

「沒事，明天再說！」芳菱回答。

人類常以為，自己拯救了動物；事實上，動物無時無刻，都在拯救著人類。當我們傷心、難過、疲憊不堪時，我們所飼養的狗、貓、鸚鵡、烏龜、兔子，甚至是金魚，都在一旁陪伴我們，撫慰我們。

他們比我們還了解我們自己，而我們比自己想像的，還需要他們。

或許妹妹即將拯救一個家庭吧？

但管他的，明天又會是美好的一天，妹妹的工作，就明天再展開吧！

—全文完—

不會通靈的寵物溝通師：默默咖啡館的萌寵兒故事

作　　者／劉凱西
封面繪圖／蕭毓書
美術編輯／方麗卿
企畫選書人／賈俊國

總 編 輯／賈俊國
副總編輯／蘇士尹
編　　輯／高懿萩
行銷企畫／張莉滎・廖可筠・蕭羽猜

發 行 人／何飛鵬
法律顧問／元禾法律事務所王子文律師
出　　版／布克文化出版事業部
臺北市中山區民生東路二段 141 號 8 樓
電話：(02)2500-7008　傳真：(02)2502-7676
Email：sbooker.service@cite.com.tw
發　　行／英屬蓋曼群島商家庭傳媒股份有限公司城邦分公司
臺北市中山區民生東路二段 141 號 2 樓
書虫客服服務專線：(02)2500-7718；2500-7719
24 小時傳真專線：(02)2500-1990；2500-1991
劃撥帳號：19863813；戶名：書虫股份有限公司
讀者服務信箱：service@readingclub.com.tw
香港發行所／城邦（香港）出版集團有限公司
香港灣仔駱克道 193 號東超商業中心 1 樓
電話：+852-2508-6231　　傳真：+852-2578-9337
Email：hkcite@biznetvigator.com
馬新發行所／城邦（馬新）出版集團 Cité (M) Sdn. Bhd.
41, Jalan Radin Anum, Bandar Baru Sri Petaling,
57000 Kuala Lumpur, Malaysia
電話：+603- 9057-8822　　傳真：+603- 9057-6622
Email：cite@cite.com.my
印　　刷／卡樂彩色製版印刷有限公司

初　　版／2019 年 09 月
售　　價／380 元
ISBN／978-986-5405-10-6

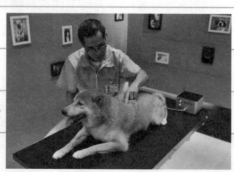

那麼，寵物華爾滋的寵物按摩，究竟有什麼特別之處？

寵物華爾滋之氣宗能量儀，以傳統中醫理論為基礎，
先進科學共頻共振為原理，歷經多年研發，
成功打造一套非侵入自然能量頻率理療之專利技術及產品。
用於人類身上，已經超過兩千餘名患者親身經驗，
以及數十名寵物，它立即舒緩疼痛的效果令人稱奇！

除此之外，寵物華爾滋採用最專業的 Agui 日式按摩手法。
寵物華爾滋團隊成員，
在日式 Agui 創辦人安居千尋校長率領團隊親自在台授課的指導下，
經過非常嚴格與專業的訓練，取得 Agui 寵物專業按摩執照。

Agui 式寵物按摩技法，
可以針對淺、中、深層的肌肉給予完全的放鬆，
可以有效的幫助肌腱與關節的伸展。
日本已將寵物按摩運用在寵物復健的物理治療上，
按摩會刺激血液循環與肌肉鬆弛，
對於寵物日常健康照護已是不可或缺的一環，
尤其在寵物高齡化之後便顯的越來越重要。

因此，運用最創新先進的能量科技—氣宗儀，
加上最專業的按摩手法 — Agui 式按摩，
絕對可以讓寵物們常保健康，
長長久久陪伴主人，
當主人永遠的心肝寶貝！

※本文內容由「寵物華爾滋」提供